키요이 소
아름다운 그

입술에 손의 온기가 느껴진다.
달콤하고 가쁜 숨이 차올라
숨이 막힐 것 같다.
(『아름다운 그』121쪽)

아름다운 그

美しい彼

나기라 유 지음 ─ 메이 옮김 ─ 일러스트 · 가사이 리카코

포레
forêt

일러스트 가사이 리카코

일러두기

1. 외래어 표기는 국립국어원 외래어 표기법에 따랐으나, 일부 인명은 현지 발음
   대로 표기하는 예외를 두었다.
2. 본문의 주석은 모두 옮긴이주다.

아름다운

그

하교할 때 교정에 흐르던 〈꿈속의 고향〉이라는 노래는 묘하게 마음을 불안하게 하는 멜로디가 싫었다. 괜히 쓸쓸한 기분이 들어 빨리 집에 돌아가고 싶게 만들었다.

해질녘 방과후, 그 서글픈 음악을 들으며 히라는 학교에서 키우는 토끼에게 낮에 급식으로 받은 빵을 뜯어 주고 있었다. 등뒤에서 운동복 차림 아저씨가 말을 걸어왔다.

"토끼 좋아하니?"

학교에 있으니 교사일 것이다. 하지만 히라 학년 담당은 아니다. 모르는 아저씨나 마찬가지인 교사의 물음에 가슴이 불쾌하게 쿵쿵거렸다. 아, 시작될 것 같은데. 두근두근하며 입을 뗐다. 좋아한다는 간단한 대답을 하기 위해.

"조, 조, 조, 조."

아, 역시. 또 말이 나오지 않는다. 얼굴이 벌겋게 달아오르고 옷 속 보이지 않는 곳에서 진땀을 흘리며 '조'만 연신 내뱉는 히라를 보고 운동복 차림 교사는 난처한 듯 고개를 갸웃했다.

"그래, 좋아하는구나. 어두워지기 전에 집에 돌아가렴."

운동복 차림 교사는 히라의 머리를 쓱쓱 다정하게 문지르더니 가버렸고, 히라는 손에 빵을 든 채 고개를 푹 숙였다. 왜일까. 좋아한다는 간단한 말인데.

"……좋아해요."

시험 삼아 말해보자, 어이없을 정도로 간단하게 흘러나와 절망스러웠다.

가족이나 익숙한 상대와 이야기할 때는 괜찮은데 긴장하면 가끔 말이 제대로 나오지 않는다. 국어책 읽기 같은 게 걸리면 상황은 더욱 비참해진다. 조용한 교실에서 반 아이들 모두가 귀를 기울인다. 말을 더듬는 히라를 모두가 쿡쿡 비웃으며 쳐다본다.

초등학교에 입학하고 얼마 되지 않아 담임선생이 부모님에게 그 상황을 알리자, 부모님은 히라를 병원에 데려갔다. 의사는 '흘음'이라는 진단을 내렸고, 아이가 너무 스트레스를 받지 않도록 주의해야 한다고 말했다. 그리고 긴장이 되면 여러 번 심호흡하고 마음을 진정시킨 후에 이야기하라고 조언해주었다. 조언은 도움이 되었다. 하지만 완벽하지는 않았다. 감정을 정리하기도 전에 쿵쿵거리기 시작하면 이미 어쩔 수 없게 된다. 아까처럼. 조, 조, 조, 조.

긴장되는 상황이 많아지기만 해도 언제 어디서 흘음이 시작될지 알 수 없어 더 성가셨다. 반 아이들은 조 조 조 조, 가 가 가 가 하며 갑자기 따발총처럼 단음을 내뱉는 히라를 꺼림칙해했고, 히라는 자연히 말없는 아이가 되어갔다.

질문이라도 받으면 긴장하지 않으려고 몇 번이나 심호흡하는 것이 습관이 되어서, 상대가 감질낼 무렵에야 겨우 이야기를 시작했다. 당연히 아이들은 짜증을 냈다. 히라는 멍청이라 불리게 되었다.

싫었고, 슬펐다.

하지만 기분 나쁜 쪽보다는 멍청한 쪽이 훨씬 낫다.

히라는 길게 한숨을 내쉬고, 남은 빵조각을 토끼우리에 놓아주고 학교를 나왔다.

용수로 옆을 걸어가는데 건너편에서 노란색 뭔가가 흘러내려오는 것이 보였다. 누군가 떨어뜨렸는지 버렸는지, 동그란 눈에 잘 말려올라간 속눈썹이 그려진 플라스틱 오리 인형이 흘러내려오고 있었다. 아마 오리대장이란 이름으로 불리는 것 같다. 오리대장이 콘크리트 용수로를 타고 흘러내려오는 광경에 히라는 뭐라 말로 표현할 수 없는 공감을 느꼈다.

원래 따뜻한 욕조나 어린이 수영장에 둥둥 떠 있어야 하는데 무슨 사연 때문인지 더러운 용수로에서 흘러가는 처지가 된 오리대장. 오리대장 인생에 무슨 일이 있었던 걸까.

오리대장은 좋아서 더러운 용수로를 흘러가는 것이 아니다.

히라도 마찬가지다. 좋아서 말을 더듬는 게 아니다.

이 세상에는 마음대로 되지 않는 일들이 차고 넘친다.

히라는 흘러내려가는 오리대장을 어중간한 경례와 함께 배웅하고 집으로 가는 길을 걸었다.

중학교에 들어가자 아이들 사이에는 초등학교 때보다 더 명확한 구분이 생겼다. 학교라는 곳에는 마치 카스트제도처럼 이른바 상·중·하·공기·쓰레기의 피라미드가 형성되어 있다. 말이 없고 어두운 녀석으로 고착된 히라가 그 피라미드 아래층에 들어간 건 자연스러운 일이었다.

피라미드 아래층에서는 해당되는 아이들끼리 또 그룹을 만드는데, 그중에서도 말이 없고 어두운 히라는 친한 친구 하나 없는 하위의 아웃사이더였다. 아웃사이더는 학년마다 몇 명 있었는데, 그중 쓰레기로 분류된 여자애가 하나 있었다. 이 여자애는 주제도 모르고 피라미드 정점에 있는 남자애에게 친한 척 말을 걸었다는 죄로, 같은 정점의 여자애들에게 심한 괴롭힘을 당했다. 사무라이가 자신을 모욕한 상대를 죽일 수 있는 권리를 가졌던 시절의 현대판이다.

항상 멍하게 있는 히라는 무해한 존재로 여겨져 특별히 괴롭힘을 당하지는 않았다. 그 대신에 있어도 보이지 않는 공기 같은 취급을 받았다. 초등학생 때 가끔 함께 놀던 야마짱은 축구부에 들어가며 갑자기 딴사람이 되더니 지금은 복도에서 히라와 마주쳐도 모른 척한다. 결국 야마짱의 눈에도 히라는 보이지 않는 존재가 되어버렸다. 투명인간이다.

물론 기분이 나빴고, 슬프기도 했다.

그래도 괴롭힘을 당하는 것보다는 투명인간 쪽이 훨씬 낫다.

초등학교 때와 같은 경로를 거쳐 다시 한 계단 내려가버렸다는 것을 알았다.

위를 보며 분발하는 사람이 있는가 하면 아래를 보고 안심하는 사람도 있다. 후자의 경우는 더 떨어질 수는 있어도 올라가진 못한다. 그걸 알면서도 히라는 지금 이 순간 또 마음의 은신처를 찾게 된다. 그런 때는 언제나 용수로를 흘러내려가던 노란색 오리대장이 가슴속을 스쳐지나간다.

가능한 한 편하게 마음먹자. 자극에 민감하지 말자.

더러운 인공의 강을 흘러내려가던 잘 말려올라간 속눈썹의 오리대장처럼 있자.

묘하게도 유머러스한 오리대장의 모습에 자신을 겹쳐 보다보니 한심한 현실을 영화 속 일처럼 생각하고 싶어졌다.

그런 식으로 마음을 지키는 기술을 남몰래 기르고 있었는데, "친구가 없어 학교에서 겉도는 것 같습니다" 하고 어느 날 담임

선생이 부모님에게 극단적으로 무신경한 통지문을 보냈고, 히라
는 평소답지 않게 분명한 증오를 느꼈다. 중학교 2학년 여름의
일이다.

"멋지다, 이런 경치는 처음 봤어."

눈앞에 펼쳐진 풍경을 보며 엄마가 눈을 반짝거렸다.

"자, 카즈나리, 맘껏 찍어봐."

아빠가 히라의 얄팍한 어깨에 손을 올리고는 자, 자 하며 앞으
로 밀었다.

두 사람의 기세에 밀려 히라는 중학생에게 사치스러운 고가의
DSLR 카메라를 손에 들고 한 발 앞으로 나아갔다. 자작나무숲
을 배경으로 흐드러지게 핀 여러 색깔의 백합 무리 앞에 서서 기
계적으로 셔터를 눌렀다. 주황색, 분홍색, 빨간색, 흰색, 노란색.
눈이 아팠다.

"날씨도 좋고, 오길 잘했어."

"응, 카즈나리도 즐거워 보이고."

등뒤에서 부모님이 속삭였다.

히라는 못 들은 척했다.

담임선생의 무신경한 통지문을 받은 부모님이 밤늦게 거실에
서 나누던 대화를 몰래 엿듣게 되었던 게 한 달쯤 전이었다. 아
빠는 그 원인이 되었을 흠음에 대해 말하며, 증세가 심하지도 않

고 대부분 성인이 되기 전에 나아진다고 하니까 기다려보자며 엄마를 다독였다.

"뭔가 열중할 취미라도 있으면 좋을 것 같지?" 그런 부모님의 대화를 뒤로하고 히라는 소리 죽여 방으로 돌아왔다. 슬픔과 분함과 한심함으로 마음이 차올라 학교뿐만 아니라 집까지 망쳐버린 담임선생을 용서할 수 없었다.

그다음 주말, 생일도 아닌데 아빠가 선물을 주었다. 골프대회에 나가 경품에 당첨됐다고 했다. 하지만 골프를 언제 치러 갔겠는가. 열어보자 카메라가 들어 있었다. 당시 광고에 자주 나오던 값비싼 DSLR 카메라였다.

뭔가 열중할 취미라도 있으면 좋을 것 같지? 부모님이 했던 말을 떠올리고는 이걸로 정했나보다고 생각했다. 사진은 혼자서도 찍을 수 있고, 밖으로 나갈 기회도 늘어날 테고, 문과 남학생의 취미로는 멋있는 편이란 생각이 들었다. 어쨌든 부모님의 성의를 헛되게 하면 안 된다고 생각했다.

"고마워요, 소중히 다룰게."

히라가 어색한 웃음을 짓자, 부모님은 한시름 놓은 듯 미소를 지었다.

"다음 주말에 촬영하러 어디든 나가보자."

그래서 오늘 히라는 백합 무리 앞에서 연신 셔터를 눌러대고 있다.

오른쪽을 봐도 왼쪽을 봐도 백합, 백합, 백합이고, 리프트를 타고 올라간 곳에도 백합 전망대가 있었다.

백합만 잔뜩 심어서 어쩔 셈이지? 이게 그렇게 예쁜가? 아, 아니면 먹으려고 심었나? 달걀찜에 들어가는 백합뿌리가 이 뿌리인가?

"카즈, 카즈, 아빠 엄마도 찍어줘."

고개를 돌려보자 두 사람이 치즈 하며 웃으면서 포즈를 취하길래, 히라도 치즈 하고 DSLR 카메라와는 안 어울리는 구령을 붙여 찍었다.

돌아갈 때쯤에는 완전히 지쳐버렸다. 부모님을 실망시키지 않으려고 억지로 웃으며 밝은 척한 탓이었다.

다음날 컴퓨터로 사진 데이터를 열어봤는데, 역시 예쁘다는 느낌은 들지 않았다. 자작나무의 푸른 잎과 하얀 가지. 지나치게 선명한 주황색, 분홍색, 빨간색, 하얀색, 노란색 백합들. 인공적이고 자연스럽지 않은 풍경을 가만히 보고 있자 점점 더 기분이 나빠졌다.

사진 편집 프로그램을 열어놓고 마우스를 움직여 주황색 백합을 하나 지워보았다.

분홍색도, 빨간색도, 하얀색도, 노란색도, 연속으로 하나씩 지워나갔다.

아무 생각이 없었다.

바보처럼 구멍투성이가 된 사진을 보고야 히라는 겨우 정신을 차렸다.

저질러버렸다!

부모님이 잘해보라고 생각해서 선물한 카메라로, 잘해보라고 데려가준 곳에서 찍은 사진을 망쳐놓았다. 클릭 한 번으로 되돌릴 수도 있지만, 저질러버렸다는 것이 문제였다. 허둥지둥 복원하고 다음을 열어서 보니, 부모님이 나란히 서서 치즈 하며 포즈를 취한 사진이어서 죄책감이 극에 달했다.

죄송해요. 죄송해요. 이런 아이여서 죄송해요.

거듭 사과하는 히라의 고막에 까까까까 끼끼끼끼 하는 새 울음소리 같은 소리가 섞여들었다. 가슴이 꽉 조여드는 것처럼 괴로워서 오리대장, 오리대장 하고 스승의 이름을 불렀다.

가능한 한 편하게 마음먹자. 자극에 민감하지 말자.

더러운 인공의 강을 흘러내려가던 잘 말려올라간 속눈썹의 오리대장처럼 있자.

조금 둔감한 편이 하루하루 살아가기에 편하다. 하지만 그날의 오리대장은 격렬한 물살에 휩쓸린 채 여기저기 콘크리트 벽에 부딪혀 만신창이가 되었다.

고등학교에 들어가 이 년째 봄, 반이 바뀌는 첫날부터 히라는 긴장하고 있었다.

자기소개부터 시작되는 이날이 되면 히라는 언제나 절망적일 만큼 서툴렀다. 바뀐 반 아이들 명단을 보자 우울감은 더 깊어졌다. 작년 반에는 얌전한 아이들이 많았는데, 이번 반은 학년에서도 유명한 녀석들이 있어 히라 같은 아이들에게는 위험도가 높았다.

　흘음은 아직 낫지 않았지만, 오랫동안 연습한 덕분에 치명적인 실수는 하지 않게 되었다. 툭하면 고개를 숙이고 말도 없는 히라는 그저 피라미드 아래층 아이로 인식되었고, 그것으로 충분하다고 생각하고 있었다. 병을 앓는다고 어설프게 동정을 받아 유별난 취급을 받는 것보다는, 어디에나 있는 피라미드 아래층 아웃사이더로 시야 전체에서 무시당하는 편이 가슴이 덜 아팠다.

　이번 한 해도 제발 평화롭게 지나갔으면.

　그렇게 바라며 히라는 새로운 교실에 들어갔다. 출석번호순으로 자리에 앉아 눈을 덮은 앞머리 사이로 교실 안을 살펴보았다. 이미 막연하게 그룹이 나뉘어 있었다. 모두가 혼자가 되지 않으려고 필사적이다. 반이 바뀌는 첫날의 교실은 밝고 떠들썩한 전쟁터 같고, 모두가 가상의 라이플을 들고 싸운다. 히라는 그 모습을 그저 바라보고 있었다.

　종이 울리고 담임선생이 들어왔다. 짧게 인사한 후 언제나 그렇듯 자기소개 시간이 시작되었고, 히라는 주위 아이들에게 들리지 않게 조용히 심호흡을 했다. 한 번, 두 번, 세 번. 들이마신 공기가 위를 압박해 아랫배를 안정시켜준다. 초등학생 때부터 십 년도 넘게 해와서 이제 어느 정도 익숙하다.

번호 순서대로 아이들이 일어나 이름과 취미 등을 말한다. 담임선생은 한 명 한 명에게 우스갯소리를 하며 아이들을 웃긴다. 그사이 히라는 저항할 수도 없이 휩쓸려내려가는 오리대장을 떠올리며 긴장을 떨치려 안간힘 쓰고 있었다.

히라 차례가 가까워지던 중, 대각선 앞쪽에서 남자애 하나가 자리에서 일어났다.

"키요이 소입니다."

히라는 문득 썰물에 휩쓸린 듯한 착각이 일었다. 인력 같은 뭔가에 이끌려 고개를 들자, 교실에 있는 아이들 모두가 그를 쳐다보고 있었다.

히라의 위치에서 키요이 소의 얼굴은 보이지 않았다. 그 대신 믿을 수 없을 정도로 아름다운 턱선과 가늘고 긴 목이 보였다. 머리가 작아서 전체적인 밸런스가 무척 좋았다. 그는 이름만 말했을 뿐, 다른 소개는 전혀 없이 바로 자리에 앉았다.

"어이 어이, 다른 건 없어? 취미라든가."

담임선생의 물음에 키요이는 고개를 살짝 기울였다.

"특별히 없는데요."

키요이는 책상에 턱을 괴고 앉아 한쪽 다리를 무릎에 걸쳐 올렸다. 단정하지 않은 자세다. 하지만 팔다리가 길고 늘씬해 포즈를 취한 모델 같았다.

재미있는 말은 한 마디도 하지 않았지만 여자애들은 그를 보며 부끄러운 듯 쿡쿡 웃었고 남자애들도 히죽거렸다. 키요이 소는 피라미드 정점의 인종인 듯했다.

"자, 다음, 남자 십삼번."

히라는 자신을 부르는 소리도 깨닫지 못하고 그의 호리호리한 뒷모습에 시선을 고정하고 있었다.

"어이, 십삼번. 뭐하냐? 거기 덩치 큰 놈."

갑자기 키요이가 고개를 돌리는 바람에 히라는 깜짝 놀랐다.

눈앞에서 짝 하고 뺨을 얻어맞은 것 같은 충격이었다.

아름다웠다. 붓으로 사르륵 그린 듯한 눈꼬리, 곧게 뻗은 콧날에 얇고 보기 좋은 입술. 신이 신중하게 빚고 배치한 듯한 이목구비는 멋있다기보다 아름다웠다.

그의 시선이 히라를 향하더니 위에서 아래로 스윽 가치를 판정하는 듯이 바라보고 곧바로 흥미를 잃은 듯 돌아갔다. 가치 없음. 한순간에 판결이 내려졌음을 알 수 있었다. 분노도 슬픔도 없었다. 그런 불손함도 믿을 수 없을 정도로 아름다운 그에게는 너무나 잘 어울렸다.

바보처럼 멍하니 시선을 뺏긴 사이, 머리에 툭 가벼운 충격이 느껴졌다. 고개 들어 보니 손에 노트를 말아쥔 담임선생이 바로

아름다운 그

옆에 서 있었다.

"몇 번을 불러야 대답할 거냐. 자기소개해. 첫날부터 멍하게 있지 말고."

발로 걷어차인 듯 벌떡 일어났다. 이름만 말하려고 했다. 히라 카즈나리입니다, 이 말만. 하지만 첫마디부터 막혀버렸다.

"히—"

아, 위험하다. 이렇게 생각하게 되면 이미 멈출 수 없다.

"히, 히, 히, 히, 히, 히히."

키요이도 담임선생도 아이들도 모두가 얼빠진 얼굴로 히라를 쳐다본다. 단음으로 다다다다 말하며 얼굴이 확 달아올랐다. 등과 겨드랑이에서 식은땀이 흘렀다.

"아, 그래. 히라 카즈나리. 앉아도 좋아."

눈치챈 담임선생이 대신 말해줘서 겨우 앉을 수 있었다.

뭐냐 저거.

심한데?

웃음소리 아니었어?

머리가 모자란가?

교실 여기저기서 속닥이는 소리가 들렸다.

고개를 들고 보지 않아도 하얀 눈들이 자신을 푹푹 찔러오는 것이 느껴진다.

아, 오리대장이여. 아무리 많은 일에 익숙해졌다 해도 지금 이

순간은 그냥 세상에서 사라져버리고 싶다. 지금까지 쌓아온 수치에 새로운 수치가 쌓이고, 나를 가둔 벽은 더 두꺼워졌다. 왜 나는 이따위일까.

자기소개가 계속 이어졌고, 얼마 지나자 속닥이던 목소리들도 더는 들리지 않았다.

주뼛주뼛 고개를 들자, 봄 햇살이 가득 비쳐드는 교실에 앉은 반 아이들의 뒷모습이 묘하게도 선명하게 눈에 들어왔다. 죽어버리고 싶은 히라와 다른 아이들의 시공은 단 1밀리도 교차하지 않는다.

다시 내리깐 시야 한구석에서, 아물아물 섬세하게 움직이는 손가락이 눈에 들어왔다.

키요이였다. 긴 다리를 꼬고 나른한 자세로 앉아 몰래 휴대폰을 만지고 있다. 가늘고 긴 손가락이 작은 화면에서 위아래로 좌우로 움직인다. 춤추는 것 같은 손가락. 자기소개가 이어지고 있지만 그는 전혀 듣고 있지 않았다.

히라는 슬쩍 눈을 들었다.

연극 무대의 막이 올라가는 것처럼 그의 모습 전체가 시야에 들어왔다.

뒤통수가 예쁘게 튀어나온 자그마한 머리. 긴 목과 긴 팔다리. 옅은 갈색 머리가 햇살 속에 윤곽을 그리며 빛난다. 휴대폰을 내려놓은 그가 책상에 턱을 괴고 지루한 듯 하품을 한다. 죽어버리

고 싶은 히라와는 반대의 의미로, 그와 반 아이들의 시공 역시
단 1밀리도 교차하지 않는다.

그와 히라만 혼자였다.

과학실을 청소하던 히라는 갑자기 뒤에서 다가온 남자애에게
부딪혀 들고 있던 비커를 떨어뜨릴 뻔했다. 아, 미안 하고 남자
애가 대충 사과했다.

"미키, 히군 괴롭히지 마."

"괴롭히긴. 비틀거리다 그런 거야."

"아니, 일부러 부딪치던데. 히군 불쌍하잖아."

그 대목에서 모두가 낄낄거렸다. 그 웃음에 의미 따윈 없다.
웃음은 가장 간단한 단결이자 배척의 수단이다. 그 대상인 히라
는 고개를 숙인 채 시험약이 묻은 비커를 계속 씻었다. 과학실
청소 담당 여섯 명 중 제대로 하는 건 히라뿐이다.

공기 같아도, 외톨이여도 상관없다. 이 일 년을 평화롭게 지낼
수만 있다면.

그러나 반이 바뀌고 한 달 사이, 그 작은 바람은 흔적도 없이
사라졌다.

첫날의 '히히히히' 사건으로 히라에게 '히군'이라는 별명이 붙
었다. 심한 별명이지만, 그 이름만 들어서는 유래까지 알 수 없
다. 누군가 복도에서 큰 소리로 '히군'이라고 불러도, 선생은 친

하게 지내면 다행이지 않나 하는 표정으로 지나가버렸다.

모욕적인 별명은 반에서도 튀는 남자애들 무리가 지은 것이다. 특별히 성적이 우수하거나 운동부 에이스거나 할 리 없는 그냥 그런 아이들. 그저 우악스러운 태도와 목소리로 주위를 압박하는 녀석들. 인간이 되기 직전의 원숭이들이 모이는 학교라는 장소에서는 그런 것들이 먹힌다. 제대로 된 이유 따위 없어도 이 녀석들에게는 대항하지 않는 편이 좋겠다고 생각하게 만들면 이긴다.

그 반대가 히라다. 이유 따위가 없어도 이 녀석은 밟아도 된다고 생각하게 만들면 진다. 이미 만들어진 신분제도를 뒤엎는 건 어떤 세계에서도 지극히 어려운 일이다.

"아 더워, 주스 마시고 싶다."

무리 중에서도 가장 제멋대로인 시로타가 말했다. 삐죽삐죽 솟은 갈색 머리가 바보 같다.

"나는 콜라. 빨간 거."

미키가 장단을 맞추고, 다른 두 사람도 나도, 나도 하고 껴들었다.

오겠네.

예상한 대로 누군가 히군— 하고 마치 강아지 부르듯 불렀고, 히라는 포기의 한숨을 내쉬었다.

처음에는 심한 별명으로 불리고 놀림만 당했지만, 이제는 주스나 간식을 사러 학교 앞 편의점으로 달려가게 되었다. 완전한 빵셔틀이다. 그래도 음습한 괴롭힘보다는 낫다고 생각한다. 그렇게 생각하려 노력하고 있다. 그것보다는 낫고 저것보다는 낫다고, 포기하고 받아들임으로써 계급은 점점 더 밑으로 추락한다. 이 계급은 언제까지 지속될까. 이따금 생각한다. 사회에 나가서도 계속 이렇다면, 내 미래에는 꿈도 희망도 없다고.

"히군, 주스 좀 사 와."

앞으로의 인생을 생각하며 우울해하는데 다시 시로타가 불렀다. 사러 가는 건 괜찮지만 히라가 다녀오는 동안에도 녀석들은 청소를 할 리 없다. 집에 또 늦게 돌아가겠구나 생각하며 씻던 비커를 싱크대에 내려놓았을 때였다.

"나중에 먹어. 늦어지잖아."

키요이의 말에 모두의 눈이 그에게 향했다.

"청소 빨리 끝내고 맥도날드 가자."

키요이가 창가 쪽 책상 위에 책상다리로 앉아, 다리에 올려둔 〈점프〉에서 눈을 들지도 않고 말했다. 고개를 숙이니 길고 가는 목이 유난히 두드러진다.

"그런가? 그래, 그러는 게 좋겠다."

미키가 바로 말했고 시로타도 끄덕였다. 넷은 아무렇지도 않게 키요이의 주변에 모여, 이건 곧 끝나겠네 하며 〈점프〉를 들여다보며 이야기한다. 주스 이야기가 완전히 들어가자, 히라는 씻다 만 비커를 다시 손에 들었다.

청소 빨리 끝내고, 라고 말하지만 키요이는 청소하지 않는다. 모두가 히군 일이라며 당연시한다.

키요이는 시로타 무리의 일원이지만 목소리나 태도가 거만하지 않다. 시로타 무리가 주위를 위협하듯 큰 소리로 떠들썩하게 웃을 때도 키요이는 조용하게 만화를 보거나 휴대폰을 만지작거린다. 하지만 그 무리 안에서도 특별한 존중을 받았다.

아까처럼 키요이의 뜻과 다르게 일이 진행되려 할 때 키요이가 짧게 한마디만 하면 누구도 거스르지 않는다. 생각한 대로 일을 정리하면 키요이는 지루한 듯 하품을 하거나 한다. 애초에 왕으로 태어난 사람 같다.

"키요이, 요전에 1학년 시마가 고백하지 않았어? 어쩔 생각이야?"

시로타가 〈점프〉를 들여다보며 물었다.

"정말?"

미키가 들러붙었다.

"시마는 얼굴은 청순하고 가슴은 커서 좋잖아."

모두가 흥미진진하게 바라보는데 키요이가 차갑게 대꾸했다.

"싫어. 미묘하게 뚱뚱해."

"거절했어? 아깝게."

"난 키요이 기분 알지. 가슴 큰 거랑 뚱뚱한 건 종이 한 장 차이거든."

"나는 가슴만 크면 뚱뚱해도 용서할 수 있어. 아니 통통한 거 좋아해. 퐁퐁—"

"싫어—"

키요이가 차갑게 중얼거렸고, 시로타 무리의 과장된 웃음소리가 과학실에 울려퍼졌다.

키요이는 인기가 무척 많지만 여자친구는 없다. 눈이 너무 높아서 그렇다고 여자애들끼리 속닥이는 말을 들은 적 있다. 상당한 수준의 여자애가 고백해도 바로 거절해버렸기 때문에 2학년이 되자 키요이에게 고백하는 도전적인 여자애는 같은 학년에서는 더이상 찾아볼 수 없었다.

히라는 마지막 비커를 깨끗한 수건 위에 올려놓고 키요이 무리에게 다가갔다. 후우 하고 심호흡을 세 번 하고 아랫배를 안정시키는 이미지를 연상한 뒤 말을 꺼냈다.

"……저기."

모두가 돌아보았다. 순간 뺨이 뜨거워졌다. 제대로 이미지 트레이닝을 하고 말을 꺼냈지만, 긴장으로 심장이 두근거려 말이 바로 나오지 않았다.

"끝났어?"

키요이가 건성으로 물었다.

히라가 고개를 끄덕이자, "드디어 끝났네" "가자, 가자" 하고 시로타 무리가 과학실을 나섰다. 가방을 가지러 일단 교실에 돌아가야 했다. 히라는 그들 뒤를 따라갔다.

"키요이, 맥도날드 갈 거야?"

줄지어 복도를 걸어가며 시로타가 물었다.

"그보다 노래방 안 갈래? 역 앞에 새로 생긴 데."

"좋긴 한데 거긴 오픈한 지 얼마 안 돼서 오래 줄 서야 해. 그거 귀찮은데…… 아아."

문득 키요이가 고개를 돌리고 말했다.

"너, 가서 줄 좀 서라."

히라는 갑작스러워서 허둥대며 주위를 두리번거렸다.

"우린 맥도날드에서 기다릴 테니까, 순서 되면 연락해."

"아, 으, 응. 그래, 그런데 연락은 어떻게 해?"

히라가 묻자 키요이는 귀찮은 듯 손을 내밀었다. 뭐지? 뭘 달라는 거지? 돈인가? 갑자기 가슴이 서늘해졌다.

"……지갑, 가방에 있어서 지금은 없는데."

"하아?"

키요이는 눈썹을 찌푸렸고, 시로타 무리는 웃음을 터뜨렸다.

"히군 완전히 삥 뜯길 생각인가본데?"

"이상적인 노예네."

모두가 히히거리는 동안 키요이는 기분 나쁜 듯 히라의 교복 주머니에 손을 밀어넣었다. 히라는 깜짝 놀라 몸이 굳었는데, 키요이의 목표는 주머니에 든 휴대폰이었다.

"폴더폰이냐."

키요이가 쯧 혀를 차더니 히라의 휴대폰에 뭔가 입력하고 돌려주었다.

"……이거 키요이군 번호야?"

화면에 입력된 번호를 보며 히라가 묻자, 키요이는 '아, 진짜 엄청 짜증나' 하는 표정을 지었다. 그러고는 지체 없이 등을 돌려 걸어갔고, 시로타 무리는 조용히 키득거렸다.

히라는 열한 자리 번호를 물끄러미 내려다보았다. 잘못 눌러서 지우기라도 할까봐 아주 조심조심 신규 연락처에 등록했다. 친구가 없는 히라의 휴대폰에는 저장된 번호가 거의 없다.

키, 요, 이, 소.

신중하게 입력했다.

그동안 키요이 무리는 훌쩍 멀어져버려 히라는 서둘러서 좇아갔다.

교실에 돌아가보니 작은 소동이 일어나 있었다. 청소 당번 남자애가 장난을 치다 양동이를 걷어차 바닥에 물이 흥건했고, 여자애들은 인상을 쓰며 내려다보고 있었다.

"잘 닦아. 요시다 너희가 장난치다 쏟은 거니까."

여자애들은 냉랭하게 내뱉고는 쓰레기를 버리러 갔고, 남겨진 요시다 무리는 "귀찮아" "걸레 만지기 싫어" 하며 구시렁댔다.

"바보냐, 물바다라 걷기 힘들잖아. 제대로 닦아."

시로타가 과장된 몸짓으로 젖은 바닥을 건너갔다. 시로타 네가 할 말은 아니지 않냐. 히라는 속으로 화를 내며 자기 책상으로 향했다. 빨리 노래방에 가서 줄을 서야 했다. 가방을 챙겨 교실을 나가려 했을 때 "아, 히군, 잠깐만" 하고 누군가 앞을 가로막았다.

"나?"

불러 세운 건 시로타 무리가 아니라 요시다와 청소 당번 남자애들이었다. 안 좋은 예감이 들었다. 지금까지 시로타 무리가 아닌 다른 애들에게 '히군'이라 불린 적은 없었다.

"저, 히군, 미안한데, 여기 좀 닦아줄래?"

요시다가 히죽거리며 말했다. 히라는 심장이 꾹 조여드는 것 같았다.

"……지금 좀 바쁜데."

"뭐? 히군한테 바쁜 일도 있어?"

요시다가 웃음을 지우고 낮은 목소리로 말했다.

"히군 청소 잘하잖아."

히라가 시로타 무리에게 복종하고 있다는 건 반 아이들 모두가 안다. 잔혹한 웃음을 짓는 요시다 옆에서 다른 청소 당번 남자애가 난처한 듯 눈짓한다. 남아 있는 여자애들은 "하지 마" 하고 작은 목소리로 속삭인다. 모두가 이 일이 어떻게 될지 조용히 지켜보고 있다.

히라는 고개 숙여 발밑을 보았다. 지금 이 앞에는 선이 그어져 있고 이쪽에 남아 있을지, 저쪽으로 끌려갈지 선택을 강요받고 있다. 확실한 분기점이다. 여기서 잘못 선택한다면 시로타 무리뿐만 아니라 반 전체의 노예가 될 것이다.

그렇게 되면 정말 비참해질 것이다. 참을 수 있을 것 같지 않다. 어쩌지. 아무리 생각해봐도, 초등학교 때부터 계속 아래 계급 루프에 휩쓸려온 자신에게는 거절할 방법이 없었다.

가능한 한 편하게 마음먹자. 자극에 민감하지 말자.

더러운 인공의 강을 흘러내려가던 잘 말려올라간 속눈썹의 오리대장처럼 있자.

히라가 입술을 꾹 깨물었을 때, 키요이가 중얼거렸다.

"아, 진짜. 너 뭐하냐? 빨리 노래방 가서 줄 서라고."

키요이가 말하자 교실에 있는 모두의 시선이 집중되었다.

"……아, 그런데."

히라는 키요이와 요시다를 번갈아 바라보았다.

계속 머뭇거리자, 키요이는 이마를 찌푸렸다.

"요시다."

키요이가 부르자, 요시다의 어깨가 살짝 움찔했다.

"너는 왜 갑자기 '히군'이라고 부르는데?"

"어, 그런데, 너희도 그렇게 부르잖아."

아름다운 그

요시다는 계속 눈을 깜박였다.

"우리가 부르는데, 그래서 뭐?"

키요이가 살짝 턱을 들고 요시다를 차갑게 응시했다.

"뭐, 뭐야?"

교실이 침묵에 휩싸였다. 모두가 마른침을 삼킨다.

"……아, 그러니까, 뭐라고 해야 하지."

모두가 보는 앞이라 애써 웃음을 유지하고 있지만 요시다는 완전히 겁먹은 듯했다. 눈빛만으로 요시다를 납작하게 누른 키요이가 교실을 획 둘러보았다. 모두가 바로 눈을 내리깔았다.

"그럼, 갈까."

조용해진 교실에서 키요이가 흥이 깨졌다는 듯이 말했다. 그게 무슨 신호인 양 긴박했던 공기가 풀렸다. 모두가 삐걱대며 일상으로 돌아왔고, 키요이는 시로타 무리를 데리고 슬렁슬렁 교실을 나갔다. 모두가 아무 일 없었다는 듯이 길을 비켜주는데, 키요이가 고개를 돌리고 히라에게 말했다.

"넌 노래방 가 있어."

차가운 말투와 시선에 히라는 온몸이 저릿저릿했다.

머리 꼭대기부터 발끝까지 감전된 듯 찌릿찌릿했다.

충격으로 멍한 사이 키요이는 가버렸고, 이내 정신을 차린 히라는 서둘러 교실에서 나와 달렸다. 요시다는 더이상 히라를 부르지 않았다.

뒤따라 달려가 계단 앞에서 키요이 무리를 따라잡았다. 키요이와 어울려 다니는 녀석들은 항상 어슬렁어슬렁 걷는다. 히라는 신발장에서 스니커즈를 꺼내 실내화를 갈아 신었다.

"저, 저기, 키요이군."

심호흡도 하지 않고 불렀다. 모두가 일제히 고개를 돌렸다.

"다, 다, 다녀올게!"

우스울 정도로 이상한 목소리가 났다. 키요이가 뭐? 하며 눈을 가늘게 떴다. 얼굴 전체가 훅 달아오른다. 히라는 스프링 튕기듯 피융 하고 한 번 고개를 숙이고는 걸음을 돌려 달렸다. 몇 초 후, 등뒤에서 푸하핫 폭소가 터졌다.

"좋네, 좋아, 예의바른 노예는 최고지."

"히군, 우리를 위해서 힘내줘."

등뒤에서 시로타 무리가 시끄럽게 떠들며 놀려댔지만 히라는 바보들, 나는 너희를 위해서 달리는 게 아니야 하고 속으로 되뇌었다. 히라가 달리는 건 키요이를 위해서다. 청소든 노래방 자리잡기든, 어떤 하찮은 일이라도 키요이가 명령하면 달리고 싶다.

그래, 조금 전 키요이는 어땠는가.

그렇게 자기 멋대로이면서도 강인한 인간은 처음 본 것 같았다.

키요이는 히라를 구해준 게 아니다. 그 상황이 아니었다면 누가 히라를 히군이라 부르든 말든, 빵셔틀로 쓰든 말든 상관없이 전개되었을지 모른다. 키요이는 자신의 명령을 뒷전으로 돌리는 걸 참을 수 없었을 뿐이다. 단지 그 이유로 요시다를 뭉개놓았다.

키요이는 초등학교 때부터 계속 악순환에 휩싸여 선의 저쪽으로 떨어질 뻔했던 히라를 지극히 자기중심적인 이유로 끌고 돌아와주었다. 다정하거나 올바른 행동 같은 칭찬받을 일을 한 것도 아닌데 히라의 세상을 뒤집어놓았다. 그렇게나 간단하게.

이치도 뭣도 맞지 않았다. 하지만 키요이에게는 그것을 해낼 수 있는 힘이 있었다.

이런 생각을 하는 히라는 분명 어딘가 어긋나 있는 것일지도 모른다.

하지만 슬프게도, 다정함이나 올바름이 인간을 구원해주지 않는다는 것을 히라는 싫을 정도로 잘 알고 있다.

더러운 물위를 흘러가던 오리대장을 그저 바라보고 있을 수밖에 없었던 것처럼, 다정함이나 올바름은 아래 계급 루프에 휩싸여 떨어져가는 자신을 동정해주긴 하지만, 키요이처럼 멋대로 힘을 써 잡고 끌어올려주진 않는다.

아무도 도와주지 않는다고 실망하기 전에 조금만 더 용기를 내보라든가, 도와달라고 먼저 말해보라든가 하고 말하는 사람이 있다. 너무도 정답인 말이어서 막상 그 말을 듣는 쪽은 무력한 자신이 부끄러워 침울해지기만 한다. 완전무결한 것에는 저항할 수 없다.

　가족과 저녁을 먹고 있을 때, 괴롭힘을 당하던 중학생이 자살한 뉴스 같은 게 나오면 오싹해지곤 했다. 그럴 때면 히라는 생각하지 마, 공감하지 마 하며 언제나 오리대장으로 머릿속을 가득 채웠다.

　히라는 역까지 온 힘을 다해 달렸다.

　항상 고개를 숙이고 있었지만 오늘은 확실히 들고 있다.

　자신을 둘러싼 세계를 보고 싶지 않아서 눈을 덮을 정도로 기른 앞머리가 바람에 들어올려졌다. 시야 가득 세상이 들어왔다. 조금도 밝지 않은 먼지투성이 탁한 세상. 하지만 오늘은 무섭지 않았다. 드러난 이마에 소유의 도장이 찍혔기 때문이다.

　키요이 소.

　검은색 사인펜처럼 강하게, 또렷이 이마에 새겨졌다. 아이들이 자기 물건에 이름을 적듯 히라는 이제 키요이 소의 소유가 되었다. 소중하게 여기든, 휘두르며 가지고 놀든, 화풀이로 밟아버리든, 질려서 던져버리든 어떻게 취급해도 좋은 것이 되어버렸다.

　잔혹하게 빛나는 낙인이 이마에 찍혔다. 그것에는 다정함이나 올바름이나 덧없는 것 전부를 단숨에 잠잠하게 만들어버리는, 봄날의 폭풍처럼 아름답고 압도적인 힘이 깃들어 있었다.

　편하게 부릴 수 있는 빵셔틀로서 히라는 키요이 무리의 마지막 자리에 끼었다. 변함없이 히군이라 불렸지만, 요시다 사건 이후로 다른 아이들이 히군이라고 부르는 일은 없어졌다. 반 아이들에게 히라는 쓰레기는 쓰레기지만 왕의 쓰레기라는 복잡한 존재로 인식된 것이다.

"햄 양배추 샌드위치 두 개. 그리고 달달한 거. 일반 사이다."

4교시가 끝나면 히라는 키요이에게 급히 달려간다. 키요이가 그날의 메뉴를 말한다. 매점에서 사 오라는 뜻이다. 키요이는 엄마가 싸준 도시락을 가지고 올 때도 있지만, 그런 날에도 주스는 마시고 싶어서 히라는 매일 매점으로 달려간다.

"히군, 나는 커피맛 빠삐코."

"나는 카레빵, 아, 역시 핫도그로 할래. 그리고 가리가리군 배맛."

여름을 코앞에 둔 장마철 사이의 잠깐 맑은 며칠 동안 후덥지근하게 더운 날이 이어져 다른 녀석들도 모두 아이스크림을 주문한다. 빠뜨리지 않기 위해 히라는 휴대폰 메모장에 주문받은 것들을 대충 입력했다. 전혀 비참하지 않았다.

히라는 키요이를 위해 사러 달려가는 것이고, 다른 녀석들의 주문은 덤이다. 히라의 주인은 오직 키요이뿐이다. 빵셔틀로서 하는 일은 똑같지만, 히라 안에서 자기만족이란 것이 굉장하다. 요즘은 오리대장을 떠올리는 일도 거의 없다.

메모를 끝내고 교실을 나가 달렸다. 주문을 받을 때부터 키요이를 오래 기다리게 하지 않으려고 서둘렀다. 주문받은 것들을 전부 사서 돌아오자, 모두가 들떠서 비닐봉투에서 자기 것을 꺼내고 히라에게 돈을 건넸다.

"아, 망했다. 돈이 없네. 히군, 다음주에 줘도 되냐?"

시로타가 지갑을 열며 말하자, 히라는 이봐 이봐 하고 속으로 중얼거렸다. 어제 먹은 빵값도 안 줘놓고, 이렇게 말만 하고 다음주에도 안 줄 심산은 아닌지, 혹시 돈을 빼앗을 전조인 건지 히라는 위기감을 쌓아두고 있었다.

이런 일이 이어지면 머지않아 다른 녀석들까지 주지 않는 건 아닐까. 용돈만으로는 감당할 수 없어 엄마 지갑에 손을 대게 되는 걸까. 동그란 형태의 빗줄을 떠올리고 있는데, 스윽 누군가 히라 앞에 손을 뻗었다.

"자."

키요이의 손가락 사이에 오백 엔짜리 동전이 집혀 있는 걸 보고 반사적으로 손을 내밀자, 툭 하고 동전이 손바닥에 떨어졌다. 하지만 키요이 건 이미 받았는데.

"키요이, 괜찮아. 다음주에 아르바이트비 받을 거야."

"그럼 다음주에 나한테 갚아."

"그렇게 번거롭게 하지 않아도—"

"됐어. 이 녀석 표정 좀 봐. 엄청 굳었잖아. 부모나 선생한테 이르면 그나마 다행이지만 자살이라도 해서 인터넷에 이 녀석들이 범인입니다 하고 얼굴 팔리는 건 싫어."

키요이의 말에 시로타 녀석들이 히라를 보았다.

"히군, 자살 같은 거 할 거야?"

하기 싫어. 하게 만들지 마. 목구멍까지 말이 올라왔지만 나오지는 않았다. 말없이 입꼬리를 끌어올려 미소 비슷하게 지어 보이자, 시로타 녀석들이 무서워…… 하고 말했다.

"허, 정말, 겁나서 어쩔 수가 없네."

시로타는 잘난 척 혀를 차더니 키요이에게 미안하다고 말했다. 키요이는 웅 하고 짧게 대답하고 샌드위치 비닐을 벗겼다.

평소 키요이는 주위 일에 별 관심이 없어 보인다. 시로타 녀석들이 시시한 일로 소동을 피울 때도 지루한 듯 휴대폰만 본다.

하지만 키요이는 보고 있지 않은 듯해도 주위를 보고 있다. 방금도 그렇다. 자살이라도 해서라니, 히라가 일순 떠올린 처참한 미래를 간단히 읽고 있었다. 괴롭히는 쪽은 당하는 쪽 기분은 전혀 생각도 하지 않는다고 생각했는데.

키요이가 없다면 바보 같은 녀석들은 정도를 모르고 노예를 궁지로 몰아붙여 언젠가 되돌릴 수 없는 일을 저질러버릴 것이다. 그러나 키요이가 적당한 지점에서 브레이크를 건다.

역시, 나의 왕이야.

히라는 마음속으로 칭찬을 바치고, 키요이에게 받은 오백 엔짜리 동전을 지갑이 아니라 교통카드 케이스에 넣었다. 시로타 녀석들에게서 받은 동전은 지갑에 넣지만, 키요이의 손을 거친 돈은 특별하니까 방심해서 써버리지 않도록 다른 곳에 둔다.

언제나 그랬듯이 나누어 넣으면서 히라는 고개를 갸우뚱했다. 키요이에게 돈을 더 받았다. 시로타 몫을 합해도 백 엔을 더 준 셈이었다. 돌려주어야 했다.

"키요이군."

히라가 부르자 키요이가 돌아보았다. 이런 순간에는 늘 가슴이 턱 막힌다. 박력 있는 눈빛에 압도당하면서 히라는 백 엔짜리 동전을 올려놓은 손바닥을 내밀었다.

"뭐야?"

"돈을 더 줬어."

키요이가 히라 손바닥에 있는 동전을 보았다.

"가져."

히라는 놀라서 눈을 크게 떴다.

"하지만……"

"심부름값. 아이스크림이라도 사 먹어."

시로타 녀석들이 웃음을 터뜨렸다. "히군, 축하해" "아이스크림 사먹고, 부디 자살 같은 건 하지 말아줘" 하고 놀린다. 히라는 동전을 꼭 쥐었다.

"고, 고, 고마워……"

새빨개진 얼굴로 키요이에게 눈을 떼지 못한 채 고맙다고 말을 더듬으며 인사하자 시로타 녀석들이 웃겨 죽겠다는 듯 배를 잡았다. 키요이는 싫은 듯이 눈썹을 찌푸리고 "짜증나" 하고 짧게 중얼거렸다.

자리로 돌아온 히라는 키요이가 준 동전을 조심스럽게 교통카드 케이스에 넣었다. 아마도 바보 취급을 하느냐고 화를 내야 마땅했을 것이다. 하지만 화를 낼 수 없었다. 오히려 생각지도 못한 선물을 받은 것처럼 가슴이 두근거렸다. 상처를 주면서도 기쁘게 해준다. 키요이만 할 수 있는 일이다. 키요이를 만난 뒤로, 히라 안에 있는 감정 시스템이 이상해졌다.

그날 방과후, 히라는 평소에는 그냥 지나치는 역 건물의 어느 가게에 들렀다. 자연친화적인 일용품점 앞에서 교복 입은 여자애들이 물건을 구경하면서 귀엽다고 이야기하고 있었다.

귀여운 사람 외에는 출입금지라는 간판이라도 걸려 있을 것 같은 가게 안을 둘러보다가 찾던 코너를 발견했다. 파스텔색이나 물방울무늬 그릇들이 놓여 있다. 이건 좀 아닌데 하고 고개를 갸웃거리고 주위를 더 둘러보았다.

"잠깐, 뭐야 쟤."

등뒤에서 속닥이는 목소리에 깜짝 놀라 걸음을 멈췄다.

"여자친구 선물 사러 왔나?"

"있겠냐, 저런 거한테?"

저런 거……입니까.

"그래도 키는 큰데."

"키만 크지. 얼굴은?"

"보통인가? 앞머리가 길어서 잘 안 보여."

"기분 나빠."

단칼에 베어졌다. 이럴 때의 여자들에게서는 설탕 공예칼을 획 내리긋는 것 같은 이미지가 느껴진다. 주위로 흉악한 설탕이 흩날린다. 정말 미안합니다. 주제도 모르고 여성분들의 화원을 망쳐놓고 말았습니다. 히라는 풀이 죽어 가게를 나왔다.

돌아오는 전철 안에서 흔들리며 고민했다. 방금 들렀던 가게의 물건들은 귀엽기만 하지 눈에 선뜻 들어오는 것이 없었다. 물방울 같은 쓸데없는 무늬는 필요 없다. 더 심플하고, 아기자기한 것보다는 강력함과 투명함이 있는 걸 원한다. 이상적인 것을 떠올려보다가 뭔가 딱 떠올랐다.

때마침 역에 도착해 문이 열리자마자 뛰어내렸다. 집까지 십 분 정도 걸리는 길을 달려 현관에서 신발을 벗자마자 주방으로 뛰어들어갔다.

"엄마, 할아버지 유품 어디 정리해뒀어?"

저녁 준비를 하던 엄마가 고개를 돌렸다.

"갑자기 왜?"

"실험할 때 쓰는 플라스크 같은 거 있었잖아. 그거 어디 있어요?"

"다락방에 정리해뒀을걸."

히라는 계단을 올라 사다리를 타고 다락방으로 갔다. 천장이 낮아 기어서 앞으로 나아가자 교복 무릎이 먼지투성이가 되었다. 지층처럼 쌓인 골판지 상자들을 살펴보자, '히라 할아버지 유품'이라는 표가 붙은 상자가 네 개쯤 보였다. 하나하나 열어 찾던 물건을 꺼낸 뒤 정리도 하지 않고 일층으로 내려왔다.

"안 돼, 들어오지 마, 그렇게 먼지투성이로 주방에 들어오면 어떡해."

입구에서 제지당하자 욕실 세면대 앞으로 진로를 바꾸었다. 다락방에서 가지고 온 플라스크를 액체 비누로 정성껏 씻고 마른 수건으로 열심히 닦았다.

아. 역시 굉장히 아름다워. 조금 전 아기자기한 잡화들과는 완전히 다르다. 손바닥에 달라붙을 것 같은 동그란 바닥. 실험할 때 쓰는 바닥이 둥근 플라스크와는 달리 유리 바닥이 두꺼워 세울 수도 있다.

"그런 물건에 흥미가 있는 걸 보니 카즈는 할아버지 닮았나보다."

엄마가 들여다보러 와서 말했다.

"그거 나름 유명한 작가가 만든 거야. 네 할아버지는 취미가 많아서 도자기나 족자 같은 걸 많이 가지고 계셨어. 그래서 할아버지 집에 올 때마다 정말 긴장했었지. 꽃 한 송이라도 아무 병에 꽂지 않으셨거든."

"으응."

"할아버지의 심미안을 네가 이어받았나."

히라는 왠지 기뻤다. 이 년 전 고인이 된 할아버지는 확실히 고상한 취미를 가지고 있었다. 흘음 때문에 내성적인 자신을 미술관이나 하이쿠 모임이나 다도 모임에 자주 데려가주었다. 원숭이처럼 잔혹한 동급생들이 우글거리는 학교보다 할아버지가 보여준 세계에 훨씬 아름다운 것이 많았다.

"카메라도 계속하고 있고, 나중에 미술 쪽 일을 해도 좋을 것 같네."

"힘들어. 그런 계열 학교를 나오지 않으면."

"그런 대학을 가면 되잖아. 카메라도 그래. 가끔은 네가 찍은 사진도 좀 보여줘."

"싫어."

짧게 대답한 뒤 히라는 책가방과 플라스크를 들고 방으로 갔다.

어릴 때 부모님이 사준 카메라는 히라의 몇 안 되는 취미 중 하나가 되었다. 처음 부모님이 데려가준 데서 찍은 사진은 처참했지만, 편집을 배우고 나서는 즐거워졌다.

쉬는 날 번화가로 나가 많은 사람이 오가는 풍경을 찍고 편집 프로그램으로 사람들만 지운다. 텅 비어버린 공간에 치밀하게

아름다운 그

풍경을 채워넣는다.

세세하게 손이 많이 가는 작업이지만, 하는 동안은 몰두할 수 있었다. 일상의 우울이나 분노나 한심함이 멀어지고, 고독과 한 끗 차이인 백지의 공간을 보면 기분이 편안해졌다. 그렇게 만들어지는 풍경이 좋았다. 인간과 대조되는 도시 풍경에서 홀연히 사라져버린 사람들. 너무 나쁜 짓만 해대서 예고 없이 신의 벌이 떨어진 세계 같았다.

피 같은 오렌지색 필터를 씌운 날에는 음산한 느낌이 가득해진다. 히라의 취향으로는 노출로 투명감을 높인 밝은 세계에 자연스럽게 사람만 없는 편이 좋았다. 일부러 기분 나쁜 연출을 하는 것보다 그쪽이 상실감이 두드러지는 느낌이 든다.

스스로도 너무 어둡다고 생각한다. 그래서 부모님에게는 한 번도 사진을 보여주지 않았다. 흠음 탓에, 친구가 놀러왔던 건 초등학생 때가 마지막이었다. 아들이 학교에서 겉돈다는 사실을 아는 부모님에게 이런 걸 보여준다면 깜짝 놀라는 걸 넘어 정신적으로 문제가 있다고 충격을 받을지도 모른다.

외동아들로서 죄송할 따름이다. 하지만 스스로도 어쩔 수가 없다.

히라의 불만이나 불안은 연어처럼 늘 같은 곳에서 빙글빙글 회유할 뿐이다.

출구가 없는 생각에 결론을 내고 책상에 플라스크를 내려놓았다. 서랍을 열어 칸막이 트레이에 나눠 넣어둔 동전을 조심히 꺼내들고 그중 하나를 플라스크 속에 떨어뜨렸다. 짤랑, 소리가 울린다. 하나 더. 다시 하나 더. 심부름 갈 때마다 키요이에게 받은 동전들. 마지막으로 교통카드 케이스에서 오늘 받은 것까지 꺼내 떨어뜨렸다.

의자에 앉아 창문으로 비쳐들어오는 햇빛에 청록색으로 빛나는 플라스크를 들여다보았다.

무척 만족스러웠다. 허용량을 넘어 서서히 부피를 늘리며 심장 안으로 밀려들어오는 아주 답답한 느낌을 견뎌야 할 정도였다. 애달프고, 행복하고, 숨이 막힐 것 같다. 처음으로 느껴보는 감정. 하지만 이 감정이 무엇인지 알고 있다.

심부름값. 아이스크림이라도 사 먹어.

아이스크림 따위를 왜 사. 계속 손안에 놓고 그리워하고 싶어.

이 마음은 사랑이다.

여름방학 같은 건 없어졌으면 좋겠다. 그렇게 생각한 건 태어나서 처음이었다.

봄, 여름, 겨울의 긴 방학은 학교라는 바늘방석에서 한동안 자신을 해방해주는 고마운 제도였다. 하지만 지금은 키요이와 만날 수 없는 방학 따위 없어져버리면 좋겠다고 생각한다. 이런 자신이 바보 같다. 아래 계급 주제에, 주제 파악도 못하고 하필이면 피라미드 정점에 있는 아이를, 게다가 동성을 사랑하게 되다니. 오리대장 볼 면목이 없다.

가능한 한 편하게 마음먹자. 자극에 민감하지 말자.

키요이를 향한 사랑은 오리대장의 가르침과는 정반대에 있다.

"저녁은 새우튀김 어때?"

점심으로 중국식 냉라면을 먹을 때, 식탁 건너편에서 엄마가 말했다.

"생선가게에서 새우 특별 할인한대. 보리새우. 너 그거 좋아하잖아."

집에서 새우튀김을 할 때는 항상 블랙타이거새우를 쓰는데, 그렇게 출혈 큰 대서비스를 하려는 건 여름방학이 시작된 뒤로 아들이 뭔가 탐탁지 않은 얼굴로 계속 집에만 틀어박혀 지내기 때문이다.

"아빠가 좋아하는 가리비튀김도 할까?"

기운 내라는 위로임을 눈치채지 못하게 아빠가 좋아하는 것을 끼워넣으려는 엄마의 세세한 마음씀씀이에, 미안하고 어디 숨어버리고 싶은 기분이 한계치까지 올라간다. 솔직히 말하면 그냥 내버려두는 게 가장 고맙겠지만, 그런 말을 할 수는 없어 조용히 냉라면을 먹고 있는데 휴대폰이 울렸다. 가끔 오는 스팸이려니 했는데 시로타가 보낸 것이었고, 혹시나 싶어 가슴이 두근거렸다.

―구로카와 불꽃놀이. 열 명 자리 좀 잡아주라.

　　구로카와에서 열리는 불꽃놀이는 이 지역의 여름 연례행사로, 어릴 때 히라도 부모님과 구경 간 적 있다. 열 명이라면 분명 키요이도 올 것이다. 해변까지 떠밀려온 다시마 같던 정신이 번쩍 돌아왔다. 키요이와 만날 수 있다면 빵셔틀이든 자리 잡기든 뭐든 상관없다.

　　"엄마, 열 명이서 불꽃놀이 보려면 돗자리 두 장이면 될까?"

　　"어머, 방금 온 연락이 같이 불꽃놀이 가자는 거였어?"

　　엄마의 얼굴이 확 밝아졌다.

　　열 명이면 두 장으로 모자라지, 세 장이면 되겠지만 혹시 모르니까 넉넉하게 네 장 가져가봐. 학교 친구들이야? 여자애들도 와? 유카타 입고 갈래? 질문이 쏟아지자 히라는 아무 생각 없이 엄마 의견을 물어본 걸 후회했다.

　　다음날, 히라는 아침을 먹자마자 바로 불꽃놀이가 열린다는 강변으로 향했다. 아직 설치도 시작되지 않은 한적한 강변에 준비한 돗자리 네 장을 펼치고 바람에 날아가지 않도록 구석을 무거운 것으로 눌러놓았다. 그러고는 한가운데에 무릎을 세우고 앉았다.

　　약속한 일곱시까지 아직 열 시간이 남았다. 키요이와 만나는 건 이 주일 만이다. 키요이는 유카타를 입고 올까. 기대감에 기다릴 수 없을 지경이다. 불꽃놀이니까 유카타 입은 여자애들도 질릴 만큼 많을 텐데, 아들이 다른 남자애가 유카타 입은 모습을 기대하고 있다는 사실을 안다면 엄마는 엉엉 울지도 모른다. 앞으로의 인생을 생각하면 굉장한 패널티를 짊어진 느낌이 든다.

하지만 이상하게도 초조하지도, 비관이 되지도 않았다. 그 정도로 노골적으로 키요이를 사랑하고 있지만, 스스로 게이라는 생각은 들지 않는다. 좋아하는 사람이 키요이일 뿐 남자가 좋은 건 아니다. 잘생긴 남자를 봐도 아무 느낌 없고, 예쁜 여자를 봐도 마찬가지다. 키요이 외에는 안테나가 반응하지 않는다. 키요이만 특별하다.

혼자 기다리는 동안 할일이 없어 휴대폰 게임을 했는데 정수리와 목덜미가 델 것처럼 뜨거워져 계속하고 있을 수 없었다. 한낮이 가까워지며 햇볕이 점점 강해졌다. 엄마가 잔뜩 챙겨줬던, 물통에 넣어 얼린 스포츠드링크를 꿀꺽꿀꺽 마셨다. 이렇게까지 많이 필요 없다고 생각했지만 역시 엄마가 맞았다. 땀이 줄줄 흘러내렸다.

양산을 펼치고 수건을 목에 두르고 돗자리에 누워 축 늘어진 채 그저 시간이 가기만 기다렸다. 웅성웅성 사람들 기척이 늘어난다. 아, 슬슬 저녁인가.

"죽었냐?"

문득 머리 위에서 목소리가 내려왔다. 느릿느릿 수건을 치우자 허리를 숙이고 들여다보는 키요이가 있었다. 으악. 작게 외치고 몸을 일으켰다. 강변에 많은 사람들이 모였고 유카타 입은 여자애들이 컬러풀한 물고기들처럼 왔다갔다하고 있었다. 잠깐만 하고 돗자리가 말려들어간 부분을 서둘러 펴다가, 어라 하고 움직임을 멈췄다.

"다른 애들은?"

키요이뿐이었다. 그 물음에 키요이가 히라를 보았다. 벽에 바짝 밀어붙여진 듯한 압박감이 느껴졌다. 빵셔틀로서 무리의 말단에 들어가 있긴 하지만, 히라는 키요이의 아우라에 지금도 익숙하지 않다.

"여자애들 데리러 갔어."

무시할 줄 알았는데 대답해주었다.

"아, 아, 그래. 여자애들도 오는구나."

"네 짝은 없을걸."

차가운 말이 돌아왔다. 너무 기세 좋게 대답해서 키요이가 오해한 듯하다. 물론 여자는 기대도 하지 않는다. 그보다는 지금 이 상황에 마음이 들떴다.

키요이와 처음 갖는 둘만의 시간. 격렬한 두근거림을 억누르는데 키요이가 돗자리 위에 책상다리를 하고 앉았다. 유카타가 아니라 티셔츠에 통이 좁은 바지 차림이다. 비율이 좋아서 별스러운 복장이 아니어도 무척 빛이 난다. 아, 귓불에 작은 피어스. 학교에서는 본 적 없는데 방학이라서 한 건가.

"……뭐야, 너?"

문득 키요이가 히라를 바라봤다. 심장이 흠칫흠칫 요동쳤다.

"에, 뭐, 뭐, 뭐, 뭐가, 뭐가?"

아, 신이시여, 부디 키요이 앞에서만은 더듬지 않게 해주소서. 하지만 신에게 한 기도는 말이 더 뒤엉키는 역효과를 낳았다. 이럴 때는 오리대장에게 기도해야 하나.

"너, 툭하면 나 쳐다보잖아."

순간 오리대장이 슝 날아가는 영상이 떠올랐다. 그만큼이나 놀랐다.

키요이의 말은 질문이 아니라 단정이어서, 히라는 들켰다 싶어 얼굴에 열이 몰렸다. 이제 와서 새삼 쳐다보지 않았다고 잡아뗄 배짱은 없었다. 그보다는 자신의 기분을 전달하고 싶은 욕구가 솟구쳤다. 곧 시작될 불꽃놀이에 달아오르던 주변 분위기 때문일지도 모른다.

"그, 그, 그, 그건……"

뒤엉키는 말이 털뭉치처럼 목구멍을 막았다.

"그건 키요이…… 키요이군이……"

키요이는 미간을 찌푸리고 있었다. 히라는 꼴사나운 자신에게 화가 났다. 더이상 기다리게 하면 이제 됐다고 말할 것 같았다. 내리깔았던 눈을 들고는 에라 모르겠다 각오를 다졌다.

"키요이군이 예뻐서."

히라가 겨우 말하자, 키요이의 미간 주름이 더욱 깊어졌다.

"하아?"

의아해하는 눈빛을 보자 히라는 초조감이 솟구쳤다.

기분 나쁘게 생각할지도 몰라서 불안한 게 아니라, 아니 '생각할지도 모른다'가 아니라 확실히 그렇게 생각하겠지만, 자신의 말이 서툴렀기 때문에 생긴 초조감이었다.

예쁘다, 그런 간단한 말로 키요이에 대한 마음을 표현할 수 없다. 그렇다고 길고 긴 대사를 주절주절 읊어봐야 결코 전할 수 있을 것 같지 않았다. 결국은 짧고 서툰 한마디만 하고는 더이상 아무 말도 못하고 그저 바라보고만 있었다.

키요이는 여전히 미간을 찌푸린 채 입을 열었다.

"너, 엄청 기분 나빠."

키요이가 그렇게 말했을 때, 당돌하게도 알아차린 사실이 하나 있었다.

너.

……너.

…………너?

그러고 보니, 키요이는 나를 '히군'이라고 부른 적이 없지 않나?

"너 말이야, 언젠가 누구 하나 찌를 것 같아."

어째서 그렇게 중요한 사실을 지금까지 알아차리지 못했을까.

키요이는 모욕적인 별명에 혐오감을 느끼는 정상적인 신경을 지닌 사람인가? 하지만 히라라고 부른 적도 없었으니, 그냥 히라라는 존재의 이름을 입에 담는 것이 싫었을지도 모른다. 아니면, 단순히 아무 생각도 없는 걸지도. 어떤 거지?

필사적으로 생각하는 히라 앞에서, 키요이의 얼굴은 더욱더 기분 나쁜 얼굴이 되어갔다.

"너, 내 말 듣고 있어?"

"드, 듣고 있어. 미안."

아름답고 무정한 입술이 자신을 '히군'이 아니라 '너'라고 부른다. 기뻐서 심장이 마구 떨렸다. 어쩌면 히라는 지금 울 것 같은 얼굴을 하고 있을지도 모른다. 키요이가 기분 나쁘다는 듯 쳐다본다. 그때, 뒤에서 부르는 목소리가 들렸다.

"키요이."

고개를 돌리자, 시로타를 필두로 평소의 무리와 유카타 입은 여자애들이 있었다.

"굉장해, 여기 완전 좋은 위치잖아. 히군. 고마워."

주위를 둘러본 미키가 말했고, 유카타 입은 여자애들이 시시덕거리다가 "계속 서 있으면 힘들어" 하고 돗자리에 앉았다. 보라색 장미 문양 유카타는 너무 화려해서 운치도 뭣도 없다고 생각했다.

"키요이, 요전에 바닷가에서 돌아갈 때, 결국 어떻게 됐어?"

보라색 장미 유카타 여자애가 말을 걸었고, "아침까지 노래방" 하고 키요이가 대답했다. 그 말만 했는데도 여자애들이 크게 웃었다. 히라는 모르는 이야기다. 모두 같이 바닷가에 갔었구나.

"저녁인데도 덥네. 빙수 먹고 싶다."

여자애들이 말했고, 시로타 무리가 노점에 가자며 일어섰다. 여자애들에게 둘러싸여 있던 키요이까지 가버리자 꿈같았던 둘만의 시간은 어이없이 끝나버렸다.

평소라면 빵셔틀을 시켰겠지만 이런 데서는 노점을 둘러보는 것도 즐거운 일이라서 히라는 혼자 자리를 지켜야 했다. 가족이나 커플이 눈앞에서 지나다닌다. 그 속에서 혼자 있으려니 어렴풋이 외롭다는 생각이 들었다. 그렇기 때문에 평소 히라는 휴일의 유원지 같은 데는 오지 않는다. 하지만 오늘은 다르다. 세운 무릎에 얼굴을 묻고 히죽히죽하며 조금 전의 키요이를 떠올렸다.

너, 툭하면 나 쳐다보잖아.

너, 엄청 기분 나빠.

내가 키요이를 보고 있다는 걸 키요이가 알고 있었다. 기분 나빠하는 건 유감이지만, 기척을 알아채준 것이 기쁘다. 언제나 그 자리에 있어도 없는 사람 취급을 당해왔기 때문에 알아채준 것만으로도 반짝거리는 뭔가를 선물받은 느낌이었다.

한심한 생각일까. 기분 나쁜 걸까. 하지만 아무도 이해하지 못한다 해도 상관없다. 이 기쁨은 나만의 것이다. 굼벵이도 구르는 재주가 있는 것처럼.

나에게도 조금쯤은 기분이 좋아질 권리가 있을 것이다.

휘익 하고 작은 소리가 들렸다. 고개를 들자, 쿵 하고 내상이 진동하는 듯한 소리에 이어 새까만 하늘에서 거대한 빛의 꽃이 피었다. 우와 하는 함성이 들렸다.

"잠깐, 거기 좀 당겨서 앉아줘."

돌아보자 어느새 모두 돌아와 있었다. 각자 빙수나 야키소바나 소시지바 등을 들고 있어 히라의 뱃속이 저절로 꼬르륵거렸다. 편의점 삼각김밥으로 점심을 대충 때운 터라 뭐라도 사 올까 생각하고 있는데, 양옆에서 빙수와 오코노미야키가 동시에 앞으로 내밀어졌다.

"먹을래?"

"먹을 거냐?"

오른쪽 빨간색 빙수는 모르는 여자애가, 왼쪽 오코노미야키는 키요이가 내민 것이었다. 물론 히라의 눈은 왼쪽에 고정되었다. 혹시 나 먹으라고 일부러 사 온 건가. 아, 어쩌지. 심장이 폭발할 것 같아. 히라는 고, 고, 고마워 하고 심하게 말을 더듬으며 손을 내밀었다.

"아, 아니다. 얘 거 받아."

키요이가 도로 쏙 가져가버렸다.

"엇, 어, 아니."

"덤으로 받았는데 나는 더 못 먹겠어. 누구 먹을래?"

키요이가 오코노미야키를 들자, 다른 녀석들이 먹을래, 먹을래 하며 순식간에 채갔다.

덤이었구나. 맥이 빠졌지만 뭐, 그랬겠지 하고 히라는 납득했다. 그래도 소중한 기회였는데. 침울해하고 있자, 머뭇머뭇하는 느낌으로 오른쪽에서 다시 빙수가 나타났다.

"먹을래?"

"아, 응, 고마워."

존재 자체를 완전히 잊고 있었다. 지갑을 꺼내려는데 여자애가 괜찮다고 말했다.

"혼자서 자리 잡아줬잖아."

"응."

"더웠겠다. 고생했어."

여자애가 살가운 미소를 지었다. 길게 가르마를 탄 단발에 안경을 썼다. 시로타 녀석들과 친한 화려한 여자애들과는 다르다. 이렇게 수수한 애가 어째서 여기 있는 걸까?

"히군, 기노시타 마을 사거리에 있는 패밀리레스토랑 알아?"

문득 시로타가 돌아보며 물었고, 히라는 고개를 끄덕였다.

"가서 자리 좀 잡아줘. 열두 명 자리."

정말입니까. 마음속으로 반문했다. 아침부터 자리를 잡았는데, 식당 자리까지 잡으라니. 게다가 지금은 키요이 오른쪽 옆이라는 멋진 포지션인데.

"미안, 구라타도 같이 가게 해줄게."

보라색 장미 유카타를 입은 여자애가 히라에게 두 손을 모으며 말했다. 구라타? 누구지? 생각하는데 빙수를 건넸던 여자애가 옆에서 히라를 보고 있었다. 아아…… 이 아이도 나처럼 피라미드 밑바닥에 있구나.

"네 짝도 있었네."

키요이가 중얼거리듯 말하자, 히라는 고개를 돌려 바라보았다. 히라가 보는 걸 알면서도 키요이는 외면한 채 하늘로 솟아오르는 불꽃만 보았다. 냉혹한 말, 그 이상으로 아름다운 옆얼굴.

"……응. 다녀올게."

히라는 키요이에게만 들릴 정도로 웅얼거렸다.

다른 사람이 아니라 오직 키요이를 위해서.

불꽃놀이 구경을 위해 자리 잡는 일만으로도 말라비틀어질 것 같아도, 먹은 게 없어 배가 꼬르륵거려도, 밤하늘에서 아름답게 터지는 불꽃도 못 보고 등을 돌려야 해도 키요이를 위해서라면 식당에 자리를 잡으러 갈 수 있다.

이번에도 역시 키요이는 못 들은 척했다. 아름다운 옆얼굴을 더 보고 싶은 마음을 억눌렀다. 히라가 자리에서 일어서자, 구라타도 따라 일어섰다. 둘이서 불꽃놀이를 뒤로하고 걷기 시작했다. 받은 빙수를 먹으며 걷자, 구라타가 툭 내뱉었다.

"좀더 보고 싶었는데."

아쉬워하는 목소리. 그러네 하고 맞장구쳐주면 좋았을 것이다.

"난 괜찮아."

히라가 말하자, 구라타는 고개를 갸웃했다.

"불꽃놀이 안 좋아해?"

"그런 건 아니지만, 불꽃놀이보다 더 좋아하는 게 있어서."

구라타는 흐음 하고 의아하다는 표정을 지었다. 등뒤에서는 내장을 때리는 듯이 불꽃 터지는 소리가 울리고 있었다.

9월 1일, 신학기 교실에서 작은 소동이 일어났다.

패션 잡지가 주최하는 보이즈 콘테스트 엔트리에 키요이가 들었다는 소식이 전해지자 여자애들이 난리법석을 떨었다. 패션을 모르는 히라와는 전혀 인연이 없는 잡지지만 매년 수상자 발표가 TV 뉴스에 나올 만큼 유명한 콘테스트여서 이름은 알고 있었다. 역대 대상 수상자는 그 잡지 소속 모델을 거쳐 배우 등으로 전향했다.

키요이는 사촌이 멋대로 대신 응모한 모양이었고, 1차와 2차는 이미 통과했다. 다음의 3차 심사는 독자 인기투표인데, 그 결과에 따라 최종 후보가 정해진다고 한다.

"대단해, 키요이, 이제 연예인이네."

"3차 심사는 잡지에 사진도 실리는 거지?"

상관도 없는 시로타 녀석들이 떠들어대고 키요이 본인은 무심한 얼굴로 휴대폰만 만지작거리고 있다. 역시 키요이는 굉장하다고 히라는 다시금 감탄했고, 자신의 심미안에 남몰래 어깨가 으쓱했다.

키요이 소동은 날이 갈수록 커졌다. 원래부터 인기가 많았지만, 이제는 다른 학교 여자애들까지 키요이를 보러 방과후에 몰려왔다. 피라미드 위쪽에 있는 여자애들은 어떤 식으로든 인맥을 동원해 키요이와 연락해보려 했다.

방과후에 키요이와 놀고 싶어하는 여자애들이 보낸 메시지를 시로타 녀석들이 트럼프카드를 내버리듯 '필요' '필요 없음'으로 나누었다.

"키요이, 뭐 원하는 거 있어?"

"별로. 너 좋을 대로 해."

"음, 그럼 어떻게 하지? 오늘은 미코네 애들로 할까?"

"에이, 귀엽긴 한데 머리가 나빠서 대화가 안 통해."

왕의 허락 아래 시로타 녀석들은 대궐의 도련님 기분을 만끽하고 있다.

각 학교의 엄선된 여자애들과 만나는 방과후 놀이에 히라는 빵셔틀로서 끼는 날도 있었지만, 방해된다며 빠지라고 해서 그냥 집에 돌아가는 날도 있었다.

아름다운 그

그날은 전에 불꽃놀이를 보러 갔던 멤버들과 노는 자리에 히라도 끼게 되었다. 약속 장소인 패밀리레스토랑에 가자 구라타도 와 있었다. 구라타가 꾸벅 고개 숙여 인사하길래 히라도 똑같이 인사했다.

그 모습을 본 시로타 녀석들이 "어라? 혹시 너희 썸 타냐?" "벌써 그런 사이?" 하며 놀리더니 억지로 히라를 구라타 옆에 앉혔다. 히라가 미안하다고 작은 목소리로 사과하자, 구라타는 얼굴을 붉히며 고개를 저었다.

그때 문득 기척을 느꼈다. 고개를 들자 키요이와 눈이 마주쳤다. 턱을 괸 채 보고 있었다. 히라는 뭐지 하고 두근두근하며 두리번거리다, 키요이의 음료 잔이 비었다는 사실을 알아챘다.

"뭐 마시고 싶어?"

"진저에일."

히라가 바로 일어서자, 한 여자애가 웃음을 터뜨렸다.

"히라군, 구라타 것도 비었잖아."

"아, 나는 괜찮아. 내가 갈게."

구라타가 가슴 앞에서 손을 내저었다.

"아아, 히군, 거기선 우리보다 여자친구 먼저 챙겨야지. 너 그러다가 구라타에게 차일걸."

"어쩔 수 없어. 히군은 선천적인 노예니까."

"노예라니 심하다. 아무튼 히군, 구라타한테 사과해."

"저, 나는 정말 괜찮아……"

구라타는 이미 귀까지 새빨개졌고, 울지 않을까 걱정될 지경이었다. 남자인 나는 그렇다 쳐도 여자애가 이런 놀림을 당하면 견디기 힘들 것 같다. 어지간히 좀 하라고 머릿속으로만 외치고 있는 나도 한심하지만.

"내버려둬, 무슨 상관이냐."

키요이가 툭 내뱉자, 모두 그쪽을 돌아보았다.

"그런 게 재밌냐?"

키요이가 지루한 듯 턱을 괴고 물었다. 순간 좌중이 조용해졌다. 모두 겸연쩍은 듯 시선을 나누었다.

그러다 "그러고 보니 요전에 말이야" 하고 얼버무리듯 방금 전 하던 이야기로 돌아갔다. 구라타만 멍하니 키요이를 바라보고 있었다.

"빨리 갔다 와."

키요이가 턱을 까닥하며 명령하자 당황한 히라는 서둘러 테이블에서 멀어졌다.

히라는 음료 코너에서 진저에일을 따르면서 터지는 금색 탄산에 눈을 고정한 채 구라타의 눈빛을 떠올렸다. 완벽하게 사랑에 빠진 눈이었다. 응, 나도 알아, 키요이 멋지지? 하고 공감하는 마음과, 하지만 키요이는 우리를 구해준 게 아니야, 그걸 모르면 괴로울 거야 하고 충고해주고 싶은 마음이 반반이었다.

아름다운 그

키요이는 기분에 따라 예스 또는 노라고 말한다. 변덕쟁이이고 제멋대로인데다, 이런 이야기를 해서 미움을 받으면 어떡하지 하는 생각과는 거리가 먼 세상에서 살고 있다. 우리 같은 존재들은 키요이 같은 존재를 격렬하게 싫어하든가, 강렬하게 동경하든가 둘 중 하나다.

아무리 동경해도 우리 손이 키요이에게 닿을 일은 없겠지만.

패밀리레스토랑에서 나와 키요이는 바로 돌아갔고, 그러자 여자애들도 가겠다고 해서 조금 더 놀고 싶었던 시로타 녀석들이 투덜거렸다. 꼴좋게 됐다.

히라는 서점에 들러 예약해둔 잡지를 샀다. 키요이가 나간 콘테스트를 주최한 잡지다. 패션 잡지는 태어나서 처음 사봤는데 카운터 점원에게 '너는 이 장르 아니지 않아?' 묻는 듯한 시선을 받고, '그렇죠, 죄송합니다' 하고 속으로 사과했다.

잡지 코너 앞에서 다른 학교 교복을 입은 여자애들이 "다 나갔어" "재수없어" 하며 떠들고 있었다. 이 동네에서 이 잡지의 매출이 크게 올랐을 것이다.

"어서 와. 좀 늦었네."

집에 돌아오자 엄마가 주방에서 얼굴을 내밀었다. 집안에 카레냄새가 가득했다. 바로 데워주겠다며 주방으로 돌아간 엄마에게 히라는 먹고 와서 괜찮다고 소리쳤다.

"또? 최근에 자주 그러네."

엄마가 다시 얼굴을 내밀었다. 혼날 거라 생각했는데, 엄마는 기쁜 듯이 말했다.

"혹시 여자친구라도 생겼어?"

"어?"

히라는 자기도 모르게 고개를 갸웃했다.

"그럼, 친구?"

한순간 말문이 막혔다.

"비슷해."

그 대답에 엄마는 더욱 기쁜 얼굴을 하더니 늦을 때는 연락만 좀 잘 해달라며 기분좋은 듯 주방으로 돌아갔다. 연락도 하지 않고 늦은데다 저녁밥도 필요 없다는 아들. 보통이라면 잔소리를 들을 상황이지만, 엄마는 학교에서 겉도는 아들에게 방과후에 함께 놀다가 저녁까지 먹을 친구가 생겼다며 기뻐하고 있다.

무척 죄송한 기분이 들었다. 빵셔틀로 이용당하고 있을 뿐인데. 이 사실을 알면 엄마는 슬퍼할 것이다. 그 무리 중 한 남자애를 사랑하고 있다는 사실을 알면 부모로서 절망할 것이다. 그래도 행복하다고 말하면 머리가 이상해졌다고 생각할 것이다.

평생 비밀로 해야지.

방에 들어와 옷을 갈아입는 것도 미루고 침대에 앉아 잡지를 펼쳤다. 콘테스트 페이지는 바로 찾을 수 있었다. 결선에 나가기

전 마지막 예선에 오른 오십 명의 얼굴과 전신사진이 실려 있었다. 첫 페이지에는 없었다. 역시나 하나같이 잘생긴 사람들만 모여 있어 이 녀석들 인생은 즐겁겠지 생각하며 페이지를 넘기다 손이 멈췄다.

키요이가 웃고 있었다. 학교에서는 본 적 없는 상큼하고 맑은 미소, 흔히 말하는 아이돌 미소였다. 이게 정말 키요이인가. 히라는 물끄러미 사진에 집중했다.

제멋대로이고, 오만하고, 누구에게도 아쉬운 소리를 하지 않는 강한 왕. 아이돌 미소 같은 건 절대로 어울리지 않을 거라 생각했었다. 그런데 사진 속 키요이에게 히라의 심장은 이상한 방향으로 반응하기 시작했다.

왕인 키요이는 너무 신성해서 가까이할 수 없다. 하지만 모두에게 먹힐 것 같은 미소를 띤 키요이는, 이 페이지 전체를 찢어서 꾸깃꾸깃 동그랗게 뭉쳐버릴 수도 있을 만큼 만만한 존재로 보였다. 이런 키요이라면 만질 수 있을 것 같고, 만져도 될 것 같은 이상한 착각이 싹텄다.

다리 사이가 시큰하게 두둑해지는 느낌이 들어 시선을 내려보자 부자연스럽게 부푼 고간이 눈에 들어왔다. 미안해. 히라는 속으로 중얼거렸다. 하지만 손이 멋대로 교복 바지 지퍼를 내리기 시작했다. 잡지를 보면서 성기를 천천히 위아래로 문질렀다.

"……읏, 후."

꼭 악문 입술 사이로 호흡이 새어나왔다. 하면 안 되는 일을 하고 있다. 이것은 키요이가 아니다. 적어도 히라가 알고 있는 키요이는 아니다. 하지만 머릿속은 만만한 미소를 짓고 있는 키요이로 가득차버렸다. 키요이의 손을 잡고, 끌어안고, 가늘고 긴 목덜미에 입을 맞춘다.

발칙한 망상에 어이없을 정도로 빨리 사정해버렸다.

죽을 만큼 흥분했다. 지금까지 했던 어떤 자위보다 기분좋았다. 머리가 마비될 것만 같은 쾌감이었다. 하악하악 숨을 몰아쉬었다. 그래도 한 번 하고 나니 머리는 점점 차가워졌다.

잡지 모서리에 정액이 튀어 있다. 맞은편 책상에는 키요이에게 받은 동전을 모아둔 플라스크가 놓여 있다.

욕망과 동경. 두 가지가 한번에 시야에 들어와 지독한 자기혐오가 밀려왔다. 손등으로 잡지에 튄 정액을 닦았지만 젖은 부분이 보기 싫게 우그러졌다. 가장 소중한 것을 제 손으로 더럽혀버렸다. 최악이다. 죽고 싶다.

이런 짓은 두 번 다시 하면 안 된다고 히라는 스스로에게 금지령을 내렸다.

두 달간의 독자 인기투표 기간을 거쳐 키요이가 엔트리 오십 명 중 상위 열 명이 진출하는 최종 결선에 여덟번째로 진출하게 되었다는 소식이 잡지에 발표되었다.

아름다운 그

"어, 키요이, 오늘 안 돼?"

토요일 방과후, 키요이는 시로타 무리의 제안을 거절했다.

"잠깐, 잠깐, 기다려. 오늘은 내 여자친구의 친구가 만나자고 한 거야."

"갑자기 그러지 마. 오늘은 볼일이 있어."

"아니, 그래도 부탁할게. 잠깐이라도 좋아. 널 만나고 싶어하는 사람이 내 여자친구의 선배거든. 당일에 취소하면 걔 입장도 그렇잖아. 나도 체면이 안 서고."

시로타가 두 손을 모으고 부탁하자, 키요이는 진심으로 귀찮다는 듯이 고개를 획획 저었다.

"그럼 날짜를 바꿔. 다음주나."

"알겠어, 알겠어. 물어볼 테니까 잠깐만 기다려줘."

시로타가 여자친구에게 전화를 걸었다.

"아, 나야. 오늘 말이야, 미안한데 안 되겠어."

가까이 있어서 "응? 왜?" 하는 여자애 목소리가 히라에게도 들렸다. 시로타는 미안하다며 연신 사과하고 다음주로 바꾸자며 그쪽 스케줄을 물었다. 여자친구의 선배들이 옆에 있어서 전화를 바꿨는지, 도중에 시로타가 말을 높였다.

"그게, 정말 죄송해요. 키요이요? 아, 있어요. 잠깐만요."

시로타가 키요이에게 휴대폰을 내밀었다.

"키요이, 받아봐."

"왜?"

"오늘 못 만나게 된 거 사과 좀 해줘."

키요이의 눈빛에서 온기가 슥 사라지는 듯했다. 아, 위험하다 싶었는데 역시나 상황이 그렇게 전개되었다.

"모르는 여자애한테 내가 왜 사과해야 하는데?"

대놓고 불쾌함을 드러내는 키요이에게 당황한 시로타가 저자세를 취했다.

"그냥, 형식적으로."

"싫어. 날 만나고 싶어한 건 그쪽이잖아. 나는 만나든 안 만나든 상관없거든. 그런 걸로 체면이 이러니저러니 하며 삐지는 여자애라면 관둬."

키요이가 딱 잘라 말하더니 "그럼 간다" 하고 역 개찰구를 빠져나갔다.

무자비한 뒷모습을 배웅하던 히라의 뒤에서 한숨소리가 들렸다. 고개를 돌리자, 당연하게도 어색한 분위기가 가득했다. 시로타가 휴대폰을 들고 얼굴을 찌푸린 채 끊어졌다고 중얼거렸다. 이쪽의 대화가 들렸을 것이다. 다시 한번, 꼴좋게 됐다.

"젠장, 나 완전 한심하지?"

"모모짱은 자존심 세잖아. 너, 차일지도 몰라."

차일지도 모른다가 아니라 차여버리면 좋겠다. 히라도 한 번 본 적 있지만 모모짱은 청순하고 귀여운 스타일로 양아치 같은

아름다운 그

시로타와는 격이 맞지 않았다.

"그래도 그렇지, 키요이도 이건 아니지 않아?"

시로타가 고개를 숙이고 목을 긁적거렸다. 온몸으로 불만을 표출한다.

"요즘은 우리랑 잘 놀지도 않고. 역시 그건가."

미키가 시로타의 반응을 살피듯 웃는다.

"그거?"

"벌써 연예인이니까 난 너네랑 다르다, 뭐 그런 거."

미키가 경박한 표정을 지었다. 그런 건 아닐 거라며 부정당하면 곧바로 농담이었다고 흘려버리려는 웃음. 카멜레온 같은 불쾌한 녀석이라고 생각하는데, 역시나 시로타가 여봐란듯이 올라탔다.

"조금은 그럴지도 몰라. 잘 놀지도 않고, 일이 있다면서 무슨 일인지 말도 안 하고, 그런 거 기분 나빠. 잘난 척하는 거야 뭐야."

"겨우 8등이면서."

미키가 말했고, 시로타와 다른 두 아이도 싫다는 듯 눈짓을 주고받았다.

"맞아. 결선은 열 명까지 나가지만 8등이면 대상은 물건너간 거나 마찬가지지."

"뭐, 멋있는 건 인정하겠는데, 전국구에서 통하느냐 하면, 그건 또 아니지."

다른 두 아이까지 동조하자, 히라는 질리는 걸 넘어 헛웃음이 나왔다. 자신들이 얼마나 창피한 말을 하고 있는지 자각도 못한다는 사실이 너무 우스웠다. 콘테스트 전체 응모자 수는 만사천 명. 그중에서 8등이다. 서류 심사부터 떨어질 게 분명한 시로타 녀석들이 내려다보는 듯한 시선으로 키요이를 평가할 수 있는 가. 객관적이지 못한 한심한 녀석들이 창피했다.

진절머리가 났지만 이상한 느낌도 들었다.

튀어나온 못은 얻어맞고 주목받을수록 반발도 생긴다. 원래 세상이 그렇다는 걸 알고 있지만, 히라에게 키요이는 그런 낮은 레벨의 싸움과는 멀리 떨어진 특별한 존재로만 느껴진다. 그렇다면 자신도 저 녀석들처럼 객관적이지 못한 한심한 녀석일 수도 있다는 자각이 들었다. 어쨌든 히라는 키요이 일이라면 바보가 된다. 사랑은 맹목적이라는 말의 의미를 이제 알게 되었다.

시로타 녀석들과 헤어진 뒤 오랜만에 카메라를 들고 거리를 걸었다.

히라는 인간들을 위해 정비된 공간에서 사진을 찍고 거기서 인간들을 지우기를 좋아한다. 유모차를 미는 엄마. 양복 입은 직장인. 대학생 커플. 기품 있는 노부부. 그것들을 전부 나중에 지우기 위해 렌즈에 모아둔다. 스스로도 악취미라 생각하면서 셔터를 누르고 있는데, 문득 파인더 구석에 뭔가 걸렸다.

아름다운 그

키요이?

조금 앞쪽의 복합 건물로 들어가는 키요이를 자기도 모르게 뒤따라갔다. 건물 일층부터 삼층까지는 노래방이었다. 볼일이 있다는 게 노래방에 가는 거였나? 별로 숨기지 않아도 될 일인데 하고 생각하며 무심코 바라본 엘리베이터는 오층에 멈춰 있었다. 키요이가 방금 들어갔으니 키요이가 내렸을 것이다. 오층은 'AR'이라 적혀 있었다.

뭐 하는 가게지? 카페인가?

고개를 갸웃하다 문득 데이트가 있나 생각했다. 무슨 볼일인지 말하지 않은 것도 여자친구를 만나기 위해서였다면 납득할 수 있다. 지금의 상황에서 키요이에게 여자친구가 있다는 사실이 밝혀지면 난리가 날 테니까.

마음이 술렁거렸다. 만약 그렇다면, 어떤 아이일까. 아주 귀여울까, 예쁠까. 둘 중 하나일 것이고, 어느 쪽이든 슬플 것이다. 그렇게 생각하면서도 히라는 어떤 여자애일지 궁금해서 견딜 수가 없었다.

뭔가에 조종당하듯 엘리베이터 버튼을 눌렀다. 스르륵 내려온 작은 상자에 올라타 오층으로 향했다. 머뭇머뭇 오층에 발을 내디딘 순간 밝고 빠른 음악이 귀청을 때렸다. 카페……는 아닌 것 같았다.

"안녕하세요."

히라는 깜짝 놀라 뒷걸음쳤다. 엘리베이터 바로 옆 접수 카운터에 폴로셔츠를 입은, 히라보다 조금 연상인 듯한 여자가 미소 짓고 있었다.

"저, 저기, 저는……"

"둘러보러 오셨어요?"

수상해 보이는 히라에게 여자가 카운터에서 팸플릿을 꺼내 건넸다.

"이 댄스학원은 누구한테 소개받으셨어요?"

댄스학원?

히라가 고개를 절레절레 젓자 여자가 설명해주기 시작했다. 레슨 내용과 수업료를 말해주고, 체험 레슨이 있는데 받아보겠냐고 물었다. 히라는 조금 전보다 더 크게 고개를 저었다.

"그럼, 안내해드릴게요."

"아, 아니, 아니요. 그게, 혼자서 천천히 둘러봐도 돼요?"

눈에 띄게 주눅이 든 히라를 보고 여자는 괜찮다며 미소 띤 얼굴로 끄덕여주었다. 히라는 살짝 고개 숙여 인사한 뒤 머뭇머뭇 복도를 걸어갔다.

복도 한옆으로 레슨실들이 줄지어 있고, 벽 대신 커다란 유리문들이 복도 쪽으로 나 있다. 키요이는 어디에 있을까. 들키지 않도록 최대한 주의하며 가장 앞쪽 레슨실을 슬쩍 들여다보았다. 초등학생 아이들이 춤을 추고 있었다. 뛰어오르는 동작이 튀겨지는 팝콘 같다. 어린데도 모두가 잘 춘다. 하지만 키요이는 없었다.

다음 레슨실을 들여다보자, 수업이 이제 막 시작된 듯했다. 고등학생이나 대학생으로 보이는 사람들이 있다. 전면 거울 앞에 강사가 서서 마주선 사람들에게 동작을 설명한다. 키요이는 바로 찾을 수 있었다. 안쪽에 서 있었다.

몇 번인가 동작을 확인한 뒤 갑자기 춤이 시작됐고, 히라는 우와 하며 눈을 크게 뜨고 바라보았다. 아이들도 굉장하다고 생각했지만, 이쪽은 급이 달랐다. 모두가 어떻게 하는 건지 잘 알 수도 없는 동작을 했다. 관절이 없는 것처럼 보여 조금 무섭기까지 했다.

키요이도 훌륭했다. 자연스레 눈이 가는 건 키요이를 좋아해서일까, 아니면 키요이에게 재능이 있어서일까. 히라는 잡아먹을 듯이 유리문에 딱 달라붙었다. 체육 수업 때 귀찮은 듯 빈둥대던 키요이와는 전혀 다른 사람이었다. 얼굴 전체가 구슬땀에 젖어 빛났다.

너무 몰두해서 보다보니 숨쉬는 것도 잊을 지경이었다. 유리문 너머 눈앞에 선 키요이가 맞은편에서 유리를 콩 두드렸을 때에야 히라는 겨우 정신을 차렸다.

"……아."

심장이 얼어붙었다. 들켰다. 유리 너머 키요이가 굳어 있는 히라에게 무슨 말인가 했다. 들리지 않았다. 키요이는 당황한 히라에게 입 모양을 크게 해서 천천히 말했다.

저기서 기다려.

유리 너머 복도에 있는 벤치를 손가락으로 가리켰다.

한 시간 반쯤 지나자 레슨이 끝났고, 샤워를 해서 말끔해진 키요이가 이끄는 대로 가까운 패밀리레스토랑에 들어갔다. 불꽃놀이 이후 처음으로 다시 단둘이 있게 된 상황에 머릿속이 끓어오르는 히라와 달리 키요이는 자리에 앉자마자 배고프다며 세트메뉴를 시켰다.

"아쿠아리우스."

키요이가 짧게 중얼거리자, 히라는 바로 음료 코너로 달려갔다. 아쿠아리우스에 진저에일까지 가지고 돌아오자 키요이가 의아하다는 얼굴을 했다.

"운동한 뒤라 목마를 거 같아서."

키요이는 평소 진저에일만 마신다.

"내 맘대로 가져와서 미안. 필요 없으면 내가 마실게."

"괜찮아. 고마워."

키요이는 무뚝뚝하게 대답하고, 꿀꺽꿀꺽 아쿠아리우스를 다 들이켜고, 진저에일도 반쯤 마셨다. 역시 목이 말랐구나 생각하며 안도했다. 게다가 고맙다는 말까지 들었다. 처음 들어본 말이라 히라는 너무 기뻐서 몸의 열기가 서서히 오르는 듯했다.

키요이는 턱을 괴고 창밖을 본다. 무슨 이야기라도 해야 하는 거 아닐까. 하지만 피라미드 밑바닥 외톨이인 자신이 무슨 변변한 이야기를 할 수 있겠는가. 계속 실수하다가 결국 키요이를 짜증나게 하며 끝나는 상황이 눈앞에 그려져 히라는 얌전히 오렌지주스를 마셨다.

"너 왜 거기 있었어?"

갑자기 본론에 들어가자, 히라는 심장이 오그라드는 것 같았다. 아, 역시 이걸 물어보려고 여기 오자고 했구나. 그야 그렇다. 댄스와는 아무 인연도 없어 보이는 애가 갑자기 유리문에 딱 달라붙어 지켜보고 있었으니 수상해도 너무 수상했을 것이다. 기분 나쁠 만하다.

"어, 어, 어, 어어, 어쩌, 어쩌."

변명하고 싶었지만 이럴 때는 언제나 말을 더듬게 된다.

어쩌다가 보게 됐어.

그렇게 간단한 말을 더듬는 쓸모없고 쓰레기 같은 나. 키요이가 보고 있다. 창피하다. 얼굴이 불타오를 것처럼 뜨겁다. 안 돼, 안 돼, 안 돼. 제발. 지금만이라도.

"귀찮아, 정말. 그럼 천천히 말해. 적당히 기다릴 테니까."

키요이는 혀를 차더니 의자에 등을 기대고 휴대폰을 만지기 시작했다.

히라는 어리둥절했다.

뭐지? 키요이의 안정된 방약무인함에 왠지 구원받은 기분이 들었다.

괜찮으니까 천천히 말하세요 같은 묘하게 자비로운 대응은 표리일체의 차별의식으로 느껴져 히라를 비참하게 만들어왔었다. 물론, 이제 됐어 하고 손을 저으며 개를 쫓아버리는 듯한 노골적인 대응에도 상처받는다.

그럼 대체 남들이 어떻게 해주길 바라는 건지 자문해보아도 알 수가 없어서 그럴 때마다 난 그냥 줏대가 없는 건가 하고 슬프기도 했었다. 그러다 결국에는 왜 나는 평범하지 못할까, 아무리 생각해도 어쩔 도리 없이 그 출발선으로 돌아오면서 그저 끝없이 지쳐가기만 했다.

키요이는 어느 쪽도 아니었다. 그저 '귀찮다'는 자기중심적인 이유로 약자인 히라에게 혀를 차고는 기다리겠다고 말했다. 자비로운 미소도 짓지 않고, 무표정하고, 그저 오만하게 다리를 꼬고 의자에 기대앉아 휴대폰을 만졌다. 누구에게나 키요이는 늘 이런 식일 거라 생각하자 히라는 왠지 웃고 싶어졌다. 위대한 평범함이다.

"우연히 키요이군을 보고 따라왔어."

그렇게 더듬던 말이 술술 나왔다.

"미행했다는 거냐?"

노려보는 눈길에 히라는 움츠러들었다. 흐름이 멈춘 건 다행이지만, 이제 자신이 기분 나쁜 행동을 했다고 인정해야 하는 궁지에 몰렸다. 지금 바로 산산이 폭발해서 사라져버리고 싶다.

"너 말이야."

키요이가 힐긋 흘겨봐서 히라는 자기도 모르게 상체를 뒤로 뺐다.

"너, 나를 어떻게 하고 싶은 거야?"

"어, 어떻게라니?"

"불꽃놀이 날에도 기분 나쁜 말 했잖아. 예쁘다느니 어쩌니."

"기분 나쁘지 않아. 키요이군은 예뻐."

그것만큼은 확고하게 말했다.

"내가 아니라 네가 기분 나쁘다고 말하는 거야."

"아, 그렇구나."

겨우 이해했다. 그건 그렇다. 키요이는 누가 봐도 예쁘니까.

"미안. 맞아, 난 기분 나쁘지. 키요이군은 예쁘고."

"그러니까, 그런 이야기가 아니라…… 아, 됐어."

키요이는 도중에 포기한 듯 의자에 등을 기댔다.

"너랑 이야기하면 짜증나."

"나도 그렇게 생각해."

솔직하게 끄덕이자, 키요이는 더욱 싫은 듯 히라를 보았다. 이제 됐다는 말은, 키요이를 미행했다는 사실의 확정과 같았다. 스토커라고 확정되어버렸다. 실제로 한 일을 생각하면 변명의 여지가 없다.

버려진 강아지가 된 기분으로 마주앉아 있는데 마침 주문한 음식이 나왔다. 키요이는 치즈버거 세트, 히라는 크림파스타다. 키요이는 아무 말 없이 포크와 나이프를 들었다. 예쁜 얼굴에 어울리지 않게 먹는 모습은 남자 고등학생 그 자체다.

굉장한 속도로 음식이 줄어들자 히라는 초조해졌다. 질문도 끝났으니 다 먹으면 키요이는 돌아가버릴 것이다. 히라는 이 기적 같은 시간을 조금이라도 늘리고 싶었다.

"저기, 춤 말이야, 너무 잘 춰서 깜짝 놀랐어. 다리에 스프링이라도 달려 있는 것 같더라. 키요이군이 춤추는 거 좋아하는지 몰랐어. 체육 시간에는 항상 건성건성 했던 거 같아서."

"별로 안 좋아해."

키요이가 고개도 들지 않고 대답했다.

"아, 그럼, 콘테스트 때문이야?"

결선에는 여러 가지 특기를 보여주는 프리 퍼포먼스 시간이 있다. 키요이가 접시에서 고개를 들어 히라를 노려보았다.

"다른 녀석들한테 말하지 마."

뭘? 하고 되물었다.

"댄스학원 다닌다는 거."

"……아."

아름다운 그

돌연 뭔가를 알아챈 히라가 고개를 끄덕였다. 키요이는 이 말을 하려고 히라를 부른 것이다. 콘테스트에 흥미 없다는 듯 행동하고 있지만, 정말 노력하고 있고, 그 사실을 들키고 싶지 않은 것이다.

"말 안 해."

히라는 끄덕였다.

"입이 찢어져도 안 해."

키요이가 눈을 맞췄다.

"말 안 하면 죽인다고 하면?"

"죽을게."

일 초도 망설이지 않고 대답했다. 말을 더듬지도 않았고, 떨리지도 않았다.

타인을 이렇게 똑바로 쳐다본 건 태어나서 처음인 것 같았다. 심장이 너무 격렬하게 뛰어 관자놀이 부근 혈관이 툭툭거렸다. 온몸의 피가 몰리는 걸 느끼면서 키요이를 바라보았다. 세포 단위로 살아 있는 기분이 들었다.

키요이는 기분 나쁘다는 표정을 지었다. 아마 완전히 미친놈으로 보일 것이다. 그래도 좋았다. 기분 나빠하는 얼굴도 예뻤다. 멍하게 바라보는데 키요이가 짧게 말했다.

"기분 나빠."

나의 왕은 무자비하고, 누구보다 아름답다.

12월의 첫 일요일, 도쿄의 어느 대형 홀에서 콘테스트 결선이 개최되었다. 행사장에는 방송국 카메라들도 와 있어서 응원하러 온 히라까지 긴장됐다. 시로타 무리를 포함해 같은 학교뿐만 아니라 다른 학교에서도 아이들이 많이 보러 온 것 같았다.

　결과부터 말하자면, 키요이는 입상하지 못했다. 대상은 요코하마의 대학생이었고, 금상은 센다이의 중학생과 나라의 고등학생이었지만, 히라 눈에는 당연히 키요이가 대상이었다. 프리 퍼포먼스 때 선보인 댄스도 대단했다. 심사위원들은 보는 눈이 없다.

　행사가 끝난 후 로비에서 시로타 무리와 함께 기다리자 키요이가 합류했다. 여자애들도 잔뜩 모여 "아까워" "그래도 키요이 군이 제일 멋있었어" 하며 위로의 말을 건넸고, 키요이는 담담하게 대꾸했다.

　가까운 패밀리레스토랑에서 뒤풀이를 하기로 하고 같이 가려는데, 키요이가 인사해야 하니 먼저 가라고 하고는 대기실로 돌아갔다. 시로타 무리가 홀을 빠져나가는 동안, 화장실에 가고 싶었던 히라는 무리에서 떨어져나왔다.

　로비 화장실에 사람이 많아 다른 곳을 찾아 두리번거리다가 관계자 외 출입금지라고 적힌 곳에 들어가게 되었다. 돌아서려는데 화장실이 보였다. 관계자로 보이는 사람들이 바삐 오가고 있어 괜찮겠다 싶어 그냥 들어갔다.

볼일을 보고 복도로 나왔는데 안쪽에서 스태프에게 인사하는 키요이가 보여 당황해서 다시 화장실로 들어갔다. 화장실에 왔을 뿐인데 또 스토커로 몰리면 곤란하다.

한동안 숨어 있다가 슬며시 얼굴을 내밀자, 인사가 끝났는지 혼자 복도에 기대서 있는 키요이가 보였다. 숨어 있으려고 했지만 왠지 힘이 빠져 보이는 키요이의 묘한 분위기가 눈길을 끌어당겼다.

입술을 조금 뾰족하게 내밀고 볼을 부풀린 채 아이처럼 발끝을 내려다보고 있었다. 그러더니 하아 하고 크게 한숨을 내쉬고 대기실 같은 곳으로 들어갔다.

침울한 키요이는 처음 보았다.

보면 안 되는 것이었다.

키요이는 들키고 싶지 않았을 것이다.

그러니 모르는 척하는 게 낫다.

알고는 있지만, 가슴속에서 부글부글 뭔가 끓어오르는 듯한 기분을 주체할 수 없었다.

홀 밖에서 추위에 목을 움츠린 채 얼마쯤 기다리자, 키요이가 나왔다. 코트 주머니에 손을 찔러넣고 성큼성큼 역 쪽으로 걸어간다.

말을 걸지도 못하고 거리를 둔 채 히라는 주인을 지키는 개처럼 키요이 뒤를 따라 걸었다.

패밀리레스토랑에서 한 뒤풀이는 분위기가 매우 좋지 않았다.

"키요이는 잘했어. 입상은 못했지만."

"어쩔 수 없잖아. 전국에서 잘생긴 애들이 죄다 모였으니까."

"역시 키요이에게도 전국적 데뷔는 어려운 일이었네. 대상 받은 요코하마의 대학생은 굉장하더라. 레벨이 다르던데. 아, 키요이도 열심히 하긴 했지."

시로타 녀석들의 말에는 여기저기 가시가 있었다. 키요이도 눈치챘는지는 모르지만, 그래도 녀석들에게 특별히 불쾌한 내색은 하지 않고 적당히 맞장구쳐주었다. 불꽃놀이 때 왔던 여자애들도 있었는데, 녀석들의 미묘한 가시를 알아챘는지 못 알아챘는지, 뭐 그렇지 하며 애매하게 끄덕거렸다. 구라타만 아무 표정 없이 구석 자리에서 음료를 마시고 있었다.

"히군, 음료 좀 부탁해. 콜라랑 칼피스 믹스."

"나는 멜론 소다."

"아, 나도 부탁해. 오렌지랑 홍차 섞어서 오렌지 아이스티 만들어줘."

이어지는 음료 주문에 히라는 조용히 자리에서 일어섰다.

음료 코너에서 주스를 만들면서, 기관총이 있으면 좋겠다고 생각했다. 구라타 이외의 모두를 벌집으로 만들어주고 싶었다.

아름다운 그

살의는 이토록 간단히 생기는 것이다.

상상 속에서 시로타 무리를 쏘아 죽이고 있는데 키요이가 다가왔다. 화장실에 가려는 건가 했는데, 그대로 가게를 나가버렸다. 히라는 음료를 들고 테이블로 돌아왔다.

"키요이군은 집에 간 거야?"

히라가 물었다.

"아? 화장실 갔겠지. 그런데 히군. 이거 아니야. 콜라랑 칼피스라고."

그랬던가 하며 적당히 대답하고 히라는 가방을 챙겨 출구로 향했다. 음료를 다시 만들러 가는 거라고 생각했는지 "이번에는 틀리지 마"라는 바보 같은 목소리가 등뒤에서 들렸다.

가게를 나와 주변을 살펴보았지만 키요이가 보이지 않아 일단 역 쪽으로 가보기로 했다. 놓치지 않으려고 여기저기 둘러보며 달리느라 숨이 턱까지 찼다. 역에 도착해 많은 노선들이 교차하는 버스터미널을 살피다가 벤치에 앉아 있는 키요이를 발견했다.

한밤중, 괜스레 더 하얀 형광등 불빛 아래서 키요이는 파란색 낡은 벤치에 앉아 코트 주머니에 손을 찔러넣고 오가는 사람들을 바라보고 있었다.

히라는 조금 떨어진 곳에서 그 모습을 바라보았다.

말은 걸지 않는다. 걸 수가 없다.

나 같은 것이 말을 걸어봤자 할 수 있는 일은 없다.

타인과의 접촉은 늘 괴롭기만 했기 때문에 히라는 방심하다 괜히 사람들과 눈이 마주치지 않도록 언제나 앞머리를 길렀다. 세상에서 가장 얇고 믿음직하지 못한 앞머리 방패. 그런 것에라도 보호받고 싶을 정도로 세상이 무서웠다. 오리대장을 남몰래 스승으로 삼고, 무섭지 않은 척 표정을 꾸미고 아래로 아래로 흘러내려가기만 하지만, 이따금 강으로 흘러간 후를 상상하면 무서웠다.

지금은 조금 달라졌다. 키요이를 만난 뒤로 이발소에 가는 횟수가 늘었다. 미용실 같은 무서운 데는 평생 못 가겠지만, 이제 앞머리는 조금 긴 정도로 평범해졌다. 조금이라도 더 많이, 더 오래, 어떤 모습의 키요이라도 전부 눈에 담고 싶다. 하지 말아야 하는 줄 알지만 자기도 모르게 훔쳐보게 된다.

기분 나빠.

그래도 좋다.

짜증나.

그래도 죽을 만큼 좋다.

도착한 버스가 키요이를 가려버렸다. 다시 버스가 움직였을 때 키요이는 벤치에 없었다. 결국 탔구나. 아쉬운 마음으로 히라는 버스를 눈으로 좇았다.

"어이."

갑자기 목소리가 들렸다. 어느새 키요이가 히라 바로 옆에 서 있었다.

"아, 어, 왜 여기 있어."

키요이가 동요하는 히라를 분노어린 눈으로 노려본다.

"내가 묻고 싶거든? 너 홀에서도 뒤따라왔었지?"

히라는 깜짝 놀라 몸을 움츠렸다.

"내가 불쌍해 보여?"

놀라서 눈이 커졌다. 불쌍해 보인다고? 동정을 말하는 걸까. 그런 건 왕에 대한 더없는 모욕이다. 히라는 부들부들 떨며 고개를 저었지만, 키요이의 눈은 차가웠다.

"……이 녀석이나 저 녀석이나."

키요이가 질린다는 듯이 한숨을 내쉬더니 등을 돌렸다.

그 순간 히라의 몸이 멋대로 움직여 키요이의 코트 소매를 붙들었다.

"잠깐만!"

기다려. 기다려줘. 제발 기다려줘. 이 녀석이나 저 녀석이나라니, 제발 부탁인데 그러지 마. 나를 시로타 녀석들과 동급으로 취급하지 말아줘. 스토커라도 좋고 기분 나빠해도 좋은데 그런 취급만은 말아줘.

"나한테는 키요이군이 대상이었어. 누구와도 비교할 수 없어. 특별해."

말을 더듬지 않았다. 떨리지도 않았다. 이만큼 명확한 의지를 갖고 마음을 전한 건 처음이었다. 키요이가 눈을 크게 떴다. 그 얼굴에 서서히 분노가 번진다.

"……너, 정말 머리가 좀 이상한 거냐?"

그럴지도 모른다. 키요이의 일이라면 이상해진다. 괴롭다. 그런데도 손에서 놓고 싶지 않다. 놓으라며 키요이가 자기 코트를 당겼지만, 히라는 놓지 않았다.

"나는 시로타 같은 애들과 달라."

키요이는 눈썹을 찌푸렸다.

"기분 나빠."

"나는 좋아해."

"짜증나."

"나는 죽을 만큼 좋아해."

기적이다. 방금 전까지 머릿속에서만 펼쳐지던 대화가 현실이 되었다. 입에서 흘러넘친 말은 전부 아무 거짓도 꾸밈도 없는 진심이었고, 심호흡 같은 것 없이도 묵직하게 아랫배에 가라앉아 히라의 마음을 진정시켜주었다. 혼신의 힘을 쥐어짜며 바라보는데, 키요이는 간단하게 받아쳤다.

"나는 싫어."

키요이가 무자비하게 말하고 히라를 밀쳤다. 멀어지는 차가운 뒷모습. 슬프다. 하지만 키요이답다. 한없이 동경하는 뒷모습을 한참이나 그대로 서서 바라보았다.

아름다운 그

다음날, 교실의 공기가 미묘하게 이상했다.

"그거 봤어? 키요이군 거."

"어? 뭔데?"

옆자리 여자애가 친구의 귓가에 대고 속삭였다. 그 말을 들은 다른 여자애가 놀라서 휴대폰을 꺼내 뭔가 찾아보기 시작했다. 여기저기서 비슷한 일이 벌어지고 있었다.

"누가 썼을까? 분명 우리 학교 애겠지."

"들키면 바로 죽겠는데."

뒤에서 요시다 무리가 작게 속닥거렸다. 무슨 이야기지? 키요이? 죽어? 무척 신경쓰였다. 고개를 돌리자, 요시다 무리가 움찔하며 말을 멈췄다.

"무슨 이야기야?"

1학기 때 '히군' 사건 이후로 요시다에게 말을 붙인 건 처음이었다.

"별로, 아무것도 아니야."

"키요이군 일이잖아. 죽겠다는 게 뭐야?"

"우리가 쓴 게 아니야."

"쓰다니, 그러니까 무슨 말이야?"

끈질기게 묻는 히라에게 요시다가 마지못한 듯 입을 열었다.

"인터넷 이야기야. 게시판에 올라온 콘테스트 관련 글인데, 어

아름다운 그

제 이상한 글이 올라왔어."

"게시판?"

히라는 휴대폰을 꺼내 검색창에 요시다가 말한 키워드를 입력했다.

"저기, 우리가 쓴 거 아니야. 키요이 오해하게 하지 마."

요시다가 무슨 말인가 했지만, 히라는 듣고 있지 않았다. 게시판에서 검색해보니 키요이가 참가한 콘테스트에 대한 글들이 떴고, 아래로 스크롤해보았다.

—준결승 최하위였던 키요이 소 어땠어?

—최하위? 대상과 금상 외에는 순위 모르잖아.

—키요이군 멋있어. 예선 때부터 응원했는데 아쉬워.

—취향 이상하네. 최하위라니까?

—대상이랑 금상 외에는 순위 없다니까. 바보냐?

—그 레벨로 결선 오른 게 기적.

뭐야, 이거.

어제부터 계속 의미도 없고, 얄팍한 악의가 그대로 드러난 글이 한참이나 이어져 있었다. 읽는 동안 뭔가 감을 잡은 히라는 게시글 목록을 거슬러올라갔다. 처음 키요이에 관한 글이 올라온 건 어제저녁 일곱시 반. 히라와 키요이가 패밀리레스토랑에서 나왔을 즈음이었다. 휴대폰을 들고 떨떠름해 있자, 키요이가 교실에 들어왔다. 교실의 공기가 미묘하게 긴장되었다.

"키요이, 안녕."

교실 뒤에 진을 친 시로타 녀석들이 손을 들었다. 일부러 목소리를 밝게 낸 것처럼 들리는 건 히라가 신경쓰고 있어서일까. 키요이는 녀석들에게 가볍게 인사하고 자기 책상으로 향했다.

"키요이, 어제 왜 아무 말도 안 하고 가버렸어?"

시로타 녀석들이 키요이 주위에 모였다.

"볼일이 생각나서. 미안해. 다음에 같이 놀자."

"우리는 괜찮은데, 그다음에 히군도 사라졌어."

키요이가 교과서를 꺼내다가 멈칫했다.

"둘이서 같이 갔어?"

"바보냐, 왜 키요이가 히군 따위랑 같이 다니겠어."

시로타의 반문에 의미 없는 폭소가 터지는 동안, 히라는 자신의 행동을 후회했다. 키요이가 히군과 같이 돌아갔다는 불명예스러운 오해를 받아버렸다.

"뭐, 그래도 우리 진짜 걱정했다."

시로타가 목소리 톤을 낮췄다.

"어제 너 엄청 풀죽은 거 같던데, 괜찮은 거야?"

기분 나쁜 야비한 목소리에 키요이가 천천히 시로타를 보았다.

"뭐가?"

흥을 깨는 대답에, 시로타는 뭐랄까…… 하며 애매하게 웃었다.

"시로타, 그런 건 생각했어도 말하지 마."

"그래그래. 그런 결과에 충격받는 건 당연하지."

다른 두 사람이 동조하자, 시로타는 아, 그런가 하고 끄덕였다.

"미안."

시로타가 승리한 듯이 키요이를 바라보았다. 다른 세 명도 마주보며 히죽거렸다.

히라는 역시 기관총이 필요하다고 생각했다.

지금 당장 시로타 녀석들을 벌집으로 만들어놓고 싶다.

키요이가 콘테스트에서 입상하지 못한 건 시로타 녀석들과 아무 관계도 없다. 하지만 키요이를 깎아내리면서 자신들이 우위에 선 듯 굴고 있다. 너무 바보들 같아서 히라는 속이 뒤집혔다.

또 그만큼 기분 나쁜 건 상황을 관조하는 반 전체의 분위기였다. 어디에 붙어야 안전하지? 연약한 작은 새들처럼 지저귀는 목소리들이 들렸다.

그날 느꼈던 불쾌감은 날이 갈수록 또렷이 형태를 드러내기 시작했다. 아이들은 반의 권력자 그룹에 뭔가 이상한 일이 벌어졌다는 것을 민감하게 알아채고 있었다. 키요이에게 호들갑을 떨던 여자애들은 조용해졌고, 반대로 요시다의 목소리는 커졌다.

겨울방학을 조금 앞둔 월요일, 시로타는 아침부터 성을 냈다.

"알고 보니 양다리였어. 청순해 보이더니만 그냥 걸레였잖아."

시로타가 거리낌 없이 불쾌감을 드러내며 책상을 쾅쾅 찼다.

여자친구에게 차인 듯했다. 꼴좋게 됐다 하고 히라는 내심 손뼉을 쳤는데, 점심시간이 되자 그 화풀이가 히라를 향했다.

"왜 달걀이야? 참치라고 했잖아. 너, 뇌가 있기는 하냐?"

사람을 빵셔틀로 쓰는 주제에 엄청난 말본새. 히라가 입을 꾹 다물자, 시로타가 바꿔 오라며 난폭하게 샌드위치를 던졌다. 히라는 샌드위치를 집어들고 가만히 서 있었다.

"뭐하냐? 점심시간 다 끝나가잖아."

"하지만 지난주에 돈 못 받았어."

히라는 고개를 숙인 채 반발했다. 최근 들어 또 시로타는 돈을 주지 않았다. 전에는 키요이의 말에 떨떠름하게 주었지만, 이제는 키요이가 말해도 알았어 알았어 하며 얼버무렸다.

"다음에 준다고 했잖아. 뭐가 불만이냐?"

얼굴을 다가붙이고 위협한다. 그래도 히라가 꿈쩍하지 않자, 시로타의 얼굴에 짜증이 번졌다.

"왜 갑자기 반항적이 됐어?"

시로타가 히라의 다리를 툭 걸어찼다. 예전의 히라라면 완전히 겁먹었겠지만 지금은 반발심만 더 커졌다. 입술을 깨물고 바라보자, "뭐야, 그 눈" 하고 시로타가 노려보았다. "어, 뭐냐고." 그러며 몇 번이나 히라의 다리를 걸어찼다. "좀…… 위험한데?" 여자애들이 속닥대는 소리가 들렸다.

"그만해. 보기 싫어."

아름다운 그

키요이의 말에 시로타가 발을 멈췄다.

"뭐라고 했어?"

시로타가 고개를 갸웃하더니 대각선 뒤에 앉은 키요이를 돌아보았다.

"미안한데 못 들었거든. 다시 한번 말해봐."

"여자한테 차였다고 화풀이하지 말라고."

시로타가 눈을 치켜뜬 다음 순간, 굉장한 소리가 울렸다. 시로타가 키요이의 책상을 걷어찬 것이었다. 모두가 침을 삼켰고, 조용해진 교실에서 시로타가 중얼거렸다.

"뭔데 계속 잘난 척이냐."

키요이는 동요하는 기색은 없이 그저 불쾌한 눈으로 시로타를 보았다.

조용해진 교실에서 다시 작은 새들이 지저귀는 소리가 들렸다. 너는 어디 붙을 거야? 하지만 예전과 달리, 하늘하늘 흔들리는 천칭을 모두가 묘하게 재미있다는 얼굴로 보고 있었다.

겨울방학이 끝난 후 교실의 분위기가 격변하고 있었다.

"키요이군 거 봤어? 좀 너무하지 않아?"

"아, 그거? 그런 짓 하는 애들 정말 재수없어."

옆자리 여자애들이 방학 때 인터넷에 올라온 키요이의 초등학교 시절 문집 이야기를 하고 있었다. 키요이가 거기 "저는 커서 아이돌이 되고 싶습니다"라고 썼다는 것이다.

"좀 의외긴 했어. 설마 아이돌 지망생이었다니."

"으응. 이미지 깼지."

소문 이야기가 계속 이어지자, 히라는 가상의 기관총을 옆자리를 향해 쏘았다.

모두 중립적 입장을 취하면서도 내심 무척 재미있어했다. 스타의 추락은 일종의 쾌감을 주는 듯하다. 소곤소곤 이야기하고 있지만 모두가 잔혹한 호기심을 숨기지 않는다.

시로타 녀석들이 하는 짓을 보니 속이 뒤집혔다. 마음에 들지 않으면 멀어지면 그만인데 사사건건 키요이에게 질척거렸다. 소심한 여자 같다고 말하면 여성들에게 실례가 될 정도로, 녀석들은 여전히 기가 꺾이지 않는 키요이에게 갈수록 심하게 굴었다.

그날 방과후, 히라는 하교하는 아이들 틈에 섞여 계단을 내려가고 있었다. 조금 앞쪽에 키요이가 보였다. 같은 교복을 입은 무리 속에서 키요이만은 잘못 본 적이 없다. 자그마한 머리에 허리 위치가 높다. 많은 사람들 속에 있어도 눈길을 끄는 화려함이 있다.

키요이의 등을 보며 계단을 내려가는데 갑자기 히라의 시야에 위쪽에서 뭔가가 후드득 떨어져내리는 것이 보였다.

그리고 곧바로, 키요이의 머리와 어깨에 새빨간 액체가 흘러내렸다.

아름다운 그

피?

히라는 패닉에 빠질 뻔했지만, 그 액체를 몇 방울 맞은 여자애가 "뭐야, 이거 뭔데?" "토마토야?" 하자 가슴을 쓸어내렸다. 위쪽 난간에서 "미안—" 하는 목소리가 들려왔다.

"주스 흘렸네."

시로타 녀석들이 내려다보며 사과했다. 일부러 한 짓이 분명했다.

주스 대부분이 키요이에게 떨어져 머리부터 상황이 심각했다. 키요이는 빨간 주스가 방울방울 떨어지는데도 닦지 않고 난간쪽을 올려다보았다. 히라의 위치에서 키요이의 표정은 보이지 않았다. 하지만 위에 있던 시로타 녀석들이 숨을 삼켰다는 사실은 알 수 있었다.

키요이는 계단을 내려가 출구와는 다른 방향으로 걸어갔다. 소동에 걸음을 멈추고 구경하던 아이들도 웅성거리며 흩어지는 사이, 히라는 망설이지 않고 키요이를 따라갔다.

다목적실 건물로 들어가자, 방과후의 떠들썩함은 어느새 멀어졌다. 키요이는 화장실로 들어갔다. 수도꼭지를 돌리는 끼익 소리가 희미하게 들렸다. 물 떨어지는 소리가 이어졌다.

히라는 화장실 앞 복도에 서 있었다. 아무렇지 않은 척해도 사실은 괴로울지도 몰라. 이런 생각을 하며 괜히 키요이의 속마음을 추측해보는 바보짓은 하지 않을 것이다. 그런 짓을 할 것 같으냐.

　……이 녀석이나 저 녀석이나.

　그때의 질린 한숨이 눈앞에 떠올랐다. 다르다. 히라는 결코 시로타 녀석들과 같지 않다. 분위기를 살피며 이쪽으로 저쪽으로 몸을 피하는 반 아이들과도 다르다.

　히라는 최후의 일병이 되어도 왕에게 충성을 맹세하는 병사 같은 마음으로 복도에 서서, 지금이라면 용수로를 흘러내려가는 오리대장을 더러운 물에 뛰어들어 구할 수도 있겠다고 생각했다.

　팽팽하게 당겨진 실처럼 집중하고 있는데 수도꼭지를 잠그는 소리가 들려 계단 아래쪽으로 몸을 숨겼다. 내가 곁에 있어. 하지만 그런 말은 하지 않아도 된다. 발소리가 들렸다. 키요이가 나왔다. 기척이 사라지기만 기다리는데, 야 하고 부르는 소리가 들렸다.

　어?

　몸이 굳은 채 가만히 있자, 다시 한번 부르는 소리가 들렸다.

　"어차피 계속 있을 거잖아?"

　질렸다는 속마음이 투명하게 보이는 말. 히라는 못 들은 척할 수 없어 슬쩍 고개만 내밀었다. 키요이는 씻느라 벗은 젖은 셔츠를 손에 들고 회색 스웨터만 걸치고 있었다. 히라를 보자 키요이는 정말 싫다는 듯이 한숨을 내쉬었다.

"미, 미안. 바로 갈게."

"야."

히라가 서둘러 가려는데 등뒤에서 다시 목소리가 들렸다. 화난 걸까. 히라가 머뭇머뭇 돌아서자, 키요이는 복도 맞은편을 턱으로 가리켰다. 그러고는 몸을 돌려 걸어갔다.

따라오라는 것 같아 히라는 머뭇머뭇 뒤따라 걸었다. 머리를 감았는지 투명한 물방울이 길고 가는 목덜미를 따라 방울방울 흘러내린다.

키요이는 아무도 없는 음악실로 들어갔다. 교탁 속으로 손을 넣어 뒤지더니 이윽고 그 손에 안쪽 준비실 열쇠가 들려 있었다. 선생이나 학생 누군가가 숨겨둔 것일까.

키요이는 열쇠로 준비실 문을 열고 들어가, 춥다고 중얼거리더니 온풍기를 틀었다. 웅 소리가 나면서 바람이 나오기 시작했다. 따뜻한 바람이 나오는 곳 바로 아래 있는 의자에 셔츠를 펼치고 키요이는 제 몸도 말리려는 듯 책상에 걸터앉았다.

"따뜻하다……"

창문으로 비쳐드는 오렌지색 석양을 받으며 눈을 감은 키요이는 눈이 시릴 만큼 아름다웠다.

홀린 듯 멍하니 바라보는데 갑자기 키요이가 눈을 떴다.

"말없이 보기만 하면 기분 나쁘거든."

"에, 아, 아아, 그게……"

무슨 말이라도 해야 한다. 하지만 조급해지면 말을 더듬는다. 그것도 그렇지만, 키요이에게 해줄 말 따위가 자신 안에 있을 리 없다. 히라는 마구 초조해하다가 문득 한 가지가 머릿속에 떠올랐다.

"사진 찍어도 돼?"

"사진?"

"아, 아니, 미안. 아무것도 아닙……니다."

안 그래도 스토커 취급을 받고 있는데, 사진 같은 걸 찍게 해줄 리 없다.

"휴대폰 카메라?"

"아니, 그냥 카메라. 아니야. 뻔뻔하게 굴어서 미안."

"휴대폰 카메라가 아니면 괜찮아."

히라는 멍하니 입을 벌렸다. 잘못 들었나? 입꼬리가 올라간 채 키요이를 바라보았다.

"그 반응은 뭐냐. 안 찍어도 상관없거든."

"아, 으응. 찍을 거야. 아, 아니, 찍고 싶어. 찍게 해줘."

히라는 허둥지둥 가방에서 카메라를 꺼내들었다.

"좋은 거네. DSLR 카메라잖아."

키요이가 생각지도 못했다는 듯 상체를 숙여 보다가 돌연 표정을 바꾸었다.

"……설마 몰카 용도야?"

아름다운 그

의심하는 시선에 히라는 부들부들 떨며 고개를 가로저었다.

"중, 중학교 때 부모님이 사주셨고, 계속 취미로 했어."

"부자냐?"

"응?"

"보통은 중학생한테 이런 비싼 물건 안 사주잖아."

"그, 그게 여러 가지 사정이 있어서……"

히라는 카메라를 준비하면서, 더듬으면서도 말을 이었다.

"나, 나는 어렸을 때부터 흘음이 있어서 친구도 없고 학교생활에도 잘 적응 못해서, 부모님이 걱정하시고 뭔가 발산할 수 있는 취미가 있으면 좋겠다며 사주셨어."

카메라를 만지자 익숙한 행동에 진정이 되는지 비교적 술술 말이 나왔다.

"흘음?"

"응?"

"흘음이 뭔데?"

아, 모르나?

"어, 그건 말이 막히거나 해서 말을 잘 못하는 병."

"엣, 그거 병이야?"

키요이는 눈썹을 찌푸렸다. 충격을 받은 듯한 얼굴이다.

어쩔 수 없는 일이다. 흘음이라는 말 자체도 의외로 알려진 말이 아니다. '말더듬'이라고 하는 편이 전달하기 쉽지만, 그러면

병이라기보다 단순히 긴장을 해서 말을 더듬는 걸 연상하게 된다. 물론 그런 의미도 있기 때문에 더욱 복잡하다.

최근에는 '말더듬'이라는 말 자체가 차별 용어로 인식돼 책이나 TV에서도 사라졌다. 그렇다고 '흘음'이라는 말이 널리 알려진 것도 아니다. 용어를 바꾸어가는 동안 병의 존재 자체가 세상에서 배제되어, 환자 자신이 흘음이 뭔지 설명해야 하는 괴로운 상황이 되어버렸다.

"하지만 너 지금은 제대로 말하고 있잖아."

"항상 더듬는 건 아니야. 항상 더듬으면 알아보기는 쉽겠지만 흘음은 증세가 있을 때도 있고 없을 때도 있어. 어릴 때부터 병원에 다녀서 어느 정도 조절은 할 수 있게 됐지만 완전하지는 않아. ……긴장하면 반 배정 날처럼 돼."

히, 히, 히, 히. 단어를 다다다다 내뱉는 꼴사나운 자신을 떠올렸다.

"……미안."

키요이가 눈을 내리깔았다. 그런 얼굴은 왕에게 어울리지 않는다.

"괜찮아. 익숙하니까."

"익숙해지지 마. 그런 비굴함이 짜증나는 거라고."

갑자기 돌변한 강한 눈. 아, 역시 키요이다. 히라는 무의식적으로 눈을 가늘게 떴다.

아름다운 그

"고마워."

자연스레 말이 흘러나왔고, 키요이는 겸연쩍은 듯이 눈을 피했다.

"고맙다는 말 들을 일은 전혀 안 했는데. 오히려 그 반대지."

"하지만 키요이군은 나를 '히군'이라고 부르지 않잖아. 왜 그랬어?"

키요이가 생각하는 듯이 고개를 갸웃거렸다.

"글쎄, 그냥 부르고 싶지 않았나보지."

키요이다운 말에 히라는 더욱 기뻤다. 흘음이란 걸 몰라도, 그게 병이란 걸 몰라도 키요이는 히라를 모욕적인 이름으로 부르지 않았다. 왜 그랬는지 분명 키요이도 잘 모를 것이다. 제멋대로이고, 자기중심적이고, 다정하지도 않다. 하지만 키요이 안에는 키요이만의 선이 있고, 그것이 히라를 구원해주었다. 그게 전부다.

"나는, 키요이군이 좋아."

그렇게 말하고 히라는 손에 든 카메라로 시선을 내렸다. 겨울은 날이 빨리 저문다. 슬슬 어두워졌으니까 감도는 높이고, 조리개값은 줄이고, 셔터 속도는 빠르게. 인물을 찍는 일은 거의 없다. 애당초 인물을 찍고 싶다고 생각한 것도 처음이다. 그래도 최고의 한 장을 찍고 싶다. 히라는 카메라를 들고, 키요이가 놀란 얼굴을 한 순간 셔터를 눌렀다.

"찍을 거면 찍는다고 말해."

"미안."

사과하면서 다시 찍었다.

"내 말 듣고 있는 거야?"

"미안, 찍고 있어."

"왜 말을 안 해? 찍으면서 말하면 늦잖아."

키요이가 부루퉁한 얼굴로 바라보았다. 그런 얼굴도 거의 본 적 없어서 또 셔터를 눌렀다. 이번에는 질린 얼굴을 했다. 그래서 또 찍자, 고개를 홱 돌려버린다. 아, 그러자 길고 가는 목덜미가 눈에 들어왔다. 반 배정 날 무심코 훌려서 바라봤던 턱선도 찍고 싶어서 바닥에 무릎을 꿇고 낮은 앵글로 셔터를 눌렀다.

"키요이군, 굉장히 아름다워."

히라가 셔터를 누르면서 중얼거렸다.

"에로 사진작가냐?"

키요이가 고개를 돌린 채 작게 중얼거렸다.

"마지막에는 벗길 것 같아서 무서운데."

"그, 그런 짓은 안 해."

붉어진 얼굴로 고개를 숙이고 카메라를 보자, 키요이가 내려다보았다.

"바—보, 누가 벗겠냐?"

처음 보는 키요이의 장난스러운 미소에 히라는 숨이 막혔다.

아름다운 그

"……아."

눈도 깜박일 수 없어서, 어떤 카메라보다도 고성능인 각막에 그 미소를 각인했다. 머지않은 미래에도, 할아버지가 되어 눈이 침침해지더라도 언제든 마음만 먹으면 머릿속에서 재생할 수 있도록.

"너무 빤히 보지 마. 기분 나빠."

미소는 바로 사라졌고, 키요이는 다시 고개를 돌렸다.

바닥에 무릎을 꿇은 히라의 눈앞에 딱 맞춘 듯 책상 위에 키요이의 손이 놓여 있다. 어쩌면 이렇게 손가락이 길까. 끝으로 갈수록 가늘어지고 손톱 모양까지 완벽하다. 무심결에 얼굴을 가져다대고 그 손가락에 입을 맞췄다. 입술에 닿는 손톱의 감촉에 머리가 마비되는 듯한 황홀감이 퍼졌다.

"너…… 역시 호모야?"

툭 내려온 물음에 히라는 퍼뜩 정신을 차렸다.

"미, 미안……"

당황해서 풀쩍 몸을 뒤로 물렸다. 자신이 대체 무슨 일을 했는지 도무지 믿을 수 없었다. 히라는 미안해 미안해 하며 계속 사과했다.

"아니, 대답해봐. 호모야?"

"모, 모르겠어."

히라는 고개를 작게 흔들었다. 그 물음은 스스로에게도 몇 번이나 해보았다.

"나, 나는 키요이군을 좋아해. 하지만 다른 남자는 별로 좋아하지 않아. 여자도 좋아하지 않아. 아름답다고 생각한 건 키요이군뿐이었어. 키요이군만 특별해."

키요이 외에는 남자에게도 여자에게도 아무런 생각이 들지 않는다. 모두가 그저 거기에 있을 뿐인 존재다. 하지만 키요이는 다르다. 키요이는 키요이로, 그것만으로 자신 안의 여기저기를 이상해지게 한다. 기뻐지거나, 죽고 싶어지거나, 그런 게 호모라면 호모일지도 모르지만. 히라는 우물거리며 말했다.

"기분 나빠."

키요이는 한마디로 딱 잘라버렸다.

"……하하, 맞아."

히라는 쓴웃음을 지었다. 사랑하는 감정을 전부 부정당했다. 하지만 이상하게도 싫은 기분이 아니었다. 히라에게 병이 있다는 사실을 알아도 키요이는 특별히 태도를 바꾸지 않았다. 말을 더듬든 더듬지 않든 키요이에게 히라는 그저 기분 나쁜 녀석인 것이다. 그게 묘하게 기뻤다.

시선을 올리자, 키요이와 눈이 마주쳤다. 가만히 내려다보고 있다. 뭐지. 너무 빤히 보면 진정이 되지 않는데. 뭐가 묻었나 얼굴을 더듬어본다. 아직도 보고 있다. 평소와는 반대인 상황에 얼굴이 자글자글 끓어오른다. 히라는 견디지 못하고 고개를 숙였다.

"미안, 그렇게 보지 마……"

히라가 모깃소리로 간신히 말하자, 희미한 코웃음소리가 들려
왔다.

"내 기분 알겠냐?"

그 말에 히라는 고개를 들었다. 아, 그렇구나. 그런 거구나.

"미안, 이제 안 볼게."

"됐어. 보고 싶으면 보든지."

"정말?"

"하고 싶은 대로 하면 되지. 하지만 '키요이군'이라고 부르는
건 관둬. 여자라면 모르지만 남자한테 군 소리 듣는 건 너무 기
분 나빠. 그냥 키요이라고 해."

"못할 것 같은데."

"그럼 이제 나 보지 마."

키요이가 가볍게 턱을 치켜들며 말했다. 오만한 눈빛. 하지만
더없이 어울린다. 차갑고, 정신이 아찔해질 정도로 아름답다. 히
라는 다시 카메라를 들었다.

"……키요이."

파인더 너머로 불러보았다. 아 어쩌지. 행복해서 숨이 막힌다.

"부를 수 있잖아."

아무렇지 않은 듯이 키요이가 대답한다.

"키요이."

"왜?"

"키요이."

"뭔데?"

"키요이."

"용건도 없으면서 부르지 마."

"굉장히 아름다워."

말하는 동시에 셔터를 눌렀다.

"기분 나빠."

파인더 너머에서, 키요이가 석양빛을 받으며 보일 듯 말 듯 웃었다.

음악실에서의 일은 히라의 보물이 되었다.

그후로 키요이와 친구처럼 이야기할 수 있게 되었느냐 하면, 그런 일은 전혀 없었다. 키요이와의 관계는 불꽃놀이, 콘테스트 날 밤, 음악실을 거쳐, 그 시간들의 점이 간간이 남았을 뿐, 이어져서 선이 되지는 않았다. 일생에 단 한 번뿐이었던 기회, 그래서 더욱 귀중한 것으로 가슴 깊이 남았다.

"오늘 진짜 춥다. 찰떡아이스 먹고 싶어."

"갑자기 이 겨울에? 그런데 나도 먹고 싶다."

점심시간, 시로타와 미키가 바보같이 웃고 있었다. 눈발이 날리는 추운 날이었지만, 온풍기를 틀어 교실은 그리 춥지 않았다. 히라는 빵셔틀 코스구나 생각하고 있었다.

"키요이, 가서 사 와."

에?

히라는 자기도 모르게 고개를 돌렸다.

"찰떡아이스 두 개 부탁해."

시로타 녀석들이 키요이의 책상을 둘러싸듯 다가왔지만, 키요이는 무시하고 휴대폰만 만지작거렸다.

"무시하냐."

"별것도 아니잖아. 후딱 가서 사 오면 되는데."

히라는 자리에서 일어나 시로타 녀석들 쪽으로 갔다.

"내가 갈게."

"뭐? 히군한테 말한 거 아닌데."

"그래그래, 히군은 맨날 가니까 가끔은 키요이보고 대신 가라고 해. 아, 겸사겸사 히군도 뭐 부탁할래? 키요이, 히군 찰떡아이스까지 세 개."

시로타가 가운뎃손가락을 올렸고, 그러자 "그거 셋이 아니잖아" 하고 다른 녀석들이 말을 덧붙였다. 키요이는 바보처럼 웃어대는 시로타 녀석들을 시종일관 무시하고 있다.

"자, 빨리 갔다오라니까."

시로타가 짜증을 내자 당황한 히라가 끼어들었다.

"괜찮아, 내가 갈게. 매일 가서 익숙하니까."

"끼어들지 마. 키요이한테 말하잖아. 야, 키요이."

시로타가 키요이의 교복 옷깃을 잡아올리자, 그때까지 철저하게 무시하던 키요이의 분위기가 순식간에 돌변했다. 키요이가 무례한 손을 쳐내더니 아래서 시로타를 노려보았다.

"정도껏 해, 너."

키요이가 주먹을 쥐고 일어서는 순간, 히라가 시로타에게 달려들어 힘껏 후려쳤다. 책상과 의자를 덮치며 시로타가 넘어졌고, 옆에 있던 여자애들이 꺅 소리를 질러댔다.

"뭐, 너 뭐하는—"

히라는 일어나려는 시로타 위에 올라타 마구잡이로 주먹을 휘둘렀다. 사람을 때리면 때리는 사람 손도 아프다는데, 그건 거짓말이다. 너무 필사적이어서 감각 따윈 저멀리 날아가버렸다. 생각할 여유도 없었다. 그저 이 녀석을 눌러버리겠다는 본능만이 지배했다. 자신의 숨소리가 시끄러웠다. 때릴 때마다 온몸에 힘이 들어가 짐승같이 으르렁거리는 소리가 자신의 입에서 흘러나왔다.

"그만해!"

옆에서 미키의 발차기가 날아와 히라는 바닥으로 쓰러졌다. 위에서 히라를 내려다보면서도 미키의 얼굴은 겁에 질려 있었다. 코피가 터진 시로타는 피범벅에 눈물이 가득했다.

아름다운 그

"너 뭐, 뭐야, 갑자기 미, 미쳤냐……"

시로타의 중얼거림에 다시 분노가 솟구쳐 히라는 가까이 있던 의자 다리를 잡았다. 힉 하고 시로타가 놀란 목소리를 흘렸고, 미키가 히라를 옆에서 붙잡고 저지했다.

"잠깐, 시로타, 피투성이야."

"누가, 선생님 좀."

"이제 이 반 싫어……"

반 아이들 모두가 히라를 빙 둘러싼 채 내려다보고 있었다.

그 안에 키요이도 있었다. 눈을 크게 뜨고 망연하게 그저 바라본다.

갑자기 폭발하는 위험한 녀석이라고 생각할까. 하지만 스토커 의혹도 있었고, 원래부터 기분 나쁜 녀석 취급을 받았다. 거기에 하나가 더 마이너스가 된다고 해도 그리 달라질 건 없다.

손이 시큰시큰했다. 이제야 아픔이 느껴졌다.

사람을 때린 데 대한 죄책감은 없었다.

시로타 녀석들은 맞을 만한 짓을 했다.

어떤 이유에서든 폭력은 안 된다 같은 올바른 말은 쓰레기통에 던져버렸다. 시로타는 히라의 성역을 침범했다. 마음을 다친 것과 몸을 다친 것에 차이 따윈 없다.

히라는 바닥에 주저앉은 채 열이 나고 쑤시는 손을 내려다보았다.

키요이를 구해줬다고 생각하지 않는다. 오히려 그 반대다.

키요이 덕분에 히라는 자신을 구할 수 있었다. 어릴 때부터 계속 더러운 물위를 흘러가던 자신을 이제 겨우 구출한 것 같았다.

교실의 공기가 다시 바뀌었다. 시로타 녀석들은 이제 히라를 빵셔틀로 부려먹지 않았고, 반 전체가 두려워서 조심하는 물건처럼 대했다. 그것은 또 그것대로 신경이 따끔거렸지만 예전보다는 백배 좋았다.

시로타 녀석들은 키요이에게도 시비를 걸지 않았다. 키요이에게 시비를 걸면 히라가 다시 폭발할까봐 두려운 듯했다. 물어뜯겨보지 않으면 상대에게도 이빨이 있다는 사실을 모른다. 녀석들은 바보였다.

키요이는 담담했다. 원래부터 여럿이서 떠드는 타입도 아니어서, 느긋하게 휴대폰을 만지거나 만화를 읽으며 전과 다르지 않게 지냈다. 히라는 키요이의 속마음은 어떨까 하는 쓸데없는 추측은 하지 않는다. 키요이는 자신 따위가 헤아릴 수 있는 존재가 아니다.

그날 방과후, 히라와 시로타 무리는 담임선생에게 개별적으로 불려가 면담했다. 먼저 손을 댄 건 히라지만 담임선생은 시로타 무리에게 괴롭힘을 당하고 있었다는 걸 어렴풋이 눈치채고 있었는지 오히려 히라의 기분을 신경써주었다. 무슨 일이 터지고 나

서야 사실은 알아채고 있었다니, 조금 의아할 뿐 딱히 기쁘지도
않았지만 처분을 피하게 된 건 다행이었다.

시로타 무리는 마지막까지 발뺌했다. 자신들은 아무 짓도 안
했는데 갑자기 히라가 덤벼들었다고 우겨대 결국 아무도 특별한
처분은 당하지 않고 소동이 마무리되었다.

부모님에게는 죄송하다고 생각한다. 얌전한 아들이 폭력을 썼
다는 사실에 엄마는 커다란 충격을 받았다. 괴롭힘이라도 당한
건가, 흙음 때문인가, 만약 그렇다면 아빠는 전학을 가도 좋다고
말했다. 가족의 애정은 언제나 부족하지 않았다. 그래서 지금까
지 버틸 수 있었다는 걸 히라는 그제야 알게 되었다.

하지만 키요이가 있으니까 전학은 가지 않는다.

등교 거부도 하지 않는다.

오늘도 당연한 듯이 학교에 간다.

이전처럼 괴롭힘을 당하다 자살한 학생의 뉴스를 보아도 필
요 이상으로 마음이 흔들리지 않는다. 사랑에 빠진 히라 안에서
는 맹렬한 속도로 혁명이 일어나고 있었다. 사랑이 지구를 구하
지는 못하지만, 히라 하나는 확실하게 구해주었다. 전철 안에서
키스를 하는 바보 커플을 보아도, 구원받고 있구나 하는 생각이
들어서 예전처럼 폭발해버렸으면 좋겠다는 생각은 하지 않게
되었다.

히라는 5교시 이동수업에 늦을 것 같아 복도를 서둘러 걷고 있었다. 학생들이 거의 보이지 않는 계단을 종종걸음으로 내려가는데, 앞쪽에 눈에 띄게 밸런스가 좋은 뒷모습이 보였다.

키요이가 뒤를 돌아보았다. 히라는 자기도 모르게 걸음을 멈췄고, 키요이도 고개를 돌린 채 움직이지 않았다. 한동안 서로 바라보다가, 키요이가 걸음을 돌려 다가왔다. 스쳐지나가며 흘낏 시선을 던졌다. 그것만 보고 히라는 곧바로 걸음을 돌렸다.

둘이서 텅 빈 교실로 돌아가자마자 5교시 시작종이 울렸다.

창가 쪽에 있는 책상에 키요이가 앉았고, 히라는 그 앞 의자에 앉았다.

"오늘은 음악실이 아니네."

이 위치라면 히라가 올려다보는 자세가 된다.

"거기서 수업하잖아."

"아, 그렇지."

둘만의 대화는 음악실 이후 처음이다. 창문 너머로 보이는 2월 초순의 새파란 하늘이 맑디맑다. 서늘하고 건조한 공기 속 창문으로 비쳐드는 햇살이 은은하게 따스해서, 아무 말 하지 않아도 만족감이 차오른다.

"오늘은 카메라 없어?"

키요이가 갑자기 물었다.

"아, 집에 두고 왔어."

아름다운 그

뭐냐? 하는 듯한 키요이의 표정을 보고 히라는 오늘 아침의 자신을 꾸짖었다. 이런 일이 기다리고 있으리란 걸 알았다면 기필코 가져왔을 텐데. 내일부터는 꼭 가지고 다녀야지.

"전에 찍은 건 어땠어?"

"굉장히 좋았어. 깜짝 놀랐어. 프로 모델보다 더 예뻤어."

"모델 찍은 적 있어?"

"아니."

"뭐야 그게."

"그래도 알 수 있어. 정말로 프로 모델보다 예뻐."

히라가 눈이 부신 듯 올려다보자, 키요이는 눈썹을 찌푸렸다.

"이상한 짓에 쓰지 마."

"이상한 짓?"

"뺀다거나."

그 말뜻을 알아채고 히라는 뺨이 뜨거워졌다. 예전에, 딱 한 번이지만 자기도 모르게 저질렀던 죄가 적나라하게 파헤쳐지는 듯했다. 그 이후로는 키요이를 생각하며 자위한 적 없다.

"……너, 그 반응, 진짜 한 거냐?"

히라는 퉁기듯 고개를 쳐들었다.

"한, 한 번뿐이야."

"정말 한 거냐!"

키요이가 기분 나쁜 듯 몸 전체를 뒤로 물렸다.

"미안, 정말 딱 한 번이고, 그후론 안 했어."

"그 말을 어떻게 믿어."

"정말이야. 하고 나서 엄청 싫은 기분이 들어서, 다시는 키요이군을—"

"그만!"

갑자기 키요이가 손바닥을 눈앞에 내밀어서 히라는 놀라 입을 다물었다.

"군 붙이지 말랬지. 두 배로 기분 나빠져."

그러고 보니. 전에 그렇게 말했었다.

"자, 계속 말해봐."

키요이가 채근했지만, 히라는 다시 한번 그런 일을 설명하는 게 창피해졌다.

"키, 키요이군, 아니 키요이……를 그런 짓의 대상으로 삼는 건 잘못이야. 키요이는 나의 왕이고, 나는 최후의 일병이 되어도 왕을 지키는 사람이고, 그래서 키요이는 나 따위가 더럽혀서는 안 되는 존재인데, 그런데 그런 짓에 이용했다는 것에 큰 죄악감을 느껴서……"

횡설수설하며 우물우물 말을 잇는데, 키요이는 뭐라 설명할 수 없는 표정으로 보고 있었다.

"야, 왕이니 최후의 일병이니 그게 다 뭔 소리야? 게임이야? 아니면 검색하면 안 되는 단어 같은, 정신적으로 위험한 뭔가야?"

"그, 그런 건 아니지만, 뭐랄까, 에, 그러니까. 괜찮아졌어, 이젠."

아, 기분 나쁘게 한데다 치명적이다. 변명을 하려다가 자기도 모르게 머릿속 세계를 드러내고 말았다. 어떻게든 명예회복을 하고 싶지만, 애당초 회복할 정도의 명예도 없다.

"내가 그렇게 좋냐."

키요이가 툭 내뱉었고, 히라는 팍 고개를 들었다.

"응! 아, 아, 알겠어? 나는 키요이가 정말 좋아."

"그런 말이 아니잖아. 비꼬는 것도 못 알아듣는 거냐."

책상에 있던 필통으로 머리를 맞았다.

"미, 미안."

"뭐, 됐어."

그렇게 말하고 키요이는 스윽 손을 내밀었다.

"키스하고 싶어?"

히라는 눈을 한계까지 크게 떴다.

"……해, 해도 됩니까?"

자기도 모르게 존댓말이 튀어나왔다. 얼굴이 뜨겁다. 심장도 폭발할 것처럼 쿵쾅댄다.

"하게 해주겠냐, 바—보."

키요이가 웃으며 손을 집어넣었다.

"……하하, 그렇겠죠."

농담이구나. 당연하다며 어깨를 축 늘어뜨리자, 키요이가 자하고 손을 내밀었다. 아까 같은 느낌이 아니라 무뚝뚝하게 던지듯이.

히라는 살피듯 키요이를 올려다보았다.

키요이는 눈을 돌려 다른 데를 본다.

또 놀리는 건지도 모른다. 하지만 그래도 상관없다. 자신에게 선택권 따위는 없다. 키요이가 내밀어준 거라면, 그것이 꽃이든 독이든 온몸과 마음을 다해 받아들일 뿐이다.

히라는 머뭇거리며 아름다운 손을 잡았다. 키요이는 손을 빼지 않았다.

가늘고 긴 손가락에 끌어당겨지듯 다가갔고, 머릿속 깊은 곳에서 시작된 저릿함이 손끝까지 녹아내리듯 퍼졌다.

"……키요이는, 내가 무섭지 않아?"

입술을 댄 채 물어보았다. 키요이가 눈으로 뭐가? 하고 물어왔다.

"갑자기 폭발해서 사람을 때렸고, 모두가 놀라서 전과는 다른 이유로 다들 내 옆에 오지 않잖아."

왜 이런 걸 물어보는 걸까. 후회하지도 않고, 오히려 예전보다 백배는 더 좋다고 생각하면서. 그런데 왜. 키요이가 버려진 강아지 같은 히라를 질린다는 듯이 내려다본다.

"이제 와서 뭔 소리야. 몰래 훔쳐보고, 미행하고, 예쁘다느니 좋아한다느니 왕이라느니 말도 안 되는 소리를 해대고, 내 생각하며 자위까지 했다는 게 더 무섭거든."

히라는 순식간에 얼굴이 빨개졌다.

"⋯⋯그렇구나. 하하, 그러네. 고마워."

"왜 거기서 고맙다는 건데."

키요이는 얼굴을 찌푸렸고, 히라는 울 것 같은 얼굴로 웃었다.

"역시, 나한테는 키요이가 특별한 것 같아."

몇 번이고 몇 번이고 다시 알게 된다. 흘음이든, 그래서 말을 더듬든, 훔쳐보든, 미행하듯 쫓아다니든, 폭발해서 사람을 두들겨패든, 자위를 하든, 처음부터 지금까지 키요이의 태도는 일관적이다. "기분 나빠" "짜증나". 히라가 자신에게 가치가 있건 없건, 좋건 나쁘건 키요이는 변하지 않는다. 그것이 얼마나 기쁜 일인지 키요이는 분명 모를 것이다.

"고마워."

다시 한번 중얼거리고는 눈을 감고 키요이의 손에 입을 맞췄다. 키요이는 아무 말도 하지 않았지만 거절하지도 않았다.

키요이와 히라는 아주 가끔 둘이서 만나게 되었다.

키요이가 내킬 때 먼저 슬며시 시선을 던진다. 그래서 히라는 이제 단 한순간도 키요이에게서 주의를 돌릴 수 없다. 작디작은 사인을 놓쳐버리면 키요이가 더이상 자신과 시간을 보내주지 않을 것 같았다.

키요이는 의외로 사진 찍는 걸 좋아하는 것 같았고, 몰래 들어간 음악실이나 방과후 아무도 없는 교실에서 히라는 사진을 찍으며 키요이와 오래오래 이야기하기도 했다.

어느 날인가 키요이가 드물게도 자기 집 이야기를 들려주었다. 키요이는 부모님이 이혼을 해서 초등학교 2학년 때까지 엄마와 둘이 살았다. 엄마가 바빠서 집에서 혼자 보내는 시간이 많았다. 공장에서 일하는 엄마는 교대근무 때문에 한 달의 삼분의일은 심야에 근무하고 아침에야 돌아왔다.

"초등학교 1학년이었잖아. 그때는 솔직히 혼자 자는 거 무섭지."

기억이 떠오른 듯 키요이는 얼굴을 찌푸렸고, 히라는 카메라를 든 채 입꼬리만 움직여 웃었다.

"그래서 TV도 불도 다 켜놓고 잤어. 그런데 한번은 여름방학이었나, 한밤중에 잠에서 깼는데 심야 공포영화를 하고 있어서 진짜 지릴 뻔했어. 그래서 바로 이불 속으로 파고들었어. 이불 밖으로 조금이라도 나오면 귀신이 잡아갈 것 같아서 나올 수가 없더라."

그러고는 더워서 죽을 뻔했다는 키요이의 말에 히라는 이불 속에서 몸을 동그랗게 웅크린 작은 키요이가 상상돼 웃음이 터져버렸고, 그 바람에 셔터에 대고 있던 손이 흔들렸다.

"맨날 혼자 지내다보니 TV가 좋아졌고, 그래서 어릴 땐 TV 속으로 들어가고 싶었어."

파인더 너머 키요이가 뭔가 떠오른 듯 창밖 풍경으로 눈을 돌렸다. 아름다운 옆얼굴을 찍었다.

"TV 속으로?"

"즐거워 보이잖아. 사람들이 많이 있고, 모두가 웃고 있으니까."

그렇게 말하면서도 팔을 돌려 뒤로 손을 맞잡은 채 밖을 바라보는 키요이는 묘하게 외로워 보였다.

"그 속으로 들어갈 수 있다면, 아이돌이든 개그맨이든 되면 좋겠다 싶었어."

그 말을 듣고 키요이가 초등학교 문집에 아이돌이 되고 싶다고 적은 이유를 알게 되었다. 그건 그렇고, 히라는 뭐라고 적었던가. 기억나지 않는 건 적당히 대충 그럴듯하게 적어냈기 때문일 것이다. 초등학교 내내 어느 반에서든 좋은 기억 따윈 없다.

"개그맨은 안 어울리는 것 같은데."

"나도 그렇게 생각해."

"재미있는 말도 안 하잖아."

"미안하게 됐네."

키요이가 부루퉁한 얼굴을 했다. 그런 얼굴도 찍었다.

"재미있는 말을 하지 않아도, 키요이는 키요이인 것만으로 특별해."

"그런 기분 나쁜 말은 좀 그만해."

"미안."

키요이는 흥 하고 고개를 돌렸다. 입술이 삐죽 튀어나와 있다. 오늘의 키요이는 표정이 풍부하다. 히라는 푹 빠져서 셔터를 눌렀다. 키요이가 말을 계속 이었다. 키요이가 초등학교 3학년이 되었을 때 엄마가 재혼했다는 것. 새아버지는 평범한 샐러리맨이고, 다정한 사람이고, 키요이에게 바로 남동생과 여동생이 생겼다는 것.

"키요이 동생들이라면 둘 다 예쁘겠네."

"평범해."

"안 닮았어?"

"나는 헤어진 아빠를 닮았어."

키요이의 표정이 살짝 딱딱해져서 묻지 않는 편이 좋았을 거라고 생각했다.

가족 중에서 혼자만 누구와도 닮지 않은 아이. 새로운 가정에서 키요이가 어떤 식으로 자랐는지는 알 수 없다. 키요이가 말하지 않는 것은 추측하지 않는다.

히라는 무신경했던 질문을 털어버리려는 듯 연속으로 셔터를 눌렀다.

아름다운 그

"너희 집은 어때?"

"평범해. 아빠는 회사에 다니고 엄마는 전업주부야. 흘음인 외동아들을 걱정해서 과보호하시는 중. 중학생에게 DSLR 카메라를 사준 거라든가. 키요이가 말해줘서 처음으로 알았지만."

"취미가 됐으니까 다행히 헛되지는 않았네."

"그건 글쎄."

자기도 모르게 중얼거리자, 파인더 너머에서 키요이가 고개를 갸웃했다.

"보여줄 수 없는 사진만 찍으니까."

"아, 몰래 찍은 사진은 보여줄 수 없겠구나."

"그, 그런 게 아니라."

키요이가 웃는다. 그 순간도 찰칵 찍었다.

"부모님에게 못 보여준다면, 그로테스크한 거야?"

"사람이 없는 마을 같은 거."

"평범한 거 아닌가?"

화려한 도시를 찍고, 그 안에서 사람만 지운다. 그 어두운 작업 자체가 좋고, 완성시킨 후의 신에게 벌을 받은 듯한 풍경이 좋다고 말하자, 키요이는 싫다는 표정을 했다.

"알수록 기분 나쁜 녀석이네."

"나도 그렇게 생각해."

"사람이 싫어?"

그 질문에는 히라도 조금 생각했다.

"정말 싫으면 이렇게 얽매이지도 않을 것 같긴 하지만, 좋아하진 않는 것 같아."

"나는?"

갑자기 키요이의 표정이 바뀌었다. 대답을 알면서, 장난기 가득한 웃음을 짓고 있다. 자신만만한 눈빛에 순간 히라는 키요이가 자기 심장을 꽉 움켜쥔 것 같다고 생각했다.

"키요이는 특별해. 다른 누구와도 달라."

히라는 바닥에 무릎을 꿇고 올려다보는 각도로 계속 셔터를 눌렀다. 눈높이에 있는 아름다운 손에 초점을 맞췄다. 조리개는 좁게, 투명감을 내기 위해 노출은 높인다.

"손은 찍어서 뭐하려고."

"아무것도 안 해. 예쁘니까 찍는 거야."

흐음. 머리 위에서 키요이가 중얼거렸다. 다음 순간 피사체이던 손이 사라졌다. 당황해서 카메라를 내리자, 키요이는 손을 뒤로 감추고 있었다. 강아지의 장난감을 숨기고 장난치며 즐거워하는 주인처럼 천진난만한 웃음이었다.

"찍고 싶어?"

"찍고 싶어."

훈련받은 강아지처럼 거의 조건반사적으로 대답하자, 참 잘했어요 하듯 감췄던 손을 히라의 눈앞에 놓아주었다. 그것만으로 너무 기뻐서 히라는 카메라를 들고 있다는 사실을 잊어버렸다. 천천히 얼굴을 가져다댔다.

입술에 손의 온기가 느껴진다.

달콤하고 가쁜 숨이 차올라 숨이 막힐 것 같다.

키요이는 아무 말도 하지 않는다. 거절하지도 않는다.

키요이의 손에 입을 맞추면서, 우리의 관계는 무엇일까 생각했다.

이 관계에 걸맞은 이름은 없다. 단둘이 보는 사이가 되었어도, 키요이와 자신의 관계는 역시나 점이고, 선이 되어 앞으로 이어질 것 같지는 않다.

관계라는 건 상호작용으로 만들어지는 것인데, 키요이가 자신에게 영향을 주기는 해도 그 반대는 있을 수 없다. 그러니까 키요이와 히라의 관계는, 예를 들면 신을 향한 일방적인 신앙과 닮아 있다. 그래서 히라는 경건한 신부나 비구니처럼 키요이에게 일생을 바치고 싶다고 생각했다.

"엄청 멍하게 뭔 생각을 하는 거야?"

"비구니가 되고 싶어."

히라가 말하자, 키요이는 뭐라 표현할 수 없는 표정으로 툭 내뱉었다.

"역시 기분 나빠."

겨울이 끝나고 고등학교 시절 마지막 봄이 코앞에 와 있었다.

    3학년으로 올라오며 히라는 키요이와도 시로타 무리와도 다른 반이 되었다.

    키요이도 시로타 무리와 다른 반이 되어 방과후에는 새로운 친구와 가는 모습이 보였다. 히라는 변함없이 혼자였지만, 원래 그랬으니까 평소와 같다고 할 수 있었다.

    고등학교 마지막 해는 잔잔한 바다처럼 시작되어 만족스러웠지만, 학교에 가기만 하면 키요이를 볼 수 있었던 2학년 때로 돌아가고 싶었다.

    당연한 일이지만, 키요이는 히라에게 전화하지도 문자를 보내지도 않는다. 히라가 키요이에게 연락하는 건 죽어도 할 수 없는 일이다. 키요이의 반과 히라의 반은 복도 끝과 끝으로 떨어져 있어 우연히 마주칠 확률도 낮았다.

    더이상 둘만 만나는 일 같은 건 없는 걸까. 정신을 차려보니, 히라는 다시 전철 안의 바보 커플이 폭발해버리길 속으로 저주하고 있었다.

    그러다 4월 마지막 주 수요일, 방과후 현관에서 우연히 마주쳤을 때, 다시 흘깃 히라를 향하는 키요이의 시선에 하늘로 날아오를 정도로 들떴다. 키요이는 손에 들었던 신발을 다시 신발장에 넣었고, 히라는 음악실로 향하는 키요이 뒤를 꿈꾸는 기분으로 따라갔다.

4월에는 그렇게 한 번 만났다. 5월에도 한 번. 6월에는 키요이가 시선을 보냈을 때 같은 학년 여자애가 다가와서 만날 수 없었고, 그대로 여름방학이 시작돼버렸다.

다음에는 또 언제 만날 수 있을까.

이제 못 만나는 걸까.

주제도 모르는 기대와 우울에 멱살 잡힌 채, 느릿느릿 이어지는 매미 울음소리를 들으면서, 히라는 입시 준비를 위해 집과 학원을 왕복했다. 대학은 도쿄로 갈 예정이었다. 집에서 다닐 수 있는 거리라 극적인 변화는 없을 것이다.

혹시 키요이와 만날 수 있을까 하고 작년에 갔었던 불꽃놀이 장소에 가보았지만, 인파에 멀미만 느끼며 허탕치고 돌아왔다. 작년에는 불꽃놀이를 감상할 틈도 없이 패밀리레스토랑에 자리를 잡기 위해 가야 했지만, 올해는 제대로 볼 수 있었다. 밤하늘에 커다란 원을 그리며 피는 빛의 꽃들. 그러나 별다른 감흥은 없었고 오히려 키요이의 부재만 강하게 인식되어 여름방학이 빨리 끝나기만 빌었다.

겨우 여름방학이 끝나자, 작은 사건 하나가 일어났다.

"얘들아, 얘들아, 키요이군 그거 봤어?"

"봤어! 굉장하더라."

또 무슨 글이 올라왔나 하고 히라는 오랜만에 가상의 기관총을 들었지만, 괜한 지레짐작이었다. 떠들썩한 것은 여자들이 즐겨 보는 패션 잡지에 키요이가 모델로 등장했기 때문이었다. 히라는 학교가 끝나자마자 곧바로 서점으로 내달렸다.

집에 도착할 때까지 참지 못하고 가게 앞에서 잡지를 펼쳐 보니, 확실히 키요이였다. 휴일 데이트에도 활용할 수 있는 돌려 입기 코디라는 특집에 키요이가 남자친구 설정으로 나와 있었다.

콘테스트를 주최한 잡지가 아니었다. 키요이는 애초에 입상하지 못했는데 무슨 일일까. 의아하게 생각했는데, 콘테스트 때 키요이를 눈여겨본 연예기획사의 제의로 그 회사에 들어가게 됐다는 소문을 들었다. 그 기획사 사이트에 들어가보니, 소속 아티스트들 중에 키요이가 있었고, 그 외에도 유명한 배우나 연예인이 많아서 마음이 들떴다.

어릴 땐 TV 속으로 들어가고 싶었어.

즐거워 보이잖아. 사람들이 많이 있고, 모두가 웃고 있으니까.

키요이는 자신이 나아가고 싶은 방향으로 나아가고 있었다. 이대로 연예인이 되어버리는 걸까. 지금도 머나먼 사이인데, 그렇게 되면 정말 구름 위의 존재가 되겠구나. 그러자 그저 아무것도 없이 지나가버린 자신의 고교 시절 마지막 여름이 조금 부끄러워졌다.

키요이는 잡지에 계속 등장했고, 한때 잠잠했던 인터넷상의 중상모략에 다시 불이 지펴지는 기미가 보였다. 하지만 1학년

아름다운 그

여자 신입생들이 키요이의 팬클럽을 만들자, 같은 3학년 여자애들이 당황한 듯 나서면서 키요이는 전보다 더 아이돌 같은 화려한 존재가 되었다.

가끔 복도에서 마주칠 때마다 키요이는 늘 많은 아이들에게 둘러싸여 있었기 때문에 흘끔거릴 틈조차 없이 그저 기척만 느끼다 지나치게 되었다. 비밀의 시간은 이제 없다.

쓸쓸함은 있었다.

하지만 이게 원래의 모습이라고 생각했다.

히라 같은 아래 계급 외톨이 따위와 연결될 틈 같은 건 없었고 키요이는 둘러싼 사람들 속에서 차갑게 웃는 쪽이 어울렸다. 아무도 없는 음악실이나 방과후 교실에서 키요이와 단둘이 보냈던 시간이 망상처럼 느껴졌고, 그러자 어쩐지 불안해져서 슬며시 입가에 손을 대보았다.

입술이 기억하는 그 손의 온기. 끝으로 갈수록 가늘어지는 긴 손가락에 완벽한 모양의 손톱까지. 꿈같은 시간이었기에 너무도 선명할 정도로 히라의 가슴에 각인되어 있었다.

기분 나빠.

상대를 업신여기는 듯한 가벼운 웃음을 짓는 보기 좋은 입술. 아이들에게 둘러싸인 키요이와 스칠 때마다, 히라는 자신만 아는 키요이를 떠올리며 입술을 만지작거렸다.

졸업식 날은 추웠고, 아침부터 눈이 날렸다.

곧바로 연예계로 진출할 거라 생각했는데 의외로 키요이는 도쿄에 있는 대학에 지원했다. 십대에 급히 진로를 정하지 말고, 가능하다면 학업과 연예활동을 병행하는 편이 좋다는 조언을 받은 듯했다.

지루한 졸업식 중에도 히라는 멀리 앞쪽에 서 있는 키요이의 작은 머리를 흘끔흘끔 바라보았다.

오늘이 마지막이라고 생각하자 히라는 한순간도 허투루 쓸 수 없었다.

졸업식이 끝난 후, 히라는 반 아이들과 뒤풀이를 할 거라며 부모님을 먼저 돌려보냈다. 거짓말은 아니지만 참석할 생각은 없었다. 아래 계급 외톨이가 뒤풀이에 참가해야 할 이유 따윈 찾을 수 없었다.

키요이는 수많은 여학생에게 둘러싸여 있었다. 1학년 중에는 우는 애도 많았지만, 딱히 위로는 하지 않고 담담히 대응하는 모습이 키요이다웠다.

히라는 반 전원이 돌아가며 글을 남기는 종이에 슬쩍 이름만 적었고, 그후에는 딱히 누구와도 말을 섞지 않고 조금 떨어진 곳에서 키요이만 보았다.

여자애들을 전부 상대해준 후 키요이는 같이 놀러가자는 제안을 다 거절하고 혼자 걸어갔다. 끈질기게 쫓아오는 여자애들에게 "끈질겨" 하고 한마디하더니 그대로 발걸음을 돌렸다. 한순간 키요이가 히라 쪽을 슬쩍 본 것 같았다.

교문을 지나 키요이가 향한 곳은 아무도 없는 학교 뒤였다. 비상계단의 그림자가 드리운 곳에 이르자 키요이가 드디어 고개를 돌려 히라를 보았다.

"스토커."

차갑게 웃는 키요이를 보자 히라는 알 수 없는 감정이 솟구쳤다. 키요이와 둘이 마주보는 게 너무 오랜만이고, 이런 기회가 다시는 없을 거라 생각하고 있었기 때문이다.

"미안."

"뭐, 별로."

대화가 끊겼다. 말이 서툰 히라와, 텐션이 높지 않은 키요이. 둘만 있는 자리에서도 대화가 매끄러웠던 적은 별로 없었고, 말은 언제나 한 방울 한 방울 떨어지는 비처럼 투둑투둑 오갈 뿐이었다.

그래도 히라는 무척 만족했었다. 쓰르르쓰르르 끊임없이 날개를 비비는 매미처럼 대화가 이어지진 않았어도, 키요이의 햇빛에 빛나는 옅은 갈색 머리, 가늘고 긴 목, 끝으로 갈수록 가늘어지는 손가락을 렌즈와 가슴과 눈동자에 각인해갔다. 그것만으로도 행복했다.

지금은 굉장히 초조했다.

무슨 말이라도 해야 한다는 생각이 든 건, 지금이 마지막임을 알아차렸기 때문이다.

그러나 마지막이라고 생각하자, 말은 어딘가로 멀리 날아가버렸다.

"키요이—"

"너—"

동시에 말을 꺼냈다.

"미안. 뭐야? 말해줘."

한 마디도 놓치지 않으려고 히라는 몸을 앞으로 내밀었다.

뭔가 생각하는 듯이 키요이가 시선을 비스듬히 올렸다.

"뭐랄까…… 너 말이야."

"응."

"나한테 뭐 할말 없어?"

히라는 눈을 깜박거렸다. 할말? 할말? 너무 갑작스러워서 초조해졌다. 필사적으로 생각하고 있다는 것을 표정으로라도 전하려 애쓰는데, 키요이가 홱 고개를 돌렸다.

"됐어."

옆얼굴을 보니 기분이 나쁜 듯했다. 아아, 무슨 말을 해야 했을까.

그저 자책하고 있는데, 키요이가 다시 돌아보았다. 그리고 한 걸음 더 다가왔다. 두 걸음째 물웅덩이에서 첨벙하는 소리가 났고, 세 걸음째 둘 사이의 남은 거리가 사라졌다.

갑자기 입술이 포개져서, 히라는 눈을 감을 새도 없었다.

아주 순식간에 포개졌고, 키요이는 곧바로 몸을 뗐다.

"키요이?"

히라는 한껏 커다래진 눈으로 키요이를 바라보았다.

"그럼, 또 보자."

밀어내치는 듯한 말을 남기고 키요이는 서둘러 등을 돌렸다.

멀어지는 키요이의 뒷모습을 히라는 그저 멍하게 바라보았다.

흰색 하복들. 남색 동복들. 똑같은 교복을 입은 무리 속에서도 그라면 한눈에 찾을 수 있었다. 한 번도 잘못 본 적 없었다. 키요이가 건물 모퉁이를 돌아 완전히 자취를 감췄을 때는 비유가 아니라 정말로 온몸에서 힘이 전부 빠졌다. 무릎이 꿇리자 자연스레 상체가 앞으로 고꾸라졌다.

땅을 짚으려던 손이 물웅덩이에 잠겨, 첨벙 소리가 났다.

조금 전 키요이가 밟았던 물웅덩이다.

조금 전까지 키요이의 모습을 비추던 물웅덩이다.

넙죽 엎드리듯 팔을 굽혀 자세를 낮추자, 이마와 앞머리가 진흙물에 잠겼다.

3월의 물이 품은 냉기가 스며들었다.

그럼, 또 보자.

간단한 작별 인사였다. 아프다. 너무 아프다. 예리한 칼날을

맨손으로 움켜쥔 것 같다. 그런데도 키요이의 입에서 흘러나온 말이기에 놓을 수 없다. 그게 꽃이더라도 독이더라도 칼날이더라도, 키요이가 준 것이니 끌어안을 수밖에 없다.

짧고 굳은 목소리가 목에서 흘러나오며 몸이 흔들린 순간, 가슴주머니에서 휴대폰이 빠져 물웅덩이로 떨어졌다. 아, 주워야 해. 망가질 텐데.

하지만 주울 기력도 없다.

어차피 키요이와는 더이상 만날 수 없다.

그렇다면 휴대폰뿐 아니라 온 세상이 무너져버리면 좋겠다고 생각했다.

비터스위트
루프

현관에서 신발을 신고 있는데 주방에서 엄마의 목소리가 날아들었다.

"카즈, 오늘 저녁은 어떻게 할 거야?"

"지금은 모르겠는데, 이따 전화할게요."

"그렇게 말해놓고 항상 전화 안 하잖아."

엄마가 얼굴을 내밀었다. 화난 얼굴이다. 지난주에는 두 번이나 말도 없이 저녁식사에 빠졌다.

"친구랑 노는 것도 좋지만 연락은 똑바로 해."

알겠어요, 미안. 히라는 재빠르게 사과하고 도망치듯 집을 나섰다.

역으로 향하면서, 엄마도 변했다고 생각했다. 고등학생 때는 집에 늦게 들어오거나, 그래서 저녁식사에 빠져도 친구와 놀았다고 하면 넘어가주었다. 하지만 대학에 들어와서 두 달, 모임으로 늦는 날이 많아지자 엄마도 여느 엄마들처럼 잔소리를 하기 시작했다.

그것은 히라가 양호한 대학 생활을 하게 됐다는 증거이기도 하다. 학급이라는 작은 단위 상자에 학생들을 빼곡하게 밀어넣는 고등학교와 달리 대학교는 기본적으로 좋아하는 사람들만 사귀어도 되는 장소였다. 이 녀석과는 안 맞는데, 여기는 별로인데 싶으면 얼마든지 거리를 둘 수 있다. 결과적으로, 히라의 주변에서 이제 야유나 모멸은 사라졌다.

자신에게 잘 맞는 동아리를 찾게 된 것도 운이 좋았다. 오랫동안 혼자 지내는 생활이 몸에 배어 동아리 활동은 생각조차 하지 않았는데, 입학식 풍경을 찍으려고 들고 나왔던 카메라 덕분에 사진 동아리 사람들에게 거센 파도 같은 권유를 받았다.

쓸데없는 친근함에 처음에는 뒷걸음을 쳤지만 안경을 쓴 수수한 남학생이 "괜찮다면 한번 봐" 하고 전단을 건네자, 히라는 큰맘 먹고 들어가보기로 했다.

처음 자기소개를 할 때 긴장해서 바로 말을 더듬고 말았다. 모두가 입을 벌리고 멍하니 바라보았다. 또 이렇게 되나…… 절망하기 시작했다.

"혹시 흘음이야?"

맞은편 대각선에 앉아 있던 1학년 남학생이 물었고, 히라는 놀란 채 고개를 끄덕였다.

"그렇구나. 힘들었겠다. 우리 형도 어렸을 때 그랬어."

남학생은 그렇게 말하고는 상황을 파악하지 못한 모두에게 흘음에 대해 설명해주었다.

"……그렇구나. 그런 병이 있다는 것 자체를 몰랐어."

"우리도 공부할게. 뭔가 바라는 방향이 있으면 말해줘."

신경쓰이게 한 것 같아 부끄럽고 또 조금은 분하기도 했지만, 받아들여졌다는 데 대한 안도감이 더 컸다. 그렇게 생각하는 히라 자신도, 고등학교 때와는 미묘하게 의식이 달라졌다는 사실을 깨달았다.

그게 누구 덕분인지 생각하면 마음이 괴로워지지만.

인원이 열다섯 명 정도 되는 아담한 동아리에 동기는 히라를 포함해 남자만 다섯 명이었다. 어느 날 동아리실에 가니 모두가 체크무늬 셔츠에 면바지 차림을 하고 있었는데, 패션을 모르는 대학생은 일단 이렇게 입어야 한다는 듯한 코디에 웃음이 터져, 그 일을 계기로 모두와 마음을 터놓을 수 있게 되었다. 히라에게 집 말고 그렇게 편하게 숨을 쉴 수 있는 곳은 처음이었다.

동아리실에 가면 대체로 누군가 있었고, 사진 이야기는 물론 게임이나 만화 이야기도 종종 했다. 한 달에 한 번 테마를 정해 야외 촬영을 가기도 하지만, 그 외에는 느긋한 분위기라 시간을 때우기 위해 트럼프나 장기를 두기도 했고, 그런 느슨한 부분도 히라와 잘 맞았다.

히라는 그중에서도 특히 첫날 자신에게 도움을 주었던 코야마라는 남자 동기와 친해졌다. 코야마에게는 세 살 위의 형이 있는데 그 형이 흘음을 앓았다. 다행히도 성인이 될 즈음 거의 나아서 지금은 회사를 다니면서 지인이 운영하는 작은 극단에서 스태프로 일을 돕고 있다.

"흘음은 힘들지. 일반 사람들은 전혀 모르는 병이니까."

"응, 내가 설명하는 것도 왠지 싫고."

"형도 그렇게 말했었어. 동정해달라는 것 같아서 말하고 싶지 않다고."

학교 식당에서 점심을 먹으며 히라는 고개를 끄덕였다. 뿌리 깊은 열등감의 원인이 된 흘음에 대해 이런 식으로 다른 사람과 이야기하고 있다는 게 묘했다.

"그런데 히라, 혹시 주말에 시간 있어? 같이 좀 가줬으면 하는 곳이 있는데."

"뭐 찍으러 가려고?"

"응, 비단잉어."

뭔가 진지하다. 표정에 드러났는지 코야마는 "부모님 부탁이야" 하고 말했다.

"엄마가 다니는 영어교실 선생님이 부탁하셨대. 요즘 잉어에 빠졌는지 세타가야에 있는 무슨 정원에 굉장한 비단잉어가 기증되었는데 사진으로 갖고 싶다고 했대."

"응, 그렇구나."

"취향이 아니면 거절해도 괜찮아. 넌 생물은 잘 안 찍잖아."

"꼭 그렇진 않아."

"그렇던데. 네가 찍은 사진을 처음 봤을 때 충격을 잊을 수가 없어."

동아리에서는 각자가 찍은 사진을 서로 평가한다. 히라는 이상하게 보여도 어쩔 수 없다는 각오로 인물을 지운 도시 사진을 내밀었는데, 의외로 평가가 좋았다.

"어쩔 수 없지. 비단잉어는 혼자 찍으러 갈게."

"괜찮아, 갈게."

"억지로 하는 거 아냐?"

"아냐."

비단잉어에 흥미가 생긴 건 아니지만, 코야마와 함께 있으면 즐겁다. 그런 말까지 하진 않았지만, 솔직한 코야마는 "고마워, 기쁘다!" 하고 얼굴 가득 웃음을 지었다.

"역시 비단잉어를 혼자서 찍으러 가는 건 왠지 힘들 것 같았어. 아, 그러고 보니 너랑 둘이서만 만나는 건 처음이네. 그럼 잉어 보고 저녁에 어디서 한잔할까?"

"응, 좋아."

히라는 쑥스러움을 감추려고 점심 식판으로 시선을 돌렸다. 마음을 터놓고 이야기할 수 있는 친구가 생겼지만, 사람들의 호의는 아직까지도 심장을 두근거리게 한다.

"이자카야 갈까? 아니면 우리집도 괜찮겠다. 혼자 사니까 눈치 볼 필요도 없고."

"다 괜찮아."

"아, 그 말투, 나만 기대하는 것 같아서 기분이 좀 그런데."

코야마가 입술을 삐죽거렸다.

"미, 미안. 그런 거 아냐. 나도 코야마랑 있으면 즐거워."

히라가 당황하며 말하자, 코야마는 "거짓말이야 거짓말. 농담" 하고 웃었다.

그러고는 둘이서 휴대폰으로 비단잉어를 검색해 어떻게 찍을지 미리 연구했다. 인간이든 동물이든 움직이는 피사체는 찍기 어렵다. 게다가 물속의 비단잉어를 찍으려면 기술이 필요하다. 이렇게 하자, 저렇게 하자 하며 방침을 정한 후, 코야마가 문득 물었다.

"너는 사람을 찍은 적은 없어?"

"있어."

코야마는 자기가 물어봐놓고는 "있구나" 하며 놀란 얼굴을 했다.

"가족 말고?"

"응."

"혹시…… 여자친구?"

"에, 왜?"

그렇게까지 물으리라고는 생각지 못했다.

"너 같은 녀석이 사람을 찍었다면 꽤 깊은 감정이 없으면 안됐을 것 같아서."

예리한 지적에 히라는 심장이 덜컥했다. 한순간의 침묵이 긍정이 되어버린다.

"그래도 여자친구는 아니야."

"짝사랑?"

"……모르겠어. 그런 분류가 안 되는 사람이었어."

대답하는 동안, 가슴속에서 유일한 한 사람의 모습이 또렷해진다.

죽을 만큼 좋아해서, 죽을 만큼 괴로웠다.

한마디 말로 죽을 만큼 상처를 주었고, 죽을 만큼 기쁨을 주었다.

키요이를 생각하면 죽는다는 단어가 쉽게도 떠오른다. 어리석다고 생각한다. 하지만 어휘가 부족한 히라는 그런 식으로 말고는 달리 표현할 수가 없다. 그만큼 좋아했다.

"지금도 만나?"

"원래 그렇게 만날 수 있는 사람이 아니었고, 연락처도 몰라."

졸업식 날, 휴대폰을 물웅덩이에 빠뜨리는 바람에 데이터가 날아갔다. 휴대폰 매장 직원에게 데이터 복구가 불가능하다는 말을 들었을 때, 히라는 이상하게도 정신이 맑아지는 것 같았다. 사라진 데이터 안에 키요이의 전화번호와 메일주소가 있었기 때문에, 그래, 이제 마음을 정리할 수 있겠구나 생각한 것이다.

키요이가 어느 대학교에 갔는지 알고, 고등학교 같은 반 아이들 인맥을 좇다보면 연락처 정도는 알아낼 수 있을 것이다. 모델 일도 계속할 것이고, 인터넷을 검색해보면 어떻게 지내는지 정도는 바로 알 수 있다. 하지만 그러지 않는다. 하면 안 된다.

그럼, 또 보자.

밀어내치듯 내뱉은 작별의 말, 동정 같았던 키스가 떠오른다.

그때 히라는 더이상 쫓아오지 말라고 키요이가 못을 박는 거라고 느꼈다.

기기만 바꿔도 됐지만 자포자기하는 심정으로 번호까지 바꿔버렸다. 매장 직원이 열심히 권해주던 것을 샀다. 좋아요, 좋아요 해도 뭐가 더 좋은지 아무 상관 없었고, 그저 마음 둘 곳이 사라진 기분을 전환하고 싶어 권하는 대로 따랐다. 이쪽이 좋다. 이쪽이 이득이다. 아무 손해도 없다고 하는 것으로.

정말 그런 거였을까.

졸업한 지 두 달. 친구도 생겼고, 평범한 대학생처럼 동아리 회식 등에도 참석해 집에 늦게 들어오면 엄마에게 잔소리도 들는 생활을 하게 되었다. 외톨이였던 고교 시절과는 비교도 할 수 없을 정도로 매일이 밝고 가볍게 돌아가고 있다.

그러나 키요이의 잔상은 사라져주질 않는다. 키요이를 생각할 때면 언제나 '죽을 만큼'이란 말 말고는 다른 표현을 찾지 못한 채 히라는 여전히 죽을 만큼 좋아해, 죽을 만큼 괴로워, 그 말만 되뇐다.

갑자기 침묵에 빠진 히라를 보며 코야마는 뭔가 말하고 싶은 얼굴을 했다.

"비단잉어 찍는 거 의외로 괜찮았지?"

주말이라 번잡한 이자카야에서 코야마가 카메라 데이터를 확인하며 말했다.

"외국인들이 쿨 저팬 쿨 저팬 하니까 이제야 가치를 재발견한다는 게 좀 한심하긴 하지만. 아무튼 고생했어."

추하이*가 나와서 건배했다. 실제로 본 비단잉어는 상상했던 것보다 몇 배는 더 아름다웠다. 반짝이는 백금색 유선형 몸통을 물들인 검은색과 주황색 우아한 무늬. 전체가 금색인 잉어도 있었다. 아무 흥미 없다가 눈이 휘둥그레지는 선명함에 자기도 모르게 카메라를 들었다.

* 희석한 소주에 탄산수와 과즙을 섞은 술.

"이건 내일 모두에게 보여주자."

코야마가 말했다. 자신 있는 작품인가 하고 들여다보자, 잉어를 찍는 히라가 찍혀 있었다.

"'잉어 찍는 히라'라니 엄청난 임팩트잖아."

고개를 가웃하는 히라에게 코야마는 "자각이 없는 거냐" 하고 이상하다는 듯이 웃었다.

"너는 일부러 사람이 있는 풍경을 찍고 거기서 사람을 지워가잖아. 그럼 처음부터 사람이 없는 풍경을 찍으면 되는데, 오히려 네가 쓰는 방법이 더 운치 있는 효과를 내거든. 지운 곳에 풍경을 채워넣지만 역시 완벽하게는 재현할 수 없고, 그 미묘한 어긋남이 뭐랄까, 훨씬 더 불안한 느낌을 줘. 그 녀석 좀 대단해, 하지만 어디로 튈지 걱정이야, 모두가 그렇게 말한단 말이야. 그러니까 이걸 보여주고 안심시켜주려고."

히라는 자신이 영원한 중2병을 앓는 사람처럼 느껴져 얼굴을 붉혔다. 미안하다고 고개를 숙이자 코야마는 "왜 사과해?" 하고 몸을 내밀었다.

"걱정하고 있다는 건 농담이고, 아니 조금은 진심이지만, 아무튼 네 사진은 모두가 굉장하다고 생각해. 나도 멋있다고 생각하고."

"미안, 정말 이제 그만 좀 봐줘."

귓바퀴가 활활 타오른다. 코야마의 시선 때문에 고개를 들 수가 없다.

"히라, 다음달 야외 촬영 모임 갈 거야?"

갑자기 화제가 바뀌자 히라는 고개를 들었다.

"아, 맞다, 다음달은 인물 사진이지?"

"응, 여러 대학이 합동으로 스튜디오에서 프로 모델을 부른다나봐."

"나는 됐어. 인물은 서툴러서."

"잉어도 찍는데 사람도 찍을 수 있지 않을까."

"찍을 순 있지만, 찍고 싶지 않아."

"그래도 전에는 찍었잖아. '그런 분류가 안 되는 사람'."

"특별했으니까."

"보고 싶다."

"응?"

"그 사진, 보여줘."

"미안. 그건 누구에게 보여주려고 찍은 사진이 아니라서."

키요이의 사진은 히라의 보물이다. 둘이서 함께한 기적 같은 시간들. 한순간에 과거로 의식을 빼앗긴 히라를 코야마가 뭔가 말하고 싶은 듯 바라보았다.

"그러니까 왠지 더 보고 싶어. 네가 지금까지 유일하게 찍었다는 인물 사진의 주인공은 과연 어떨까. 아니, 네게 인물 사진을 찍게 만든 그 유일한 사람은 어떤 사람일까?"

"굉장히 예쁜 사람이야."

이 대답에 코야마는 입을 떡 벌렸다.

"왜 그래?"

"아, 으응. 굉장하다고 생각해. 그렇게 딱 잘라 말해서."

아…… 하고 깨달았다. 뺨이 급격히 뜨거워졌다.

"저, 그게 아니라, 아니 굉장히 예쁜 건 사실이지만, 그러니까, 얼굴도 그렇고, 머리도 아주 작고, 팔다리도 가늘고 잘 뻗어서 같은 교복을 입어도 다른 느낌이고. 본인은 담담하게 있었지만, 다른 학교 여자애들도 난리였을 정도여서."

"에, 남자야?"

망했다고 생각했지만, 이미 늦었다.

"너, 혹시 그쪽?"

머릿속에서 타닥타닥 작은 불꽃이 흩어졌다. 이럴 때 제대로 된 변명을 할 수 있는 사람이었다면 초중고를 피라미드 아래층에서 외톨이로 지내지 않았을 것이다. 어떤 말도 나오지 않아 고개를 숙이고 있자,

"미안, 지금 내가 좀 무신경한 질문을 했네."

코야마가 서둘러서 입을 열었다.

"아니, 사실은 히라가 그쪽일 거라곤 생각지도 못해서 지금 내가 조금 충격을 받았거든. 혹시 나도 포기하지 않아도 되는 걸까 하고."

히라는 눈을 깜박였다. 무슨 말인지 알아들을 수 없었다.

"포기하다니, 뭘?"

이번에는 코야마가 얼굴을 붉혔다.

"내, 내가, 너를……"

"나를?"

코야마의 얼굴이 한 번도 본 적 없을 정도로 빨개졌기 때문에 둔한 히라도 겨우 이해했다.

"……아."

얼굴이 확 달아올랐다. 예상치 못한 전개에 어쩔 줄 몰라 굳어 버리자, 코야마가 후유 하고 숨을 크게 내쉬더니 등을 죽 펴고 의자에 고쳐앉았다.

"처음 자기소개 때 네게 흘음이 있다는 걸 알고서 난 네가 모르는 사람 같지가 않았어. 형이 어릴 적부터 그걸로 고생하기도 했었고…… 그게 계기이긴 했는데, 네가 찍은 사진을 처음 봤을 때 정말 굉장하다고 생각했고, 그후로 이런저런 일로……"

눈가의 주황빛이 점점 진해지더니 결국 코야마는 고개를 숙여 버렸다. 얌전해 보여도 언제나 자기 의견은 확실히 말하는 코야마에게서 처음 보는 모습이었다.

솔직히 곤란했다. 연애 방면으로 누군가의 호감을 산 적이 처음이고, 코야마를 그런 눈으로 본 적도 없었다. 히라가 마음을 빼앗긴 건 오직 키요이뿐이라서, 그 충격을 기준으로 보면, 앞으로 자신은 평생 누구와도 연애할 수 없겠다는 생각까지 하고 있었다.

그리고 낙담했다. 코야마의 마음을 알게 된 이상 앞으로는 지금처럼 어울릴 수 없을 것이다. 동아리는 어떻게 해야 할까. 이럴 때는 한쪽이 그만둬야 하는 거 아닐까. 느긋한 분위기가 좋아서 즐거웠는데.

"미안, 갑자기 이런 말로 놀라게 해서."

침묵이 길어지자, 코야마가 고개를 들었다.

"아니, 나도 전혀 눈치채지 못해서…… 동아리는 내가 그만둘게."

코야마가 놀라 눈을 크게 떴다.

"왜? 내가 기분 나빠서? 그럼 내가 그만둘게."

"그런 거 아니야."

그것만은 확실히 말했다.

"네 마음은 고마워. 하지만 나는……"

거절의 말을 입에 담는 게 이렇게 어려운 일인 줄 몰랐다.

"좋아하는 사람 있잖아. 인물 사진 찍었다는 그 사람."

코야마가 먼저 말해주었다.

"알아. 하지만 상관없어. 히라를 좋아하는 것뿐이지 사귀자고 한 건 아니잖아."

아, 사귈 수 있다면 기쁘겠지만 하고 코야마가 농담처럼 덧붙였다.

"우리 같은 사람들은 좋아하는 사람이 생겨도 우선 자신이 상대의 연애 대상이 되는지 되지 않는지가 큰 장벽이잖아. 그동안 승부도 내보기 전에 실연만 당하다보니 너도 나와 같다는 걸 안 것만으로도 기뻤달까."

코야마는 담담히 말했지만 감정을 억누르는 기색이 투명하게 보여 안쓰러웠다. 하지만 위로해주기도 이상하고 어떻게 해야 좋을지 알 수 없었다. 가능하다면 미안하다고 사과한 뒤, "뒤로 돌아!" 하고 구령이라도 외치고 싶었다. 그러면 편할 테지만, 솔직하게 마음을 고백한 상대에게는 자신도 제대로 마음을 알려주어야 한다는 생각이 들었다.

"……나는."

히라가 용기를 내어 말을 꺼냈다.

"내가 너와 같은지 어떤지는 잘 모르겠어. 우연히 그 사람이 남자였지만, 여자였어도 좋아했을 거라고 생각해. 뭐, 전혀 상대해주지 않았겠지만."

"그래도 사진을 찍게 해줄 정도로는 친구였던 거잖아?"

"그건 우연히 그렇게 된 거고, 친구는 아니었어."

"친구도 아닌데, 우연히 사진을 찍게 해줬다고?"

"전혀 모르는 사이는 아니고, 점심시간이나 방과후에 빵셔틀 같은 걸 하다가."

"뭐? 심한 거 아냐?"

코야마가 눈썹을 찌푸리는 걸 보고 당황했다.

"그런 부분까지 매력적이었어. 좋든 나쁘든 자기만의 기분이 있고 그 기분에 따라서만 움직여서 퍽 제멋대로이긴 했지만, 그래도 뭐랄까―"

표현력이 빈곤한 자신에게 속이 탔다. 조금 더 딱 맞는 말을 찾고 싶었다.

"정말 좋아했구나."

그러자 코야마가 대신 말을 이었고, 히라는 응…… 하고 고개를 끄덕였다. 아, 잠깐. 지금은 거짓으로라도 그렇지 않았다고 말해야 했던 것 아닐까. 안절부절못하는 히라를 보고 코야마가 쓴웃음을 지었다.

"역시, 나는 네가 좋아."

"나 같은 걸 왜……"

정말로 이해할 수 없다. 코야마는 생각에 잠긴 듯 고개를 기울였다.

"왜일까, 나도 잘 모르겠어. 분위기라든가, 서툰 부분이라든가, 굉장히 일편단심인 부분이라든가 뭐 이런저런. 좋아한다는 게 원래 그런 거잖아."

확실히 그렇다. 좋아하는 데 특별한 이유는 없다. 그러니까 말로 컨트롤할 수는 없다. 떨어지고 싶어도 떨어질 수 없다. 인력

처럼, 물어볼 필요도 없는 경지로 끌려가버린다.

키요이를 향한 마음이 바로 그렇다.

미지근해진 추하이를 다 마셨다.

"다음은 뭐 마실래?"

코야마가 메뉴판을 집으며 물었다. 망고 추하이도 있어, 키슈 매실주도 맛있을 것 같아 하며 코야마가 잡담처럼 이야기했다. 결국 자몽 추하이라는 흔한 술을 주문했다.

"그럼, 다시 한번 건배—"

코야마가 잔을 들어올렸다.

"뭘 위한 건배야?"

"그런 거 물어볼 거야?"

"아, 미안."

괜찮다며 코야마가 웃었다.

"에, 그럼, 앞으로도 잘 부탁한다는 느낌으로."

잘 부탁합니다 하고 얼버무리듯 코야마가 고개를 숙이자, 히라도 서둘러 고개를 숙이고 나서 건배했다.

일단 휴전이라는 말이 떠올랐다. 코야마의 고백이나 앞으로 어떻게 어울리며 지낼지 같은 현실적인 문제는 놓아두고 그날 밤은 둘 다 상당히 마셨다.

본격적인 장마에 접어들자 동아리실에도 습기가 가득찼다. 누군가 먹다 남긴 빵에 곰팡이가 핀 걸 보고 한 선배가 이것도 다 여자가 없어서라며 여학생을 영입해야 한다고 말했지만, 실행하려고 움직이는 사람은 없었다.

"캠퍼스에는 여자들이 넘치도록 많은데, 왜 우리 동아리에는 여자 그림자도 안 보일까?"

"잘생긴 사람이 없으니까요."

냉정하게 분석한 1학년의 머리통을 선배가 쥐어박았다.

"아아― 너희가 여자애들이라면."

"우리가 여자라면 어떻게 해보고 싶어요?"

"줘도 안 갖지."

모두가 답 없는 바보들이면서 무모한 이야기들만 한다.

"우리 동아리는 진짜 널널해."

옆에서 사진 잡지를 넘겨보던 코야마가 웃었다.

"그런 부분이 난 좋지만."

"그렇지. 아, 히라, 오늘 우리집에 와. 저녁 해줄게."

"또 집에서 공격받았어?"

히라가 난처한 얼굴을 하자, 부탁이라고 말하듯 코야마가 두 손을 모았다. 코야마네는 채소를 재배하는 농가인데 도쿄에서 혼자 사는 아들에게 자주 채소 택배를 보냈다. 그걸 처리하는 담당으로 히라가 불려가는 것이다.

"괜찮긴 한데, 채소만 들어간 전골은 이제 싫어. 오늘은 가뜩이나 덥기도 하고."

"그럼 철판에 볶고 닭고기도 넣을게. 가슴살은 있어."

"그건 퍽퍽해서 싫어. 비엔나소시지가 더 나아."

"그럼 돌아가는 길에 마트 들르자."

평소 하던 대화를 나누는데,

"어이, 어이, 어이."

뒤에서 누군가 동그랗게 만 잡지로 히라의 머리를 탁 때렸다.

고개를 돌리자, 조용히 화를 내고 있는 선배와 눈이 마주쳤다.

"너희 말이야, 여자 하나 없다고 한탄하는 우리 옆에서 남자들끼리 자급자족하는 대화 같은 거 하지 마. 뭐가 가슴살은 퍽퍽하고 비엔나소시지가 좋다야. 돌아가는 길에 마트 들르자? 신혼부부냐? 전혀 안 부러운데 왠지 부러워해야 할 것처럼 들리니까 자중하라고."

히라와 코야마는 목탁처럼 머리를 탁탁 맞았다. 굉장한 화풀이다.

"선배들, 엄청 쌓였나봐."

"완전 트집이야."

히라가 작은 목소리로 불평하자, 코야마는 후후 웃었다. 왠지 기쁜 듯한 그 모습에 묘하게 가시방석에 앉은 느낌이 들었다. 상황을 무마하려고 누군가가 가져다놓은 오래된 TV를 틀었다.

코야마와는 전과 다름없이, 아니 전보다 더 친하게 지내고 있다. 연애 비슷한 말은 한 조각도 나오지 않지만, 그래도 코야마의 태도나 말 곳곳에서 조심스러운 호감이 느껴져 가끔은 이래도 되는 걸까 의문이 든다.

이렇게 어울리는 건 편하지만, 코야마에게는 힘든 부분도 있으리라 생각한다. 어리광 같다고 자각하면서도 친구로 계속 어울리는 건 비겁하다. 그렇다고 상대가 아무 말도 하지 않는데 자신이 먼저 '미안' 하고 거리를 두는 것도 자만인 듯해 부끄럽다. 미안한 동시에 슬며시 퇴로가 막힌 듯한 갑갑함도 느낀다.

공중에 떠 있는 것 같아 어떻게 해야 좋을지 잘 모르겠다.

멍하게 TV를 보는데 갑자기 광고가 시작되면서 히라의 의식은 순식간에 바뀌었다. 청량음료 광고인데 히라 또래 남녀 넷이 해변을 달리고 있다.

왼쪽 두번째가 키요이다.

처음 이 광고를 봤을 때는 심장이 멈추는 것 같았다.

집 거실 소파에 누워 게임을 하고 있었는데 평화로운 일상에서 갑자기 묻지 마 살인이라도 당한 느낌이었다. 무슨 일이 일어났는지 어리둥절한 채 바보처럼 입을 반쯤 벌리고 TV를 보는 사이 파티는 끝나버렸다.

"너, 이 광고 좋아하네."

코야마가 말했다.

"그런가."

화면에 눈을 고정한 채 마음이 딴 데 가 있는 듯이 대답했다. 광고는 끝났지만 아이들이 들고 다니는 한여름의 폭죽처럼, 가슴에도 눈에도 키요이의 모습이 빛을 발하며 꼬리를 길게 끌고 있다.

"키요이 소 좋아해?"

히라는 튕겨오르듯 고개를 돌렸다.

"에, 왜, 왜 키요이라고—"

어떻게 코야마가 키요이를 알지.

"방금 광고에 나온 배우잖아."

"배우? 모델이 아니라?"

"분명 배우라고 나와 있었는데."

코야마가 자기 가방에서 얇은 잡지를 꺼냈다.

"형이 스태프로 도와주고 있는 극단에서 발행하는 무가지인데, 여기 실렸던 것 같아…… 아, 있네, 여기. 아직 그렇게 유명하진 않은데 조금씩 반응이 있나봐."

손가락으로 가리킨 페이지에 키요이 사진이 있고 이름 옆에 배우라고 적혀 있었다.

정말이네, 굉장해……

친구가 생겼다고 히라가 낮은 곳에서 기뻐하는 동안 키요이는 더욱 높은 곳으로 가버렸다. 고등학교 때와 마찬가지로 가슴이 크게 뛰었다. 광고와 잡지. 보지 않으려고, 정말 보지 않으려고 억눌러왔지만, 이렇게 되면 이제 틀렸다. 기울어진 페트병처럼 감정이 기세 좋게 콸콸 쏟아져내린다.

"이거 줄게."

히라는 놀라며 잡지에서 얼굴을 들었다.

"괜찮아. 너희 형 거잖아."

"무가지라 괜찮아. 네가 키요이를 많이 좋아하는 것 같아서."

코야마가 놀리듯이 웃자, 그 사람이 바로 키요이라고 말하기가 왠지 힘들었다. 그런 게 아니라며 애매하게 얼버무리는데, 다른 1학년 동기가 말을 걸어왔다.

"다 같이 고기뷔페 가기로 했는데, 너희는 어쩔래?"

"아, 우린 채소가 메인인 철판볶음 먹을 거야."

코야마의 대답에 "초식남들이냐—" 하고 모두가 투덜거렸다.

"문만 잘 잠그고 가. 그럼 간다—"

"네, 네, 잘 가—"

코야마와 선배들이 서로 손을 흔들었다.

"안녕."

히라가 말했다.

모두를 배웅한 후, 히라는 고개를 갸웃거리는 코야마와 눈이 마주쳤다.

"왜?"

"예전부터 생각했는데, 히라의 인사는 재밌어. 보통 안녕이라고는 안 하잖아? 주로 '그럼'이라거나 '또 보자'라고 하는데 너는 절대로 그런 인사는 안 하니까."

뭔가 철칙 같은 거냐는 물음에, 히라는 반사적으로 키요이를 떠올렸다.

그럼, 또 보자.

밀어내치는 듯이 울렸던 말. 이걸로 끝이라고 못박는 듯한 키스. 떠올리기만 해도 너무 마음이 아파서 무의식적으로 그 말을 피하고 있었는지도 모른다.

"특별히 이유는 없지만 '그럼'이나 '또 보자'는 헤어지는 것 같아서 쓸쓸해."

히라가 일반론이란 듯이 말하자, 코야마는 어이없다는 표정을 지었다.

"'안녕'이 더 쓸쓸한 것 같은데? '그럼'이나 '또 보자'는 '내일 보자' '다음에 보자'를 줄인 말이잖아. 제대로 다음 예정이 있는 인사인데."

이번에는 히라가 멍하니 있었다. '그럼'이나 '또 보자'는 '내일 보자' '다음에 보자'를 줄인 말이다. 그렇다, 코야마에게서 들으니 솔직히 그렇게 생각할 수 있었다. 히라도 원래는 그렇게 해석하고 있었을 것이다. 하지만 키요이의 입에서 그 말이 나오자, '다음에 보자'라고 받아들일 수 없었다.

키요이가 나 따위에게 '다음에 보자'고 말할 리 없다.

그런데 새삼스럽게 마음속에 물음표가 떠올랐다. 자기도 모르게 주머니에서 휴대폰을 꺼냈지만, 데이터가 날아가버렸다는 사실만 다시 깨달았다. 번호를 바꿔버려서 키요이에게 연락이 왔어도 알 수 없다. 뭐지. 정체불명의 초조감이 부풀어간다.

"우리도 가자. 비가 더 많이 내릴 것 같아."

코야마의 말에 정신을 차렸다.

"마트 가서 추하이랑 맥주도 살까?"

그러자며 적당히 대답하고는 히라는 휴대폰을 주머니에 도로 집어넣었다. 이제 와서 바보 같은 꿈을 꾸는 자신이 한심했다.

"아— 큰일이다. 벌써 많이 내리는데."

건물 현관에서 코야마가 비 내리는 하늘 쪽으로 손을 뻗었다. 남자치곤 가는 손가락.

키요이의 손가락도 가늘었다. 그리고 뭐라 말로 표현하기 어려운 분위기가 있었다. 작은 움직임과 함께 떠오르는 작고 둥근 손목뼈. 소매 안쪽으로 이어지는 살결이 상상되려는 걸 히라는 몇 번이나 참았다.

걸음을 옮기는데 발밑 물웅덩이에서 첨벙 소리가 났다.

길 여기저기에 생긴 물웅덩이들은 키요이가 밟았던 그날의 물웅덩이가 아닌데, 키요이를 잃었다는 사실이 지금도 여전히 가슴을 압박한다.

내장을 쥐어짜는 듯한 괴로움을 끌어안은 채 짐짓 아무렇지 않은 척 코야마와 시답지도 않은 이야기를 하며 걸어간다. 매일이 즐겁다. 외톨이였던 고등학교 시절보다 훨씬 평화롭고 즐거워야 하는데. 그런데 왜일까.

키요이와의 기억이 불현듯 멱살을 잡는다.

더러운 강을 흘러가는 듯하던 나날 중 어느 날 키요이를 만났다. 기분 나빠, 짜증나. 차가운 눈으로 바라보며 히라에게 심한 말을 던졌다. 그리고 가끔은 히라를 보며 웃어주었다. 히라의 손이 닿게 해주었다. 키요이는 다정하지 않았다. 그런데도 모든 것이 선명하고 강렬했다.

키요이는 히라의 마음속에, 그 자신도 닿을 수 없는 성역에 지금도 태연히 서 있다.

여름방학이 시작되었고, 코야마가 연극에 초대해주었다. 코야마의 형이 스태프로 돕는 극단의 연극인데, 본 공연이 아닌 연습생 중심의 작품이라 관객 모으는 데 힘을 보태야 한다고 했다.

"형이 두 손 모아 부탁하더라고. 억지로 끌고 와서 미안해."

"아니야. 나는 기대하고 있는데."

누군가 초대해주지 않으면 연극 같은 걸 볼 기회는 없다. 게다가 사실 히라는 오늘 연극 이후의 일정에 신경을 쓰고 있었다. 저녁에 연극이 끝나면 코야마의 집에 가서 식사하기로 약속했다. 평소와 다름없는 코스지만, 오늘은 조금 다르다.

"정말 집에서 저녁 먹어도 괜찮아?"

집으로 향하는 전철 안에서 흔들리면서 다시 한번 코야마에게 물었다.

"생일인데, 밖에서 먹고 싶으면 내가 살게."

"괜찮아. 집이 더 느긋하게 있을 수 있잖아."

전철 문에 기댄 코야마가 웃는다. 그럼 괜찮겠지 하고 히라는 납득했다.

오늘은 코야마의 생일이다. 연극에 초대받았을 때는 몰랐지만 나중에 동아리 누군가가 하는 이야기를 들었다. 왜 말해주지 않았냐고 하자 코야마는 "헤헤, 어쩌다보니" 하고 쑥스러운 듯 웃었는데, 그때 히라는 뭔가 제대로 대답해줘야겠다고 생각했다.

코야마와는 사이좋은 평범한 친구 사이로 지내고 있지만, 그의 마음이 우정이 아님을 안다. 코야마는 자신의 마음을 밀어붙이는 짓 같은 건 전혀 하지 않지만, 그래도 희미하게나마 좋아하는 마음을 보이며 히라 옆에 있다.

정말 불가능한 상대라면 망설이지도 않겠지만, 그렇지만은 않다는 게 마음에 걸린다. 코야마와는 마음이 잘 맞는다. 갸륵하게 느껴질 정도의 그의 마음에 제대로 답을 해줘야 한다는 책임감 같은 게 서서히 생겨났다.

밀어붙여진 느낌으로 며칠 전 코야마의 생일선물을 샀다. 누군가에게 선물을 하는 건 처음이라 무척 고민하다가 카메라 스트랩으로 정했다. 정성스레 기름칠한 가죽제품으로, 쓸수록 빈 티지한 느낌이 우러날 것 같아 히라도 갖고 싶을 정도였다.

저녁식사 후에 선물을 주고 사귀어보자고 말할 생각이었다. 공장의 컨베이어 벨트에 올라간 기분이랄까. 멍하게 있는 사이 착착 진행되어 출하할 수 있는 형태로 만들어져간다. 어떤 표정 으로 사귀자고 말하게 될까. 굉장히 우스꽝스러울 것 같기도 하고, 의외로 평범하게 말할 수 있을 것 같기도 하다. 하지만 그것 을 다른 사람의 일처럼 생각하는 자신이 이상했다.

연애란 이런 걸까?

내 사정은 전혀 아랑곳않고 가차없이 모든 것을 다 가져가버 리는 폭풍 같았던 키요이를 향한 마음과는 전혀 달라.

잘못인지도 모른다.

키요이를 향한 집착에서 벗어나기 위해 코아마를 이용하려는 건지도 모른다.

이런 때 다른 사람들은 어떻게 할까. 절대로 닿을 수 없는 상 대를 계속 생각하면서 혼자서 살아갈까. 옆에 있는 사람에게 문 득 마음이 흔들리진 않을까. 약한 건 나뿐일까. 어긋남 없는 올 바른 답이 있다면 누군가 가르쳐주면 좋겠다.

연극이라고 했는데, 무대는 평범한 카페였다. 실내도 무척 평 범했고, 의자들을 군데군데 모아둔 걸 빼면 영업중이라고 해도 모를 정도였다.

"가게 전부가 무대이고, 관객은 무대 안에서 무대를 보는 형식이래."

팸플릿을 보며 코야마가 말했다.

"배우와 대화할 수 있는 좌석도 있어. 저 테이블에 앉으면 배우들이 말을 건대."

"절대로 싫어."

그런 일을 당하게 된다면 돌아갈 것이다. 코야마는 아무렴 하고 웃으며 다른 테이블을 잡았다. 웨이터가 평범하게 주문을 받으러 오자, 이래도 괜찮나 싶으면서도 커피를 주문했다.

"뭔가 특이한 연극이네."

"응. 재밌을 것 같아. 나 이런 거 좋아해."

커피를 마시면서 이야기하는데 갑자기 카운터 안쪽에서 스태프들이 큰 소리로 싸우는 것 같아서 히라는 흠칫했다. 조금 전 커피를 가져다준 웨이터와 마스터다.

"무슨 문제라도 생겼나?"

코야마에게 소리 죽여 말했다. 가게 안의 관객들이 숨죽여 지켜보고 있었다.

"……저기, 저 사람들 배우 아닐까?"

그 말에 겨우 이해가 갔다. 이미 연극이 시작된 것이었다. 아니, 시작하기 전부터 시작되어 있던 것이었다. 카페에서 갑자기

옆자리 사람들이 싸우기 시작한 듯 자기도 모르게 주의를 기울이게 되는 긴박감이 팽팽했다.

푹 빠져 있는데, 카페 입구에서 종소리가 나더니 손님이 들어왔다. 그가 산뜻하고 큰 걸음걸이로 가게 안을 가로질러 카운터에 앉고는 커피를 주문했다. 싸우던 웨이터와 마스터는 멈칫하고 입을 다물었다. 물론 들어온 사람은 손님을 연기하는 배우였다.

"히라, 저 사람."

코야마가 작은 목소리로 말했다.

"저 남자, 광고에서 본 적 있어."

"음, 유명한 사람이야?"

눈치챈 관객들이 소곤소곤한다.

히라는 웅성거리는 소음도 느끼지 못할 정도로 한순간에 빠져들고 말았다.

심장이 폭발할 듯 쿵쾅쿵쾅한다. 무릎 위에 움켜쥔 두 손이 희미하게 떨린다. 얼굴도 귀도 목덜미도 뜨거워진다. 아, 어쩌지. 뱃속 깊은 곳에서 폭풍우 같은 감정이 솟구쳐오른다.

키요이 소.

눈앞에 키요이가 서 있다. 키요이가 말을 하고 있다. 커피를 마시고 있다. 새로운 배우들이 이어서 등장했지만, 히라는 온 신경이 키요이에게 쏠려 내용을 알 수 없었다.

비터스위트 루프

배우가 카운터 스툴에서 일어나 가게 안을 돌아다니며 연기한다. 특정 자리에 앉은 관객에게 애드리브로 말을 건다. 점점 클라이맥스를 향해가던 중 키요이가 히라 쪽으로 다가왔다.

키요이가 대사를 하면서 히라 옆을 스쳐지나갈 때, 히라는 문득 그와 눈이 마주친 듯했다.

그 한순간에 히라는 모든 것이 날아가버렸다.

흘음을 이해해주는 친구와 선배가 생긴 것. 우정이 아닌 호감을 보여준 사람이 생긴 것. 보통 사람에게는 아무것도 아니지만 자신에게는 너무나도 얻기 어려웠던 것. 그것들이 모두 한꺼번에 간단하게, 덧없이 날아가버리는 것을 하릴없이 보고 있었다.

키요이는 폭풍우처럼 다가와 어렵사리 맺힌 과실을 전부 떨어뜨려버렸다.

슬프다. 그런데 기뻐서 어찌해야 좋을지 알 수 없다.

"히라."

코야마가 어깨를 잡고 흔들자, 히라는 퍼뜩 고개를 돌렸다.

"갑자기 멍해지던데 너 괜찮아? 얼굴 빨개. 열나는 거야?"

"아, 미안, 괜찮아. 그냥 조금 빠져들어서 그래."

키요이에게 빼앗겼던 의식이 천천히 돌아왔다.

연극이 끝나고 떠들썩해진 가게 안으로 시선을 돌렸다. 평소라면 대기실로 돌아갔을 배우들이 아직 남아서 관객을 상대해주거나, 지인들과 인사를 나누고 있었다.

히라는 순간적으로 고개를 푹 숙였다. 너무 당황해서 뭐가 뭔지 알 수 없었는데 정신을 차리자 자신이 여기 있어선 안 될 것 같았기 때문이다.

그럼, 또 보자.

더이상 쫓아오지 말라고 말하던 뒷모습. 그런데 일부러 뒷조사해서 보러 왔다고 생각해버린다면 곤란하다. 키요이의 눈에 띄기 전에 얼른 돌아가자. 한시라도 빨리. 서둘러 자리에서 일어났다.

"카즈키."

그 순간 두 남자가 걸어오며 코야마를 불렀다.

"아, 형. 사토씨도 고생 많으셨어요. 색다른 연출이어서 재미있었어요."

"다행이네. 연출도 연습생들이 한 거야. 전해줄게."

코야마의 형이 말하면서 히라에게 가볍게 고개를 숙였다.

"소개할게. 여기는 내 친구 히라야. 같은 대학 같은 동아리에 있어. 히라, 여긴 우리 형이고, 형 친구 사토씨야. 사토씨는 연극계 프리랜서 작가이고 이 극단에서 발행하는 무가지에 글도 쓰고 있어."

"반가워요. 카즈키의 형이에요. 동생이 늘 신세 지고 있네요."

"아, 아닙니다. 처음 뵙겠습니다."

히라는 긴장한 채 고개 숙여 인사했다. 사토도 잘 부탁한다며 명함을 건넸다. 타인의 명함을 받은 것이 처음이라 신기한 듯 보고 있는데, 사토가 "그래, 이 친구가 네가 말했던 그 사람?" 하고 코야마에게 물었다.

말했던?

히라가 의아한 얼굴을 하자, "아, 됐어" 하고 코야마가 당황하며 말을 막는다. 사토가 히죽거리며 바라본다. 자신과 코야마의 미묘한 관계를 아는 듯해서 히라는 조금 거북했다.

"아, 그러고 보니, 키요이 소도 출연했네. 출연자 명단에 없어서 깜짝 놀랐어."

화제를 돌리려는 듯 코야마가 갑자기 그 이름을 꺼냈다.

"그렇지? 주최자측과 키요이가 아는 사이여서 이번에는 게스트로 출연해줬어. 미리 고지하면 어린 여자애들이 몰려들 것 같아서 깜짝 게스트로"

"그렇구나. 광고에 나온 뒤로 꽤 잘나가는 것 같던데. 히라도 키요이의 엄청난 팬이야."

갑작스러운 말에 반응이 늦었다.

"아, 그래? 그럼 소개해줄게. 어이, 키요이."

말릴 새도 없이 사토가 소리치자 가게 안에서 사람들과 이야기하던 키요이가 고개를 돌려 쳐다보았다. 사토가 손짓해 부르자 키요이가 다가온다. 히라는 패닉 상태가 되어 고개를 숙였다.

"키요이, 수고했어. 지난번 회식 때는 고마웠어."

사토가 익숙한 느낌으로 인사했다.

"즐거웠어요. 또 불러주세요. 오늘은 어땠어요?"

"매력 있어 보여서 좋았어."

"연기에 대해서는 얘기 안 해주시는 거예요?"

"뭐 그건 나중에."

키요이는 얼굴을 찌푸렸고, 작은 원 안에서 웃음이 일었다. 히라는 그저 고개를 숙인 채 자기 존재를 지우려는 듯 안간힘 썼다. 부디, 부디 이대로 끝나주었으면.

"키요이, 이 친구가 키요이 팬이래."

사토가 소개했고, 히라는 깜짝 놀라 움츠러들었다.

"동년배의 남자 팬이라니 소중하잖아. 자 키요이, 서비스해 줘, 서비스."

재촉하는 듯한 사토에게, 히라는 제발 그만하라고 속으로 빌었다.

"어, 오랜만이다."

키요이의 말에 그 자리에 묘한 침묵이 내려앉았다. 히라는 주뼛주뼛 고개를 들었고, 키요이와 눈이 마주쳤다. 기억과 조금도 다르지 않은, 완벽하게 아름다운 형태의 눈에 한순간 꿰뚫렸다.

"키요이, 이 친구와 아는 사이야?"

"고등학교 동창이에요."

키요이가 담담하게 대답하자, 사토와 코야마의 형이 "정말?"

하고 놀란 얼굴을 했다.

"잠깐, 키요이. 어떻게 된 거야? 그런 건 빨리 말해야지."

"죄송해요. 조금 장난치고 싶어져서."

키요이와 코야마의 형들이 소곤소곤 이야기한다. 히라는 그 말의 의미를 알 수 없고 어떻게 대응해야 좋을지도 몰라 그냥 멀뚱히 서 있는데 갑자기 키요이가 눈을 돌려 바라보았다.

"잘 지냈어?"

깜짝 놀랐다. 키요이가 말을 걸어주었다. 단 한마디. 하지만 히라를 들뜨게 하기에는 충분해서, 멀리서 굉장한 기세로 그리운 그 녀석이 자신 안에 돌아오는 것을 느꼈다.

"자, 자, 잘, 잘, 잘잘."

잘 지냈어. 그 한마디가 목에 걸려 넘어오지 않았다. 잊고 있었던 감정, 사라져버리고 싶을 정도로 수치심에 휩싸였다. 키요이가 차가운 눈으로 짧게 중얼거렸다.

"기분 나빠."

키요이 외에 모두가 한순간 얼어붙었다. 코야마의 형이 조심스럽게 입을 열었다.

"키요이, 이 친구는 흘음이라서—"

"아, 괘, 괘, 괜, 괜찮아요."

당황한 히라가 급히 끼어들었다. 키요이는 아무것도 변하지 않았다. 그 사실이 기뻐서, 그리워서, 거의 울 것 같은 심정으로,

동경을 담은 눈으로 키요이를 바라보았다.

"나, 나는 잘 지냈어. 키요이 대단해. 여러 가지로 열심히 하고 있어서 깜짝 놀랐어."

"뭐 그렇지."

키요이는 살짝 턱을 치켜들고 희미하게 웃으며 히라를 내려다보았다. 키요이다운 차가운 미소에, 대학생이 된 후로 평화로웠던 몇 달이 마치 꿈이었던 것처럼 휘발되어갔다. 내가 있어야 할 곳은 이쪽이라고, 처음부터 알고 있었던 사실을 히라는 다시 한 번 깨달았다.

"곧 뒤풀이 하는데, 올래?"

생각지도 못한 제안이었다. 하지만 히라는 일 초도 망설이지 않았다.

"갈게."

"아, 그래. 어디서 한댔더라……"

키요이가 주위를 둘러보고 있을 때, 스태프가 키요이와 코야마의 형들을 부르는 소리가 들렸다.

"장소는 사람들한테 알아서 물어봐."

키요이는 귀찮은 듯이 말하고 발을 돌렸고, 코야마의 형과 사토도 "그럼 또 보자" 하고 바쁜 듯이 뛰어갔다. 키요이가 눈앞에서 사라졌지만, 히라는 현실로 바로 돌아올 수 없었다.

"친구였구나."

톡 내뱉는 목소리에 놀라서 옆을 돌아보았다. 코야마의 존재를 완전히 잊고 있었다.

"아는 사이였으면 처음부터 그렇다고 말해주지 그랬어."

"미안, 말할 기회가 없었어."

"기회는 얼마든지 있었던 것 같은데."

"……미안."

코야마는 대꾸하지 않았다. 아주 어색한 공기가 감돌았다.

"저녁은 어떡할 거야?"

"뒤풀이?"

히라의 되물음에 코야마는 울컥했다.

"우리집에 안 갈 거야?"

그제야 히라는 자신의 멍청함을 깨달았다.

"아, 미안."

"사과는 키요이한테 가서 하고 와."

말로만 미안해하지 말고 뒤풀이를 거절하고 오라는 뜻이었다. 당연하다. 오늘은 코야마의 생일이고, 처음부터 약속했고, 가방에는 코야마의 생일선물이 들어 있다. 가슴속에는 고백의 말도 들어 있었다. 하지만 지금은 그 모든 것이 산산조각나서 날아가버렸고, 히라의 안중에는 키요이뿐이었다.

"안 갈 거면 빨리 말해야지. 저쪽도 자리 잡아야 하니까."

코야마의 은근한 재촉에 등을 떠밀리듯 "……응" 하고 키요이가 있는 쪽으로 걸어갔다. 마치 형장으로 끌려가는 억울한 죄인이 된 기분이었다.

가까이 간 건 좋았지만 사람들에게 둘러싸인 키요이에게 말을 걸 수 있을 리 없었다. 한 발짝 떨어진 곳에서 어쩔 줄 모르고 있자, 갑자기 키요이가 고개를 돌렸다.

"뭐?"

너무나 분명하게도 성가시다는 표정이었다.

"뒤, 뒤풀이 말인데ㅡ"

"장소는 사토씨가 아니까 그쪽에 물어봐."

"그게 아니라, 오늘은 좀 일이 있어서."

키요이가 고개를 갸웃했다.

"그러니까, 뒤풀이는 못 갈 것 같아⋯⋯"

순간, 키요이의 눈이 날카로워졌다.

거짓말이야, 갈 거야, 기어서라도 갈 거야.

당장 키요이의 발밑에 무릎 꿇고 싶다. 하지만 조금 떨어진 곳에서 코야마가 지켜보고 있다. 식은땀을 흘리면서 굳어 있자, 갑자기 키요이가 표정을 풀었다.

"네가 오든 안 오든 난 상관없는데."

키요이가 더없이 귀찮다는 듯이 말하고는 다시 사람들 속으로 돌아갔다.

히라는 바보처럼 그 자리에 서 있었다.

아, 그랬었지 하며, 초조감이 스르르 멀어져가는 걸 느꼈다.

히라가 그 자리에 있든 없든 키요이는 아무 상관 하지 않는다. 가지 못한다고 굳이 말하러 오다니 지독한 바보다. 히라는 자신이 바보라는 사실을 오랜만에 떠올렸고, 아직도 키요이는 이렇게나 간단히 자신을 바보로 만들 수 있는 존재임을 깨달았다.

그날 밤에는 마음에 딴 데 가 있어 코야마의 생일인데도 분위기가 전혀 달아오르지 않았다. 선물은 주었지만 고백은 하지 않았다. 할 수 있을 리 없었다.

9월이 지나고 여름방학이 끝나 오랜만에 코야마와 만났다. 얼굴을 본 건 생일 이후 처음이었는데, 난처해하는 히라를 곁눈질하던 코야마가 강의가 끝나자 평소와 다름없이 평범하게 말을 걸어왔다.

"오랜만이네. 여름방학 때 어디 다녀왔어?"

복도를 나란히 걷는데 코야마가 아무렇지 않은 듯 물었다.

"아니. 계속 집에만 있었어."

"그랬구나. 응, 별로 안 탔네."

코야마는 어색하게 웃었고, 아무렇지 않은 게 아님을 둔감한 히라도 알 수 있었다. 여름방학 동안 코야마가 몇 번이나 연락해왔지만 히라는 그때마다 바쁜 일이 있다며 거절했었다. 그러니 모순된 대답에 이상하다고 생각했을 것이다. 그런데도 코야마는 아무 말 하지 않는다.

"코야마."

"응?"

"나 계속 생각해봤는데……"

마음은 이미 한참 전에 정했지만, 입에 올리기에는 용기가 필요했다.

키요이와 재회한 그날부터 히라는 망가졌다. 아니, 원래로 돌아왔다.

머리가 이상해진 것처럼 그날부터 매일 키요이를 검색하게 되었다. 지금까지 의식적으로 억눌러왔던 만큼, 작은 연기만 피워내던 불씨에 휘발유라도 들이부은 것처럼 활활 타오르고 있다. 저녁을 먹을 때까지도 손에서 휴대폰을 놓지 않아 엄마에게 혼도 났다. 자신이 생각해도 기분 나쁘다.

무엇보다 최악인 건 고등학교 때 스스로 금했던 행위에 빠져버렸다는 것이다. 키요이가 모델로 나온 잡지를 전부 사들였고, 탐욕스럽게 바라보다가 도저히 참을 수 없어 다시 시작하고 말았다. 아무리 참으려 해도, 마음속 깊은 곳에 키요이에게 닿고 싶은 욕망이 있었다. 손에 묻은 액체의 감촉은 자기혐오의 소용돌이 속으로 히라를 몰아넣었고, 키요이를 더욱더 멀고 높은 존재로 만들었다.

"이제 이런 식으로 서로 이야기하거나 만나는 건 그만하려고."

히라는 각오를 다지고 단숨에 말했다.

코야마는 아무 말도 하지 않았다. 똑바로 앞만 보며 걸었다.

"동아리는 내가 그만둘게."

코야마는 다시 아무 말도 하지 않았다. 카페도 지나고 중간 정원도 지나고, 대체 어디로 가고 있는지 알 수 없었다. 코야마는 단 한 번도 옆으로 눈길을 돌리지 않고 앞만 보며 걸어갔다.

"듣고 있어?"

히라가 묻자, 코야마는 겨우 걸음을 멈췄다. 그리고 화난 듯이 히라를 바라보았다.

"듣고 있어. 동아리는 내가 그만둘게. 그리고 전에도 이런 말 하지 않았어?"

"전과는 달라. 기다리게 해놓고 이제 와서 이래서 미안해."

"기다리게 했다는 생각 안 해. 내가 멋대로 좋아한 거잖아."

"그걸 알고 한심하게 굴었으니까, 내가 나쁜 거야."

코야마는 입술을 깨물었다.

"서로 다 알고, 그래도 잘 지내왔으니까 앞으로도 그렇게 지내면 되잖아. 나는 지금 이상을 바라지 않아. 지금 이대로도 좋아."

"……안 돼."

코야마에게 이런 말을 하게 하는 시점에서 이미 이 관계는 그른 것이다.

"그런 게 괜찮을 리 없어. 내가 아무리 바보여도 그 정도는 알아."

코야마는 입을 꾹 다물고 고개를 숙였다.

"……역시, 키요이야?"

"뭐?"

"네가 좋아했던 사람이 키요이지?"

부정할 생각도 해봤다. 하지만 아무 의미 없을 것 같았다.

"응."

"여름방학 때, 키요이를 만나기라도 했어?"

"아니. 키요이가 나 같은 걸 만나줄 리 없잖아."

"뒤풀이에 오라고 했었잖아."

"키요이에게 그런 일은 별것도 아니니까 그런 거야."

"키요이는 네가 말 더듬었을 때 '기분 나빠'라고 했어."

"고등학교 때부터 그랬어. 나는 그런 키요이가 좋았어."

"모르겠다. 왜 그런 녀석을 좋아해? 그 녀석도 기분 나쁘다면서 왜 널 뒤풀이에 부르는데? 너희 둘 다 이상해."

그런가. 그럴지도 모른다. 하지만―

"그런 녀석이 어디가 좋은 거야?"

직설적인 물음에 히라는 살짝 고개를 갸웃거렸다.

어디가 좋은가. 분명 나는 키요이를 좋아한다.

키요이는 착하지 않다. 다정하지도 않다. 말투도 냉정하다. 사람을 빵셔틀로 이용했다. 그래도 키요이는 나를 히군이라고 부르지 않았다. 빵셔틀로 이용했지만 돈을 빼앗거나 하지는 않았다. 다른 아이가 괴롭히려고 했을 때는 막아주었다. 그런 행동이 선의에서 나온 게 아니라 해도—

나와 키요이 사이를 말로 설명하는 건, 그러니까 단순한 연애 감정으로만 치부하는 건 무리다. 아무리 말을 늘어놓아도, 말로는 다 할 수 없는 그 이상의 뭔가가 있고, 그것이 나를 키요이에게 꽉 붙들어 매어놓는다. 사랑은 철저하게 자신만의 문제다. 도덕도 윤리도 통용되지 않는 무모한 지점에서 갑자기 생겨나기도 하고 사라지기도 한다.

"미안, 설명할 수 없어."

히라는 솔직하게 대답했다.

코야마는 고개 숙인 채 아무 말도 하지 않았다.

건물 안 환한 복도에 많은 학생들이 지나다닌다.

"……알겠어."

코야마가 나지막이 말했다.

"이유 같은 건 없지만 좋아한다는 거, 그게 가장 크겠지. 하지만 나도 내 감정이 있으니까 생각하고 정리할 시간이 필요해. 그때까지는 지금처럼 지내주면 좋겠어."

시간을 갖는다고 어떻게 될 수 있는 일이 아니지만, 이렇게나 오래 시간을 끌어놓고 내가 하고 싶은 대로 전부 받아주길 바라는 건 스스로 너무하다는 생각이 들었다.

"그럴게."

히라가 대답하자, 잠시 침묵하던 코야마가 한숨을 크게 쉬고 고개를 들었다.

"왠지 갈증 난다."

그러고는 어깨에서 툭 힘을 빼더니 히라를 올려다보았다.

"카페 가자. 아이스커피 마시고 싶어."

"음, 근데."

"내 감정 다 정리될 때까지 지금처럼 지내주기로 했잖아."

코야마는 체념하듯 말하고 앞서 걸어갔다.

10월 중순, 키요이가 게스트로 출연한다는 연극을 몰래 보러 갔다.

공식 사이트에는 나와 있지 않지만, 키요이의 열성 팬인 듯한 여자애가 트위터와 페이스북에 올려놓아 겨우 입수한 희귀 정보였다.

끈질기게 쫓아다닌다는 인상을 주고 싶지는 않아서―실제로는 끈질기게 쫓아다니고 있다―모자와 선글라스와 마스크를 써서 변장했지만, 예상보다 극장이 비좁아서 바로 들키고 말았다. 연극이 끝난 후 로비 구석에서 설문지에 연극에 대한 감상을 남기며 특히 키요이의 연기가 훌륭했다고 적고 있었는데, 뒤에서 목소리가 들렸다.

"어디서 온 괴상한 놈이냐? 기분 나빠서 오히려 더 눈에 띄거든."

깜짝 놀라 고개를 돌리자, 키요이가 팔짱 낀 채 서 있었다.

"아, 아, 아, 미, 미, 미, 미."

미안, 그 한마디뿐인 말을 더듬는다.

"사과할 거면 오지를 마. 오늘 남자친구는 같이 안 왔어?"

남자친구?

"나, 나, 나, 나, 나남."

"작은 비버 같은 녀석. 전에 같이 왔었잖아."

키요이가 좁은 로비를 둘러본다. 첫 글자밖에 말하지 않았는데 대화가 죽 이어지는 게 묘했다. 조금씩 진정이 되면서 히라는 심호흡을 하고 입을 열었다.

"어, 어떻게 내 말을 알아듣는 거야?"

겨우 말이 나왔다. 키요이는 싫은 얼굴을 했다.

"네 흘음이 어느 정도 익숙해졌단 거지."

내던지는 듯한 말투. 너무하다. 그런데도 서서히 기쁨이 솟구친다. 플러스마이너스 계산을 해봐도 플러스일지 마이너스일지 모를 것 같은 미묘한 저울 위에서, 그래도 히라는 기쁨을 느껴버리고 만다.

그런 녀석이 어디가 좋은 거야?

비터스위트 루프

정말 모르겠다. 처음부터 저울이 망가져 있었는지도 모른다. 그렇다 해도, 고칠 생각은 하지 않는다. 그런 자신에게 불편함을 느끼지 않는다.

"그래서, 남자친구는?"

멍한 히라를 키요이가 짜증스러운 눈으로 보았다.

"오늘은 나 혼자야."

"왜?"

노려보는 눈빛에 히라는 가슴이 덜컥했다.

"이, 이유는 특별히 없는데. 약속도 안 했고, 애초에 남자친구도 아니고."

키요이가 의아한 듯이 눈썹을 찌푸렸다.

"코야마씨가 너희 사귄다고 하던데."

"코야마씨?"

"그애 형. 동생한테 남자친구가 생겼다고 걱정하던데."

"……아, 그렇구나."

겨우 의미를 알 수 있었다.

"남자친구 아냐?"

"아냐. 그래도 그렇게 될 뻔한 적이 있었으니까, 오해했겠지."

"하아…… 사귈 뻔했구나."

키요이가 기분 나쁜 듯이 중얼거렸다.

"그래서, 오늘은 혼자?"

"응."

"뒤풀이 올래?"

"음, 그래도 돼?"

"오고 싶으면 오라고."

키요이가 바지 뒷주머니에서 접힌 종이를 꺼냈다. 뒤풀이 장소인 듯한 가게의 전단인데, 작은 약도가 그려져 있었다. 그걸 내던지듯 건네주었다.

"고, 고마워. 갈게, 꼭 갈게."

가슴 부근의 온도가 순식간에 올라갔다. 키요이는 차가운 눈으로 히라를 다시 한번 쓱 보더니 가버렸다. 히라는 땅에 무릎 꿇고 두 팔을 대고 머리를 조아리며 절이라도 하고 싶은 심정으로 그 뒷모습을 배웅했다.

아는 사람 하나 없는 뒤풀이 식당 구석자리에서 히라는 내내 혼자 있었다.

키요이가 히라 쪽으로 와주는 일 같은 건 없었다. 당연한 일이라 불만은 없다. 그보다는 키요이를 바라볼 수 있다는 기쁨이 앞섰다.

뒤풀이 내내 키요이 옆에 한 유명 배우가 앉아 있었다. 오늘 연극에는 출연하지 않고 뒤풀이에만 참석한 것 같았다. 둘이 친한 듯 이야기를 나눈다.

비터스위트 루프

"키요이군이랑 이루마씨, 좀 수상해."

옆에 앉은 남자의 말에 귀가 쫑긋 반응했다.

"이제 와서 무슨 소리야. 이루마씨가 젊고 예쁜 남자 좋아하는 건 유명하잖아."

"키요이군도 그쪽인가?"

"그런 말도 있더라."

남자들끼리 떠드는 소리를 듣자, 히라는 가슴이 울렁거렸다.

"저, 저기……"

마음을 단단히 먹고 말을 걸자, 두 사람이 히라를 바라보았다.

"키요이가, 그렇대요?"

"네?"

"남자를 좋아하는……"

히라가 입속말로 우물거리자, 남자들이 히죽히죽 웃었다.

"우리끼리 하는 이야기야. 뭐, 이 업계에서는 드문 이야기도 아니고."

너무 간단하게 긍정해버려서 히라는 순간 멍해졌다.

키요이는 동성을 연애 대상으로 볼 수 있다—

고등학교 시절 그렇게 여자애들에게 인기가 있었지만 키요이는 여자친구를 만들지 않았다. 그런데 히라에게는 손에 입맞추게 해주었다. 졸업식 날에는 키스도 해주었다. 그런 요소가 1밀리도 없었다면, 동성을 상대로 그런 일을 할 수 없었을 것이다.

히라는 자신이 키요이와 어떻게 될 수 있으리라고는 생각하지 않는다. 하지만 가슴이 울렁거렸다. 음악실이나 방과후 교실. 키요이와 닿았던 감촉을 떠올리며 히라는 손끝으로 제 입술을 가만히 만졌다.

키요이와 이루마는 무척 친해 보인다. 저 배우가 키요이의 연인일까. 키요이는 저 남자와 키스를 할까. 그 이상도 할까. 저 배우는 키요이에게 입을 맞추고, 옷을 벗기고, 키요이의 모든 곳에 닿을 수 있을까.

자신에게는 닿지 않을 거라 포기하고 있었지만, 그런 것들을 생생하게 상상하자 가슴에 말뚝을 빽빽하게 비틀어 박아넣은 것 같은 아픔이 피어나, 히라는 더이상 생각하지 않기로 했다.

술집을 나와 이어지는 2차, 3차에도 참석했다. 물론 키요이가 있었기 때문이다. 말할 상대도 없었지만, 조금이라도 오래 키요이를 보고 싶었다. 3차로 간 노래방에서 나온 건 새벽이 다 되어서였고, 술에 취한 사람들이 길 위에서 큰 소리로 작별 인사를 나눴다.

히라는 키요이와 그 배우가 자연스럽게 함께 사라져가는 모습을 묘하게 차가운 눈으로 배웅했다. 둘이서 어디로 갈지, 어떤 시간을 보낼지 생각하지 않으려 했다. 생각하면 아플 뿐이다. 한 공간에 있을 수 있었던 것만으로 좋았다. 그렇게 생각하는 편이 좋다.

비터스위트 루프

첫차까지 아직 시간이 있어서 대충 시간을 보내려고 걷기 시작했을 때였다.

"돌아갈 거야?"

히라는 깜짝 놀라 돌아보았다.

"……아."

배우와 사라졌던 키요이가 서 있었다.

"돌아갈 거야?"

키요이가 다시 한번 물었다. 히라가 너무 갑작스러워 굳어버리자, 키요이는 작게 혀를 찼다.

"나는 첫차 기다릴 건데, 갈래?"

키요이가 성가신 투로 물었고, 히라는 고개를 크게 끄덕였다.

커피를 앞에 두고 키요이와 마주앉아 있다는 사실이 믿기지 않는다. 이십사 시간 영업하는 카페에는 지친 아르바이트생과 첫차를 기다리는 손님들의 나른한 공기가 충만하다.

"아까 같이 있던 배우랑 간 줄 알았어."

"이루마씨?"

"어, 애인이라고 하길래."

"무슨 말이야, 그게."

"아, 음, 그러니까 뒤풀이에서 옆자리에 앉았던 사람들이."

"정말 이 바닥은 소문 좋아하는 녀석들이 우글댄다니까."

키요이는 코웃음치더니 아니라고 말했다.

"애인 아냐?"

"아냐."

짧은 대답에 히라는 마음이 놓였다. 그렇다고 내 손이 닿을 리
도 없지만—

"아…… 모델을 할 거라고 생각했는데, 갑자기 배우가 됐대
서 놀랐어."

"그렇게 제대로 하는 건 아니야."

아직은 주로 모델 일을 하고, 광고나 TV드라마에 작은 역할로
가끔 나오는 정도인 듯하다. 예전에 우연히 티켓이 생겨 보러 갔
던 연극이 의외로 재밌어서, 그후로 지인의 극단 연습에 참가하
거나, 작은 역할로 무대에도 서게 됐지만, 소속사를 통한 일이
아니어서 본격적인 활동은 할 수 없다고 말했다.

"게다가 아직은 일단 학생이니까."

"나중에는 배우가 되는 거야?"

"아직 정하지 않았어. 그런 걸 생각하기 위해 대학교 사 년이
있잖아."

"그렇구나. 고등학생 때부터 일했으니까 이미 정했을 거라고
생각했어."

그 말에 키요이는 "정할 수 있겠냐"며 어이없다는 표정을 지
었다.

비터스위트 루프

"일은 평생 해야 하는 거고, 열아홉 살에 그렇게 간단히 연기자로 먹고살 거라고 말하는 녀석이야말로 뭔가에 씌인 듯 수상한 거야. 매달 일정한 봉급을 받을 수 있는 회사원이 아니니까, 잘못해서 꼬이면 인생 날려버릴 각오가 필요해."

키요이의 말이 무슨 뜻인지 잘 안다. 꿈이 없다는 건 아니다. 우리는 5밀리미터의 틈에는 5밀리미터 물건밖에 들어가지 않는다고 어릴 적부터 눈에 새기며 자란 세대다. 꿈을 꾼다는 건 5밀리미터 틈에 1센티미터짜리를 넣고 싶어하는 것과도 같은데, 그럴 때마다 성공의 비전보다 튕겨져나왔을 때를 먼저 걱정하는 세대인 것이다.

"응, 어릴 때부터 꿈꾸던 일이긴 해도, 막상 발을 들이게 되니까 여러 가지로 생각이 많아져."

"꿈?"

히라가 묻자, 키요이는 테이블에 턱을 괴었다.

"그렇게 거창한 건 아니야. 뭐 어렸을 때는 이런저런 일이 있었지만……"

키요이는 턱을 괸 채 얼버무리려는 듯이 커피를 마셨다.

이런저런 일이라는 말로 뭉뚱그려 넘어간 대목에서 키요이의 마음을 살짝 엿본 듯했다.

나는 헤어진 아빠를 닮았어.

예전에 키요이가 그런 말을 흘렸다. 늘 혼자 집을 지키던 아이, 홀로 집에 있으면서 떠들썩한 TV 속으로 들어가고 싶어하던 아이 때 이야기. 아이돌이 되고 싶다고 쓴 초등학교 문집. 엄마가 재혼하고, 새아버지와 반은 피가 이어진 남동생과 여동생이 생겼지만 형제들과 생김새가 전혀 다른 아이였다. 그런 여러 가지 '이런저런 일'.

키요이는 여전히 테이블에 턱을 괸 채 술 때문에 풀린 눈을 가게 안쪽으로 돌렸다.

어른이 되면 어린 시절의 아픔은 잊어버리거나 옅어진다고 생각하는 사람이 많지만, 히라는 그렇게 생각하지 않는다. 물론 잊어버리는 일도 있지만, 처음 반 아이들 앞에서 흐름이 시작됐을 때 모두가 멍한 얼굴로 쳐다보던 장면은 지금도 기억나고, 울고 싶던 기분도 잊히지 않는다. 물론 얼마 없지만 즐거웠던 일도 기억한다.

그런 것들이 쌓여 지금의 자신이 여기 있다. 세 살 버릇 여든까지 간다고 하지만, 평생 메고 가야 할 가방 속 내용물에는 의외로 어릴 때부터 들어 있었던 것이 많다. 누구와 교환할 수도 없고, 누구에게 넘길 수도 없다. 계속 자신이 짊어지고 걸어야 한다. 죽을 때까지.

키요이의 가방 안에는 무엇이 들어 있을까.

멍하니 바라보자, 키요이가 문득 눈을 마주쳐왔다.

"그렇게 보지 마."

"미안."

당황해서 시선을 내렸다.

"변함없이 기분 나빠, 너."

"미안."

"뭐, 별로."

슬쩍 바라보았는데, 화난 표정은 아니어서 안심했다.

"너는?"

"나?"

"대학은 어때?"

"아, 응. 그럭저럭."

애매한 말투가 되었다. 대학 생활은 지극히 평범했다. 동아리 활동도 변함없이 계속하고 있고, 코야마와도 그대로다. 시간이 필요하다는 말을 들은 지 한 달쯤 지났지만, 코야마는 아무런 움직임이 없다. 변함없이 계속 어울려 지낸다.

어딘가 달라지긴 했다. 코야마는 트럼프타워 오르기에 도전하는 사람처럼 항상 마음을 다잡으려 하는 것 같다. 무슨 이야기를 하다가 히라와 의견이 다르면 입을 다물어버린다. 별것도 아닌 일에 괜스레 신경을 쓰고, 반대로 아무것도 아닌 일에 트집을 잡았다가 곧바로 사과하고, 그렇게 불안정해서 히라는 어떻게 해야 할지 종종 종잡을 수가 없다.

이렇게 되리라고는 예상하지 못했다. 히라도 힘들지만, 코야마는 더욱 힘들 것이다. 다시 한번 말하고 제대로 거리를 두는 편이 좋을 것 같다. 싸우게 될지도 모른다. 비난받게 될지도 모른다. 상상하면 우울해지지만, 거의 자업자득이니 어쩔 수 없다.

"왜 한숨을 쉬어?"

히라는 놀라서 고개를 들었다.

"설마, 대학에서도 빵셔틀 같은 거 당하냐?"

"그, 그건 아니야. 동아리 친구들도 다 좋은 사람들이고."

"그런데 왜 한숨인데?"

키요이가 계속 캐묻자, 히라는 생각하면서 입을 열었다.

"대학 생활은 즐거워. 어릴 때 나는 친구가 없었지만, 지금 친구들은 모두 흠음을 이해해주거든. 그래도 친구를 사귀는 것 역시 사람과 관계를 맺는 거라, 그게 굉장히 힘든 일이란 걸 이제야 알게 됐어. 뭐, 종합적으로는 즐겁지만……"

"좀더 구체적으로 말해."

"……음, 그러니까."

지금 상황을 간단하게, 과하지도 부족하지도 않게 전하려면 어떻게 해야 할까. 혀가 굳는 것 같다. 생각을 말로 전하는 건 대단한 기술이다. 기술에는 연습이 필요하다.

"누가 내게 호감을 가져주면 기쁘지만 힘든 일이기도 하구나……라든가."

어떻게든 정리해보려 하자, 묘한 침묵이 감돌았다.

비터스위트 루프

"흐음, 역시 그런 거구나."

키요이가 의자에 깊게 기대앉아 다리를 꼬았다.

"그러니까 그거네. 사랑받아서 곤란하다. 코야마씨 동생 말이지?"

"그, 그런 거 아니야."

히라는 자기도 모르게 목소리가 커졌다. 키요이가 눈을 크게 떴다.

"아, 미안. 하지만…… 코야마는 아주 좋은 친구야. 동아리에 들어가 처음 자기소개할 때 내가 긴장해서 말을 더듬으니까 나 대신에 모두에게 흘음에 대해 설명해줬고, 자기 형도 어릴 때 흘음 증세가 있어서 안다고, 힘들었겠다면서 괜한 동정이 아니라 자연스럽게 대해줬거든. 다정하고, 산뜻하게."

그렇다. 코야마는 원래부터 그런 녀석이었다. 함께 있으면 즐거운, 처음 생긴 친구였는데 히라가 어중간하게 굴다 어긋나버렸다.

"그렇게 좋은 녀석이면, 사귀면 되잖아?"

자기혐오에 고개를 숙이고 있다가 키요이의 내던지는 듯한 말투에 놀라 눈을 들었다.

"한때 사귈 뻔했다며. 그럼 그냥 사귀지 그랬어. 너 같은 녀석 좋아해줄 사람은 더이상 안 나타날지도 모르는데."

키요이는 짜증난 말투로 대꾸하더니 가방에서 얇은 책을 꺼냈다. 페이지를 넘기는 손길이 거칠었다. 히라는 키요이가 왜 갑자기 화를 내는지 알 수 없었다.

"저기, 화났어?"

주저하며 말을 걸었다.

"아니."

키요이가 무척이나 화난 얼굴로 말했다. 더이상 물어볼 용기가 없다.

"……그거, 대본이야?"

화제를 바꿔보았다.

"응."

"다음 연극?"

"응."

무뚝뚝함에도 정도의 차이가 있다. 이 정도에서는 용기를 내볼 만했다.

"보러 가도 돼?"

히라가 묻자, 키요이가 눈을 들어 노려보았다.

"일일이 확인하지 마. 오고 싶으면 오든가."

"고, 고마워."

히라는 자기도 모르게 감사 인사를 하고 말았다. 굉장히 기분 나쁜 듯한 말투였지만 키요이가 한번 닫힌 문을 다시 열어주었다. 이제는 부끄러운 변장 없이도 갈 수 있다.

"연극은 언제 해?"

"12월. 오늘 했던 곳에서."

"매일 인터넷에 검색하는데도 몰랐어. 어쩌다 놓쳤지?"

"검색?"

키요이의 의아한 얼굴을 보고 히라는 퍼뜩 깨달았다. 인터넷 검색, 게다가 매일 한다고 했으니, 기분 나쁨의 최고치였을 것이다. 뭔가 변명을 해야 한다.

잡지나 연극이나, 키요이가 나오는 건 전부 보고 싶어서.

안 된다, 더 기분 나빠할 것이다. 어떻게 해야 할지 몰라 히라는 초조해졌다.

"소속사를 통하지 않고 하는 사적인 일이라 그렇게 대대적으로 광고 못해."

키요이는 깔끔하게 넘어가주었다.

아, 다행이다. 하지만 아직도 심장이 두근거린다. 괜히 방심해서 쓸데없는 말을 하지 않도록 신경을 한껏 곤두세워야 한다.

"그, 그렇구나. 이래저래 어렵겠네."

"그렇지 뭐. 소속사를 통하지 않으면 연습실 구하는 것도 힘들고."

"연습실?"

"지금은 집에서 나와 혼자 사는데 원룸은 어느 집이나 벽이 얇거든. 요전에 대사 연습을 했는데 다음날 바로 관리사무실에서 불만 접수됐다고 연락 왔어."

키요이답지 않게 한숨을 쉬었다.

"연습은 정식 시설에서만 할 수 있어?"

"아니, 이웃에게 피해를 주지 않는다면 어디든 괜찮아."

"그럼, 어떻게든 될 것 같은데."

지난주에 숙모 가족이 히라네 집에 놀러와서, 일 때문에 몇 년 간 대만에서 살아야 한다고 불평했었다. 해외 부임은 어쩔 수 없지만 그동안 여기 집을 어떻게 해야 할지 고민되는 모양이었다. 아무도 살지 않는 집은 못쓰게 되기 때문이다. 딸이 둘 있지만 둘 다 출가했다. 다른 사람에게 임대해주면 되지만, 모르는 사람이 들어오는 건 숙모가 싫다고 했다.

"집세는 안 받을 테니까, 카즈가 관리할 겸 혼자 살아보면 어때?"

숙모가 히라에게 물었지만, 요리도 청소도 못하니 무리라며 엄마가 웃었다.

"정원이 꽤 넓은 단독주택인데 사촌누나 둘 다 피아노를 쳤으니까 아마 방음 설비가 된 방도 있을 거야. 돌아가면 바로 물어볼게."

기세를 몰아 이야기하는 동안, 키요이가 뭐라 표현할 수 없는 표정을 짓고 있다는 것을 깨달았다.

"아, 미안, 멋대로 들떠서."

비터스위트 루프

"아니, 이야기는 고마운데……"

또 주제넘은 걸까. 끈질겨, 역시 이제 그만 쫓아다니라고 말할 것 같아 두려워하고 있는데, 키요이가 얼굴을 찌푸리더니, 아무 것도 아니라고 얼버무렸다. 아무것도 아닌 얼굴은 아니었는 데—

"그 집, 정말 쓸 수 있어?"

"아마도. 숙모가 꽤 고민하셨으니까."

휴대폰 번호와 메일주소를 얼른 적어 건넸다.

"준비해둘 테니까, 필요해지면 언제든 연락 줘."

하지만 키요이는 건네준 메모를 무서운 얼굴로 노려보았다.

"……번호 바꿨네."

"전에 쓰던 폰은 물에 빠뜨려서 데이터가 다 날아갔어."

"물에 빠뜨렸으면 기기만 바꾸면 되잖아."

"……그건."

키요이에게 결별의 말을 듣고 자포자기하는 마음으로 관련된 모든 것을 끊어내려 결심했기 때문이었다. 하지만 그렇다고는 말하기 어려웠다. 결심했던 것은 거짓이 아니지만, 결국 매일 인 터넷에 키요이를 검색하고, 키요이가 나온 잡지를 사 모으고, 변 장까지 해서 연극을 보러 왔으니까. 하는 일만 보면 완전히 스토 커라서, 끊어내려 했다는 말만으로도 질리는 기분이었다.

히라가 대답하지 못하고 고개를 숙이고 있자, 키요이는 휴대폰을 꺼내 메모를 보며 히라의 번호를 저장했다. 곧 히라의 주머니에서 휴대폰이 울리더니 바로 멈췄다.

"그거, 내 번호야. 데이터 날아갔다며."

"고, 고마워……"

너무 기뻐서 목소리가 갈라졌다. 휴대폰 화면에 뜬 열한 자리 숫자. 한번 잃어버렸던 그것을 믿을 수 없는 기분으로 바라보고 있자, 그 눈은 뭐냐며 키요이가 물었다.

"다시 연락처를 교환하는 날이 온 게 꿈만 같아서."

솔직한 마음이었지만, 키요이는 입을 꾹 다물고 얼굴을 찌푸렸다.

"변함없이 기분 나빠."

그리웠던 문장에 다시 기쁨이 솟구쳤다. 생글생글 웃자, 키요이는 짜증난다고 말했다. 영원히 이 대화를 이어가고 싶었지만, 가게 안이 떠들썩해지기 시작했다. 어느새 첫차 시간이 되어 손님들이 일어서고 있었다.

"너, 이제부터 어떡할 생각이야?"

가게를 나와 나란히 새벽 거리를 걸으며 키요이가 물었다.

"전철 타고 돌아갈 건데. 키요이는 무슨 노선이야?"

"그게 아니라……"

키요이답지 않게 머뭇거렸다.

"아까 했던 이야기 말인데, 코야마씨 동생하고 사귈 거야?"

비터스위트 루프

"……응?"

갑자기 이야기가 튀었다. 키요이는 당황하는 히라를 가만히
본다. 사귈 건 아니지만, 그런 이야기를 잡담으로 하기는 망설여
졌다. 자신이 코야마라면 싫을 것 같았다.

"몰라."

"모른다는 건, 사귈 가능성도 있단 거야?"

왠지 화난 것처럼 물었다.

"아니, 그러니까 모르겠어. 왜 신경쓰는 거야?"

"……왜라니."

키요이가 쯧 혀를 찼다.

"됐어. 이제 신경 안 써, 네 맘대로 해. 사귀든 말든."

"아, 잠깐 기다려, 왜 그런 걸—"

하지만 키요이는 더이상 말하고 싶지 않은 듯 휙 뒤돌아 걸음
을 재촉했다.

키요이를 뒤따라 걸으면서 히라는 갈팡질팡했다. 오랜만에
이야기 나눌 기회가 생겼고, 키요이가 말을 걸어주기까지 했는
데 왠지 이상해져버렸다. 왜 화났는지도 모르는 멍청한 자신이
한심했다.

역이 보일 즈음 키요이가 갑자기 고개를 돌렸다.

"그 녀석이랑 나, 누가 좋은데?"

너무 갑작스러워서 히라는 멍하니 입만 벌리고 서 있었다.

"엉?"

멍청한 얼굴로 되묻자, 키요이는 무시무시한 얼굴을 했다.

키요이가 두 발짝 성큼 다가오더니 바로 정강이를 걷어찼고,
히라는 너무 아팠다.

자기도 모르게 주저앉아 고개를 들자, 키요이는 이미 역으로
걸어가고 있었다. 단단히 화가 난 듯한 뒷모습에 말도 걸 수 없
었다. 키요이의 모습이 역 안으로 사라져간다. 욱신욱신한 정강
이를 끌어안은 채 히라는 왜 차였는지 알 수 없어 눈물이 날 것
같았다.

그 녀석이랑 나, 누가 좋은데?

뭐지, 그 말은? 전혀 모르겠어. 히라는 얼굴을 한껏 일그러뜨
렸다.

키요이를 향한 마음과 코야마에 대한 감정은 종류가 다르다.
키요이에게서 받을 수 있는 것에는 좋은 것도 나쁜 것도 없다.
좋은 것을 받을 수 있으면 기쁘고, 나쁜 것을 받게 되면 슬프다
거나, 애초에 기쁘니까 이렇게 해야지, 혹은 슬프니까 이렇게 해
야지 같은 발상 자체가 없다. 자기 의지나 노력으로는 어떻게 할
수 없는 돌발적인 폭풍 같은 것. 키요이는 그런 존재다.

코야마는 현실이고 실재하는 사람이다. 얼마 전까지만 해도
히라는 현실을 보려고 했었다. 코야마의 생일에 선물을 주고, 고
백을 하고, 공장에서 만들어지는 기성품 같다고 느끼면서도 그

컨베이어 벨트에 올라가려 생각했었다. 조금 쓸쓸했지만, 안심할 수 있는 방법이었다.

하지만 다시 나타난 키요이 앞에서 현실은 간단히 날아가버렸다.

나는 앞으로도 계속 키요이를 쫓아다닐까?

내게 내밀어진 손을 거절하고?

아무리 쫓아다녀도 손이 닿을 리가 없는데도?

히라는 용수로를 흘러내려가던 오리대장을 떠올렸다. 옛날부터 자신을 지탱해준 오리대장. 간만에 떠올리는 것이라 굉장히 그리운 기분이 들었다. 하지만 옛날과는 다르다. 오리대장이 흘러가는 곳은 더러운 물이 아니라 아주 아름다운 황금빛 강이다. 키요이가 지배하는 빛나는 왕국의 강에서, 왕 전용의 명예로운 오리대장 혼자 흘러가고 있다.

이상한 상상에 히라는 자기도 모르게 웃음이 흘러나왔다.

쓸쓸해. 괴로워. 하지만 어쩔 수 없다고 받아들인다.

키요이는 내 것이 되지는 않는다. 그렇다고 나를 놓아주지도 않는다. 나는 왕의 손이 닿는 명예로운 장난감이라는 숙명을 받았고, 왕이 가지고 놀지 않게 되어도 누구 손에도 넘어가지 않는다. 그것만으로 족하다. 아무리 괴로워도, 쓸쓸해도, 떨어지고 싶지 않다.

나는 계속 키요이의 것이고 싶어.

정강이는 여전히 욱신거렸다. 길 위에 주저앉은 채 건물 창문 한 면에 반사되는 오렌지색 아침 햇살을 바라보고 있자, 주머니에서 휴대폰이 진동했다. 키요이일까 기대했지만, 코야마의 이름이 떠 있었다. 절로 어깨에 힘이 빠졌고, 기대는 곧바로 죄책감으로 바뀌었다.

이런 이른 시간에 무슨 일이지? 망설이는 사이 전화는 끊어졌지만 곧바로 다시 걸려왔다. 미약한 진동에 궁지에 몰린 듯이 통화 버튼을 눌렀다.

"……여보세요."

머뭇머뭇 전화를 받자마자 기침소리가 들려왔다.

"코야마?"

"미, 미안, 이렇게 이른 시간에. 내가 감기에 걸린 것 같아."

말하는 동안에도 콜록콜록한다.

"자고 나면 괜찮아질 줄 알았는데 점점 열이 심해져서."

"약은? 뭔가 먹긴 했어?"

"약은 어제 다 먹어버렸고, 밥은 아직. 냉장고가 텅 비어서……"

와주었으면 하는 마음이 느껴진다.

"형은?"

"전화했는데 규슈로 출장 갔대."

어떻게 해야 할지 망설였다. 이미 한참 동안 코야마의 집에 가지 않았다. 가면 안 된다는 생각이 들었다. 하지만 환자를 나 몰라라 할 순 없었다.

"지금 약이랑 마실 거 사가지고 갈게. 인스턴트 죽이나 푸딩 같은 걸로도 괜찮을까?"

"고마워. 번거롭게 해서 미안."

코야마의 목소리가 희미하게 높아졌다.

"괜찮아. 사서 문 앞에 걸어놓을게."

침묵이 내려앉았다.

"……왜?"

코야마가 나지막이 말했다. 콜록하고 기침 한 번이 더해졌다.

"네가 곤란해할 말은 한마디도 안 했잖아. 사귀자고 말한 것도 아닌데 왜 멀어지려고, 멀어지려고만 해."

괴로운 듯한 호흡소리를 듣자, 히라는 아무 말도 할 수 없었다.

"왜, 왜 그러는 건데? 친구로도 좋다고 했잖아."

"……미안. 그래도 그런 거 무리잖아."

"전혀 안 그래."

"내가 무리야. 너도 그렇고. 코야마, 지금 울어?"

"안 울어."

대답하는 목소리가 희미하게 갈라져 있다. 미안함에 이어 아주 약간 성가신 마음이 인다. 그러면서 죄책감을 느낀다. 여러 가지 감정이 뒤섞여서, '알겠어, 농담이었어. 그냥 예전처럼 지내자' 하고 이 자리를 모면할 말을 해버리고 싶어진다. 그렇게 말하는 게 백배는 편할 것이다. 모두 악역은 피하고 싶어하니까.

키요이는 강하다는 생각이 다시 한번 들었다. 누가 어떻게 생각하든, 상황이 자신에게 유리하든 불리하든 언제나 당당하게 고개를 든다. 그런 강인함을 죽을 만큼 동경한다.

"······차 다니는 소리 들리는 것 같은데. 지금 밖이야?"

"응, 좀 놀았어."

"밤새 놀다니 뜻밖이네. 누굴 만났어?"

동아리 모임 외에 히라가 그럴 일이 없다는 사실을 코야마는 알고 있다.

"키요이야?"

"······"

"어차피 상대해주지 않을 텐데."

코야마답지 않게 힘이 빠진 말투였다.

"키요이가 형한테 너에 대해 심한 말을 했대. 친구도 없고 스토커 같고 기분 나쁘다고. 그런 말을 아무렇지도 않게 하는 녀석이라고."

듣고 싶지 않았다. 그런 말을 듣는 자신보다 말을 전하는 코야마에게 더 상처가 될 것 같았다.

"괜찮아. 난 실제로 그런 녀석이니까."

"실제로 그렇든 어떻든 간에. 뒷말하는 녀석이 나빠."

"키요이는 면전에서도 말해. 기분 나빠, 짜증나, 스토커."

고등학교 때부터 몇 번이나 들었을까.

"……뭐야, 그게."

코야마의 목소리가 얇은 유리처럼 깨졌다. 파삭파삭하는 소리가 이어진다.

"이럼 내가 나쁜 거잖아."

"그렇지 않아. 넌 좋은 녀석이야. 내가 알아."

그 말만은 딱 잘라 말했다.

"……미안, 히라, 이런 이야기 할 생각은 아니었어."

"응, 알아."

화낼 마음도 들지 않았다. 안 된다는 걸 알면서도 쫓아다니고, 그런 스스로에게 혐오를 느낀다는 점에서 두 사람은 많이 닮아 있었다.

코야마는 미안하다고 계속 사과했다. 히라는 괜찮다고 계속 대답했다.

대화는 같은 곳을 빙글빙글 맴돌 뿐이었다.

차였던 정강이가 아프다. 욱신거린다. 하지만 이 아픔도 키요이가 준 거라 놓을 수가 없어 히라는 무릎을 끌어안은 채, 점점 밝아오는 세상 속에서 언제까지고 일어서지 못하고 있었다.

달콤하고,
씁쓸한

+

그 녀석이랑 나, 누가 좋은데, 라고 물었을 때.

엉?

키요이는 그때의 히라 얼굴을 잊을 수 없다.

입을 헤벌린 바보 같은 얼굴, 해석하자면 '대체 무슨 말이야?' 의 '엉?'이었다. 폭죽이 터지는 것처럼 창피함과 분노가 솟구쳐 히라의 정강이를 힘껏 걷어찼다.

그런 남자의 연락을 계속 기다려온 자신에게도 맹렬하게 화가 났다. 그 남자가 무슨 생각을 하고 있는지 옛날에도 지금도 전혀 모르겠다.

히라를 처음 알게 된 건 고등학교 2학년 반 배정 날이었다.

"히, 히, 히, 히, 히."

새빨개진 얼굴로 말을 더듬는 히라를 보고, 일 초 만에 거들떠볼 가치도 없음 판정을 내렸다.

노예로는 꽤 쓸 만했다. 순종적으로 빵셔틀을 했고, 기뻐 보이기까지 했다. 하지만 긴 앞머리 틈새로 가만히 주시하는 모습은 정말 기분 나빴다.

한편으로는 기분이 좋기도 했다.

히라는 처음부터 키요이만 바라봤다.

기분 나쁠 정도로 강렬한 눈빛이 키요이는 그냥 기분좋았다.

부모님이 이혼한 후, 키요이는 집을 지키는 아이가 되었다. 엄마는 일하러 다녔고, 아무도 없는 집에 돌아오기가 싫어서 늘 친구와 늦게까지 놀았다. 하지만 저녁 시간이 되면 모두 돌아가버렸다. 조금 전까지 들떠 있던 만큼 집으로 돌아가는 길은 외로웠다. 책가방 작은 주머니에서 열쇠를 꺼내고, 다녀왔습니다, 라고 인사할 필요 없이 집안으로 들어간다.

방 두 개짜리 아파트. 옆집에 다른 가족이 살았고 벽 너머로 아줌마가 외치는 소리나 아이들 목소리가 흘러들었다. 그 소리를 듣지 않으려고 늘 TV를 켰다. 한번 켜면 절대 끄지 않았다. 주방 식탁에는 랩에 싸인 음식 접시가 있고 매일 밤 그것을 전자레인지에 돌려 TV를 보면서 먹었다. 목욕할 때는 소리를 키웠다. 머리를 감을 때 조용하면 무서웠기 때문이다.

TV는 좋았다. 작은 상자 안에 많은 사람이 있고 모두가 웃었다. 즐거워 보여서, 자신도 그 안에 들어가면 좋겠다고 생각했다.

엄마의 귀가 시간은 출근 시간에 따라 달라졌지만, 야간 근무를 한 날 엄마는 집에 돌아오자마자 TV부터 껐다. 갑자기 찾아온 정적에 눈을 뜬다. 졸린 눈을 비비며, "엄마 왔어?" 하고 주방으로 간다. "응, 다녀왔어" 하고 작은 목소리가 돌아온다.

"엄마, 밥 먹을 거지?"

"괜찮아, 엄마가 차려 먹을게."

"아냐, 내가 밥 떠줄게."

한밤중에 시작되는 엄마의 저녁식사 때 밥을 떠주는 것이 키요이의 임무였다. 졸리지만 조금이라도 엄마와 같이 있고 싶었으니까.

키요이가 초등학교 3학년이 되었을 때 엄마가 재혼했다. 새아버지는 다정했다. 아파트를 나와 넓은 단독주택으로 이사했고, 엄마는 매일 집에 있게 되었다. 다녀왔어 하고 돌아오면, 어서와 하고 맞아준다. 더이상 친구들과 늦게까지 노는 일도 없어졌고, TV 보는 시간도 줄었다. 그것보다도 저녁을 먹으면서 아빠 엄마에게 오늘 있었던 일을 이야기하는 게 즐거웠다.

하지만 얼마 지나지 않아 남동생이 태어나자 엄마는 동생에게 몰두했다. 새아버지는 다정한 사람이지만 역시 친자식을 대하는 태도는 미묘하게 달랐다. 그다음해에 여동생까지 태어나며 가족이 늘었지만, 키요이는 전보다 더 외로웠다.

　나도 챙겨줘.

　말하고 싶지만 입 밖으로 나오지 않았다. 넓은 거실의 소파에서, 남동생과 여동생을 보살피는 부모님 옆에서 입을 삐죽 내밀고 다시 TV를 보게 되었다. 아기 같은 건 조금도 귀엽지 않다. 시끄럽고, 어지럽히고, 엄마를 독점한다. 그런 건 없어져버리면 좋을 텐데.

　아이돌 콘서트 중계를 본 것은 그즈음이었다. TV 안에서 노래하고 춤추는 아이돌, 그리고 자신의 전부를 바칠 것처럼 손을 뻗으며 열광하고 기뻐하는 팬들. 새빨개진 얼굴로 닿을 리 없는데도 필사적으로 손을 뻗고, 그중에는 우는 여자까지 있었다.

　어른도 우는구나…… 열광하는 그 모습에 조금 뒷걸음칠 정도였다.

　좀 무섭다는 생각이 들면서도 누군가가 저렇게까지 원해준다면 기쁠 것 같다고 생각했다.

　자신의 눈빛 한 번, 손짓 한 번에 기뻐했다가 우울해했다가 하는 누군가가 있다면. 아무 이유 없이도 '좋은 기분'이 될 것 같았다. 벌레 같은 아기에게 달라붙어 있는 부모님을 곁눈질하며 그렇게 생각했고, 그해 반 문집에 "커서 아이돌이 되고 싶습니다"라고 썼다.

　히라는 전형적인 팬 체질인데다 중증인 부류였다.

달콤하고, 쌉쌀한

키요이가 반을 멋대로 지배했을 때도, 몇몇 아이의 시답지 않은 시기심 때문에 키요이가 괴롭힘을 당했을 때도 히라만은 변하지 않았다. 얌전한 히라가 시로타에게 달려드는 걸 봤을 때는 종교에 빠지면 저런 느낌일까 무서우면서도, 자신을 위해 눈에 핏대를 세운 모습에서 어릴 적 TV 속 아이돌에게 손을 뻗던 팬들의 어딘가 사고가 멈춰버린 듯한 표정이 떠올랐다.

어릴 때 강렬하게 원했던 것을 완벽한 형태로 내밀어준 것이 히라였다.

그 사건을 경계로 키요이 안에서 히라의 인상이 바뀌었다.

둘만 있는 음악실이나 방과후 교실에서 히라는 DSLR 카메라로 키요이를 찍었다. 왕이라 부르면서, 최후에 남은 한 명의 병사가 되어서도 지킨다는 둥 이상한 말을 했었다. 대체 머릿속이 어떻게 된 거냐 학을 떼면서도 히라가 신을 숭배하는 듯한 눈으로 바라보면 키요이는 쾌감을 느꼈다.

3학년이 되어 반이 바뀌었다. 그때도 복도에서 스쳐지나갈 때 히라의 시선을 느끼면 키요이는 기분이 좋아졌다. 히라는 나만을 원해. 더 바라봐. 나를 바라봐. 반듯하고 강한 히라의 시선은 어느새 키요이의 깊은 곳까지 침투해 있었다.

고등학교 졸업한 후에도 만나줄게.

졸업식 날 키요이는 그 말을 하려고 했지만 막상 히라 앞에 서자 할 수 없었다. 애초에 그런 말을 내뱉는 게 서툰 성격이고, 게

다가 상대가 히라였다. 어째서 내가 그런 말을 해야 하지. 히라가 부탁해야 맞지 않나.

　나한테 뭐 할말 없어?

　키요이가 먼저 물꼬를 터줬는데도 히라는 말하지 않았다.

　빌어먹을 남자에게 짜증이 나서 키요이는 그 기세로 키스를 해버렸다.

　스스로도 놀랐다. 히라에게 키스했다는 사실만으로도 패닉에 빠질 지경이었는데, 더군다나 첫 키스였다. 여자가 아니니까 거창한 계획 같은 건 전혀 없었지만, 그래도 앞으로 무슨 일이 있을 때마다 떠올릴 첫 키스가 히라라는 사실이 절망스러웠다. 그것이 자신의 첫…… 후회가 엄습해도 되돌릴 수 없었다.

　하지만 이렇게까지 해줬으니 알겠지. 모르긴 해도, 졸업 따위로 히라가 자신을 따라다니는 일을 그만두리라곤 생각지 않았다. 스토커처럼 끈질기게 따라다닐 거라 확신했다.

　그래서 키요이는 계속, 당연한 듯이 히라의 연락을 기다렸다.

　그런데 여태 아무 연락이 없다. 같은 도쿄에 있는데 한 달이 지났고, 기다리다 못해 먼저 메일을 보냈더니 수신자 없음으로 되돌아왔다. 메일주소를 바꿨나 싶어 화가 난 기세를 몰아 전화까지 했는데 없는 번호라는 안내음이 흘러나왔다.

　키요이는 충격으로 망연자실했다. 히라에게 연락이 없어도 자신이 먼저 연락하면 바로 연결되리라 생각하며 마음을 놓고 있었다. 연락 수단이 끊어진 순간 막다른 곳에 몰린 듯한 초조감이 피어올랐다. 그러다 서서히 분노로 변해갔다.

그렇게 세상에 둘도 없다는 듯한 눈으로 바라보던 주제에.

그래서 그렇게 별볼일없는 애와 만나도 괜찮겠다고 생각하게 됐는데.

동창에게 물어보면 연락처 정도는 알아낼 수 있었을 것이다. 하지만 자존심이 허락지 않았다. 쫓아오는 건 항상 히라의 역할이었고, 키요이는 받아들일 뿐이었다. 그래서 조금 충격을 받았던 것이지 그렇게까지 만나고 싶었던 건 아니라고 생각했다.

하지만 히라를 향한 분노는 사그라지지 않았다. 잊고 싶은 마음과는 반대로 어디서 우연히 마주치면 완전히 무시해버리자고, 아니 엄청나게 몰아세우자고 다짐하며 길을 걸을 때도 언제나 히라 같은 남자가 보이지 않는지 살폈다.

히라와의 일을 제외하면 생활은 순조로웠다. 대학에 다니면서 연예기획사에 소속되어 모델 활동과 TV 활동을 8 대 2 비율로 하게 되었다. 아이돌이 되겠다는 생각은 더이상 하지 않지만 사람들이 나를 바라봐주고 원해주길 바라는 욕구는 여전해 그런 의미에서 이 일이 잘 맞았다. 거리를 걸을 때도 시선을 느꼈지만, 더 직접적으로 느껴지는 건 연극을 할 때였다. 수백 쌍의 눈이 일제히 자신을 바라본다. 그 상황에 빠져든다.

그런데도 마음속 어딘가에서 부족하다고 느끼고 있었다. 더

열띤 눈, 더 혼신이 담긴 눈, 스스로를 내던지는 듯한 열정이 담긴 눈을 키요이는 이미 알고 있었다.

그런 자기 자신에게 짜증이 났다. 히라가 키요이를 제 인생에서 도려냈다. 그런데 나는 그런 남자를 다시 만나고 싶은 걸까, 두 번 다시 만나고 싶지 않은 걸까. 키요이는 자신이 어떻게 하고 싶은 건지 알 수 없었다.

그런 상황에서 생각지도 못한 경로로 히라의 근황을 듣게 되었다. 지인의 극단 뒤풀이에 참석했을 때, 프리랜서 작가 사토와 스태프로 일하는 코야마가 나누는 이야기가 귀에 들어왔다.

"오, 동생한테 드디어 남자친구 생긴 거야? 좋겠네."

"그렇게 자연스럽게 말하지 마. 남자라고. 남자. 남자끼리야."

"이 바닥에서는 별로 드문 일도 아니잖아."

"그렇긴 한데…… 내 동생이라고 생각하면 마음이 복잡해져."

코야마의 한숨소리를 들으며, 뭐 그렇겠지 하고 속으로 동의했다.

타인의 이야기라면 냉정하게 들을 수 있지만 가족이 동성애자라고 고백하면 대부분은 당황한다. 키요이가 속한 이 세계에도 감각의 차이가 있어서, 연예계 일을 할 때는 게이임을 숨기지 않지만, 대학이나 집에서는 알아차리지 못하도록 신경을 쓴다.

키요이는 중학교 때부터 어렴풋하게 자각했다. TV를 보아도 여자보다는 남자 연예인이나 배우에게 흥미를 느끼는 일이 많았다. 외모 덕분에 괴로울 만큼 여자애들에게 인기가 많았고, 그래서 자신의 성향을 더욱 확실하게 자각하게 된 듯하다.

히라는 어땠을까.

키요이만 특별하고 그 외에는 남자도 여자도 똑같다고 말했었다. 아직 고등학생이었고, 나와 같은 성향이거나 비슷한 남자를 가까이에서 만난 것도 처음이었고, 나를 연애 대상으로 보는 남자도 처음이었다. 나를 생각하며 자위까지 했다는 말을 들었을 때는 역시 꺼림칙했다.

이 녀석, 나랑 하고 싶은 건가?

그런 상상을 하자 십대 남자에게 당연한 말초적 흥분이 솟아올랐다.

아마도 작은 호기심 때문이었을 것이다. 시험해보듯 먼저 히라에게 손을 내밀었더니 그가 무릎을 꿇고 황홀한 듯 손등에 입을 맞춰왔다. 그것이 키요이를 참을 수 없이 '좋은 기분'으로 이끌었다. 내려다보는 쪽과 올려다보는 쪽. 위치는 달라도 그때 두 사람은 비슷한 감각에 잠겨 있었을 것이다.

그래서 키요이는 자기도 모르게 안심하고 있었다. 히라는 내게 푹 빠져 있으니까, 앞으로도 계속 강아지처럼 나를 쫓아올 거야. 그렇게 믿고 있었다. 자만이었다고는 생각하지 않는다. 그렇게 좋아한다는 말을 수없이 듣고도 우쭐해지지 않는 사람이 있다면 어디 한번 나와보라고 하고 싶다.

결과만 말하자면 너무 창피한 착각이었고, 그 여파가 지금도 이어지고 있다.

현재 키요이의 연애 사정은 절찬리에 정체중이다. 연예계라는 업계 특성상 여자뿐만 아니라 상당한 비율로 남자들의 대시도 받고 있다. 그중에는 꽤 유명한 배우나 모델도 있다. 나름대로 호감을 느낀 남자와 만나봤지만, 어느 정도 분위기가 무르익으면 이상하게도 히라의 눈이 스쳐지나간다. 눈앞의 남자와 히라의 눈을 비교해버린다. 그러고는 기분이 울적해져서 키스 한번 제대로 못하고 끝나기 일쑤였다.

대체 어떻게 된 거냐.

대체 너는 얼마나 지긋지긋한 남자인 거냐.

이 상태로 연애도 하지 못하고, 히라와 한 첫 키스도 갱신하지 못하고 어른이 되는 건가. 내가 왜 이런 처지가 되어야 하지. 너무 최악이다. 키요이는 그게 전부 히라 탓인 것 같아 분노가 사그라들긴커녕 계속 커지고만 있다.

"그 남자친구 이름이 히라라고 했던가? 아무튼 대학 동기인데 예전의 나처럼 홀음이 있대."

우울한 생각에 잠겨 있는 동안 갑자기 날아들어온 이름에 정신이 번쩍 들었다.

키요이가 자기도 모르게 고개를 돌려 바라보자, 코야마와 사토가 대화를 멈췄다.

"아, 미안. 키요이, 이런 이야기 싫어하는 타입?"

"아니요, 그런 게 아니라—"

히라? 흘음? 내가 아는 그 히라인가?

"저도 그쪽이어서 조금 신경이 쓰여서요."

"그쪽?"

"아…… 저도 여자는 안 돼서."

두 사람의 눈이 살짝 커졌다.

"아, 그랬구나. 미안, 우리가 무신경하게 이야기했지?"

"신경쓰지 마세요. 저도 가족에게는 커밍아웃하지 않은 상태라 가족들 반응은 솔직히 신경쓰이더라고요. 남동생이 누구와 사귀는 거예요?"

아무렇지 않게 물어보자 두 사람이 가까이 다가왔다.

"키요이가 몇 살이지?"

"열아홉요."

"내 동생하고 동갑이네."

코아마는 매달리는 듯한 눈으로 바라보았다.

"상대 남자도 동갑이거든, 역시 열아홉 살 정도면 푹 빠지겠지?"

"글쎄요, 상대에 따라 다르겠죠."

"서로 처음이래. 동생은 좋은 녀석이라고 하는데 나는 걱정이 돼서."

"네가 과보호하는 거야. 그 친구 그럭저럭 멋있잖아. 포기해."

멋있다고? 그럼 히라는 아니다.

"혹시 사진 있어요?"

관심 있는 척 유인하자, 코야마는 "있어, 있어" 하고 휴대폰을 꺼내들었다.

"보여달라고 끈질기게 졸라서 받아냈지. 아, 이거야, 이거."

울렁거리는 가슴을 진정시키고 화면을 들여다보았다. 설마 히라는 아니겠지. 그런 우연이 있을 리 있나 하는 심정으로. 하지만 사진 속 남자는 분명 히라였고, 키요이는 온몸이 굳었다. 옆에 코야마와 닮은 남자가 있었다.

"이쪽이 내 동생, 옆이 그 남자친구."

키요이는 뚫고 들어갈 것처럼 화면을 바라보았다. 흔한 이자카야 앞에 사이좋게 나란히 선 히라와 코야마의 동생. 히라가 웃고 있다. 우선은 그 사실을 믿을 수 없었다. 고등학교 시절, 키요이를 향해서는 살짝 웃을 때도 있었지만 보통은 언제나 표정이 없고 어두웠다.

게다가 옆에 서 있는 이 수수한 남자애는 뭐지? 기분 나쁘고 짜증나는 히라와는 어울리지만, 이 남자애 때문에 연락을 끊었나 생각하자 납득이 가지 않았다. 나의 어디가 이 남자애보다 못하다는 거냐.

"뭐, 나이에 비해서 분위기 있다는 건 인정하지."

달콤하고, 쏩쓸한

코야마의 말에 "네?" 하고 키요이는 의아한 표정을 지었다.

"트렌디하게 잘생긴 얼굴은 아니지만, 독특한 분위기가 있어. 이런 게 배우 얼굴이지. 멍하지만 진심이 드러나면 확 바뀐다고 할까."

당신이 히라에 대해 뭘 아는데. 키요이는 당황스럽게도, 반사적으로 끓어오르는 분노를 애써 삼켰다.

"칭찬이 과한 거 아니에요?"

불쾌감을 얼굴에 드러내지 않으려고 어떻게든 태연한 척 가장했다. 코야마는 긴가민가하는 표정으로 맞은편에 앉은 이번에 주연을 맡은 여자 배우에게 "저기, 이 왼쪽 남자애 어떤 것 같아?" 하고 휴대폰을 보여주었다.

"아, 얼굴 좋다. 옷차림이나 헤어스타일은 좀 촌스러운데 눈에 박력이 있어. 이런 얼굴이 역할에 몰두하면 확 변하더라고. 뭐야, 입단 희망자?"

"어디 어디, 아— 진짜 좋네. 촌스러운 것도 나름 분위기가 괜찮은데."

사람들의 이야기를 들으면서 키요이는 점점 거세지는 분노를 필사적으로 억눌렀다. 모두 연극 관계자들이라 관점이 보통 사람들과 다른 것이다. 그저 기분 나쁘고 짜증나는 녀석일 뿐인데.

"너는 동생 걱정을 하는 거냐, 동생 남자친구 자랑을 하는 거냐? 어느 쪽인데?"

사토의 말에 코야마가 아차하는 얼굴을 했다. 형으로서 복잡한 마음이라는 불평을 들으면서, 키요이는 자기도 모르게 생각지도 못한 말을 내뱉었다.

"한번 만나보면 어때요?"

"어?"

"다음달에 연습생들 공연이 있잖아요. 남자친구랑 같이 오라고 불러요. 상상만 하면서 고민하기보다 직접 만나보면 확실히 알 수 있을 테고."

마치 자신에게 하는 말처럼 느껴졌다.

다시 한번 만나고 싶다.

이제 두 번 다시 만나고 싶지 않다.

정반대인 두 마음 한가운데서 계속 짜증만 부리고 있었지만, 이날 밤 마음의 바늘은 확실히 만나고 싶은 방향으로 기울었다. 히라와 만나고 싶다. 만나서 엉망진창으로 아프게 하고 싶다. 전에 어딘가 달콤함이 섞였던 기분과는 다르다. 분명한 악의였다.

공연 날, 히라는 키요이를 보고 더없이 크게 놀랐다. 같은 테이블에 앉은 촌스러운 남자가 코야마의 동생이겠지. 사진으로는 그저 수수해 보였는데 실제로 보니 조금 인상이 다르네. 수수하긴 한데 작은 동물 같은 귀염성이 있는, 키요이와는 전혀 다른 타입이었다.

무대가 끝나고 관계자와 이야기를 나누면서 키요이는 자연스럽게 히라를 살펴보았지만, 히라는 결코 이쪽을 보지 않았다. 상당히 거북한 듯했다. 당연히 그렇겠지. 마음속으로 한마디 쏘아주고, 키요이는 히라가 말을 걸어오기를 기다렸다.

하지만 히라는 전혀 다가올 기미가 없었고 키요이는 시시각각 초조해졌다. 혹시 이대로 돌아가버릴 생각인가. 곤란하다. 나는 대체 뭘 어쩌려고 일부러 부르게 한 거지? 먼저 말을 걸어볼까? 아니, 그건 지는 거다. 마구 초조해하고 있는데, 드디어 키요이를 부르는 목소리가 들렸다. 좋아. 거의 싸우려는 자세로 가까이 다가갔지만, 히라는 고개를 숙인 채 키요이를 보려고도 하지 않았다.

"키요이, 이 친구가 키요이 팬이래."

사토의 말에 놀랐다. 히라가 나에 대해 말한 건가? 하지만 팬이라는 소극적인 단어가 마음에 걸렸다. '좋은 기분'이 되지는 않았다. 옆에 서서 히라를 지켜보는 코야마의 동생을 보자, 둘이 커플 같아 보여 더 마음에 들지 않았다. 마치 히라의 모든 것을 안다는 듯한 그 눈.

"어, 오랜만이다."

키요이가 인사하자 히라는 쭈뼛쭈뼛 고개를 들었다.

드디어 눈이 마주친 순간, 히라의 눈빛 온도가 순식간에 화악 올라가는 것이 보여 순간 당황했다. 눈가를 살짝 붉게 물들이고 똑바로 바라보는 눈, 예전과 똑같은 열기였다. 혼란스러웠다. 이런 눈으로 보는 주제에, 애인을 만든 거냐.

이대로 끝낼 수 없어서 뒤풀이에 오라고 제안하자, 히라는 바로 고개를 끄덕였다. 옆에 선 코야마의 동생이 놀란 얼굴로 히라를 쳐다보았지만, 히라의 눈은 키요이에게 못박혀 있었고, 키요이는 그 순간 승리감에 우쭐했다.

이런저런 일이 있었겠지만, 역시 히라는 지금도 나를 좋아해.

코야마의 동생에게는 미안하지만, 포기해야지 어쩌겠어.

뒤풀이에서는 어떻게 괴롭혀줄까. 말을 걸어온다면, 이만큼이나 자신을 안달복달하게 했으니 바로는 용서해주고 싶지 않다. 코야마의 동생도 올지 모르고, 그렇다면 오늘밤은 번호만 교환해둘까. 화장실에 갔을 때 자연스럽게.

기분좋은 시뮬레이션을 하고 있는데, 히라가 오더니 아무래도 뒤풀이는 못 가겠다고 했다. 이대로 돌아가버리면 번호도 알 수 없게 되는데. 하지만 당연히 그런 말을 할 수도 없어 무뚝뚝하게 받아쳤고, 분노 비슷한 후회가 밀려들었다.

그후 코야마한테서 오늘이 동생 생일이란 얘기를 들었을 때는 엄청난 패배감이 들었다. 히라가 자신과의 재회보다 그 수수한 남자애의 생일을 우선시했다는 생각에.

"키요이, 동창이면 동창이라고 말했어야지. 좀 짓궂었어."

뒤풀이에서는 코야마가 투덜거렸다.

"죄송해요. 코야마씨가 너무 걱정해서서 조금 놀려주고 싶었어요."

상처받은 자신을 인정하고 싶지 않아 키요이는 장난스레 웃으며 대답했다.

"좀 봐주라고. 저기, 그나저나 히라는 고등학교 때 어떤 아이였어?"

"어떤 아이였냐고요?"

"여러 가지 있잖아. 사람들에게 다정하다든가, 머리가 좋다든가, 친구가 많다든가."

"머리는 안 좋겠지. 그 대학에 다니니까."

사토가 끼어들었고, 코야마가 "내 동생까지 디스하지 마" 하고 머리를 때렸다.

"그럼 머리는 그렇다 쳐. 사람들에게 다정하다든가, 친구가 많다든가, 뭔가 장점은?"

"특별히 그런 건 없었어요."

거짓말은 아니다. 솔직한 대답에 코야마는 얼굴을 찌푸렸다.

"남자친구는 있었어?"

"짝사랑한 상대는 있었던 것 같아요."

나야, 나 하고 키요이는 마음속으로 덧붙였다.

"물론 남자였겠지? 여자였다면 동생이 좀 안쓰럽잖아."

코야마가 걱정되는 듯이 몸을 내밀었다.

"남자였어요. 좋아해서 쫓아다녔다고 들었어요."

"……쫓아다녔다고?"

"그 녀석 뒤를 밟거나, 예쁘다, 예쁘다 하면서 계속 쳐다보거나."

"자, 잠시만, 그건 좀 위험…… 아, 아니, 그럼 친구는? 친구들은 어땠어?"

"없지 않았을까요?"

"어, 그게 무슨 말이야? 친구도 없는 녀석이었어?"

"으음, 뭐, 그랬다고 봐야겠네요."

"어이 어이 어이 어이."

코야마가 머리를 감싸쥐고 테이블에 엎드렸다.

"그러니까 그 히라라는 녀석은 친구도 없고, 좋아하는 사람을 쫓아다니면서 뒤에서 계속 지켜보던 스토커 같은 녀석이란 거야?"

"아뇨, 그렇게까지 심한 건 아니었는데……"

하지만 코야마는 듣고 있지 않았다. 점점 망상을 부풀리고 어쩔 줄 몰라하며 머리를 감싸쥐고 있다. 한번 꽂히면 답이 없는 타입인 것 같아 질리면서도, 뭐 어쩔 수 없지 하고 설명하기를 포기했다. 크게 틀린 말도 아니고, 무엇보다도 이제 히라 얘기는 입에 올리는 것도 싫었다.

그렇게 기분 나쁘고 짜증나는 녀석 때문에 기뻐했다가 우울해했다가 하다니, 머리가 이상해진 게 분명하다. 히라 때문이다.

그 녀석 눈을 보면 나는 이상해진다. 역시 기분 나쁜 녀석이다.

이제 히라와는 얽히지 말아야지.

그러나 히라는 또 연극을 보러 왔다. 만나고 싶다고 생각했을 때는 전화번호까지 바꾸고 도망간 주제에, 이제 만나고 싶지 않다고 생각했더니 나타난다.

말을 걸어보려는 마음이 든 건, 코야마의 남동생이 보이지 않았기 때문이다. 자연스럽게 넌지시 속을 떠보니 코야마의 동생은 남자친구가 아니라고 했다. 대체 어떻게 된 일인가. 진실이 알고 싶어서 이제 얽히지 않겠다고 마음먹어놓고도 뒤풀이에 불러버리고 말았다.

히라는 기쁜 듯 참석했지만, 전적이 있으니 키요이는 방심하지 않았다. 화풀이로 다른 남자와 친근하게 어울리는 모습을 한참이나 보여준 뒤에야 히라에게 겨우 말을 걸어줄 마음이 들었다.

카페에서 이런저런 이야기를 했지만, 명확하게 말하지 않는 히라에게 울분만 쌓였다. 히라는 코야마의 동생은 남자친구가 아니라고 했다. 그러면서도 좋은 사람이라느니 다정하다느니 하며 열심히도 감쌌다. 연락을 하지 않고 번호를 바꾼 이유에 대해서는 침묵했다. 그런데도 키요이가 연습실이 없어 곤란하다고 말하자, 장소를 제공해줄 수 있을지도 모른다고 다가왔다. 히라는 그 시절과 똑같이, 모든 것을 바칠 듯한 열기 띤 눈으로 키요이에게 자기 연락처를 건넸다. 일이 어떻게 돌아가는지 알 수 없었다.

가게를 나와 이것만은 확실히 해두자는 마음에 코야마의 남동생과 앞으로 어떻게 할 생각이냐고 물었다. 속을 떠보려는 듯해서 스스로도 꼴불견 같았지만, 실제로 히라의 속마음을 알고 싶었다. 히라의 입으로 분명한 부정을 듣고 싶었다.

"모르겠어."

히라는 부정하지 않았다.

"왜 신경쓰는 거야?"라고 묻기까지 했다.

몰라서 묻느냐는 소리가 튀어나올 뻔했다.

사귈 뻔했다는 건, 좋아하는 마음이 있는 것이다. 그런 남자가 있는데 뭐하러 나를 만나러 왔지? 연습실을 제공한다는 소린 왜 해? 코야마의 남동생과 나를 저울질하나?

"그 녀석이랑 나, 누가 좋은데?"

분노에 몸을 맡겨버린 그 순간, 터무니없을 만큼 수치심이 몰려왔다.

뭐냐, 이 꼴사나운 질문은. 하지만 이미 늦었다. 이왕 내뱉었으니, 당연히 키요이라는 대답을 듣지 못하면 끝이었다. 말해, 말하라고. 그러면 다시 한번 키스해줄게. 한번 더 새롭게 다시……

"엉?"

히라는 멍하니 입을 벌린 채 바보 같은 얼굴을 하고 있었다.

생각지도 못한 질문을 들은 듯한 표정이었다.

달콤하고, 쌉쌀한

무슨 말이야? 나와 코야마 사이는 키요이와는 관계없잖아?

꼭 그렇게 말하는 것 같아 귀까지 새빨개졌다. 굉장한 착각을 했다는 느낌이 들어, 히라의 정강이를 걷어차고 도망치는 게 고작이었다.

키요이는 빠르게 역으로 걸어가면서 아니야, 절대로 아니야 하고 솟구치는 감정을 연신 부정했다. 내가 이렇게 이상해진 건 단순히 나보다 아래에 있었던 남자의 반란을 용서할 수 없기 때문일 뿐이라고.

사랑과 비슷하지만 사랑은 아니다. 그런 기분 나쁘고 짜증나는 녀석을 좋아하다니, 내가 그 별볼일없는 남자가 걸친 양다리 중 하나라니, 그 이상의 굴욕은 없다고 키요이는 생각했다.

"대사 늘어나는 거예요?"

연극 연습이 끝난 후, 키요이는 단장에게 새로운 대본을 받았다. 원래는 다른 배우의 대사인데 그 배우가 목에 폴립이 생겨서 어쩔 수 없다고 했다. 연말에 수술받기로 했는데 그때까지 가능한 한 목을 혹사하지 말라고 해서 그의 대사를 다른 배우에게 나눠주는 것이다.

"이제 게스트 출연이라고 할 수 없을 정도의 분량인데, 괜찮겠어?"

"음…… 이 정도까지는요."

키요이는 휙휙 대본을 넘겨보았다.

"키요이군 소속사에서 출연료 청구할까봐 무섭긴 한데."

"그때는 시원하게 내주세요."

"우리처럼 가난한 극단에 그런 돈이 어디 있어. 아, 엄마들이다."

코러스 담당 여성들이 떠들썩하게 들어오자, 단원들은 서둘러 짐을 챙겨 시민교실을 나왔다. 키요이는 전철을 기다리는 동안 대본을 한 장 한 장 넘겨보았다. 새롭게 받은 대사에 빨간 줄이 그어져 있다. 아까는 괜찮다는 듯이 말했지만, 이 정도라면 연습을 더 하지 않으면 위험하다.

문제는 연습할 곳이다. 연극 출연은 소속사를 통해 받은 일이 아니기 때문에 연습실을 따로 요구하기 어렵다. 극단들은 대개 저렴한 곳을 시간 단위로 빌려 쓴다. 집에서 하기는 어렵고, 강변이나 공원에 가도 사람 없는 곳은 별로 없어서 전에 한번은 신고당할 뻔한 적도 있다. 마지막 수단은 노래방인가.

준비해둘 테니까, 필요해지면 언제든 연락 줘.

히라가 했던 말이 스치듯 떠올랐지만, 코웃음으로 날려버렸다. 숙부 집을 연습실로 써도 된다고 했지만, 새벽에 역 앞에서 히라와 헤어진 지 한 달, 전화는 걸려오지 않았다. 절대로 내가 먼저 걸고 싶지는 않다. 한번 연락을 끊었던 남자에게 먼저 연락하는 건 생각만으로도 부아가 치밀었다.

달콤하고, 쌉쌀한

그런 이유도 있지만, 히라와는 이제 더이상 얽히지 않기로 결심했다. 그런데도 매일같이 오늘도 연락이 없었다며 낙담하고 있다. 사소한 일상에서 히라를 떠올리곤 한다.

코야마의 남동생과 잘돼가는 건가?

그런 밋밋한 남자를, 날 보던 열기 띤 눈으로 바라보는 건가?

생각하지 않아도 좋은 일을 생각하고 멋대로 화를 내고 있다. 바보 같다. 더이상 연연하지 않을 것이다. 그렇게 생각을 싹 바꿀 수 있는 날은 상태가 좋은 날이고, 생각이 꼬리에 꼬리를 무는 날은 상태가 나쁜 날이다. 정신을 차려보니 그런 루틴이 생겨 있었다.

"네, 여보세요."

전철을 기다리며 플랫폼에 서 있는데 옆에 있던 젊은 여자가 휴대폰을 꺼냈다.

"일하는 중 아닌데? 무슨 일 있어?"

남자친구인가. 애교 섞인 목소리다.

"응? 전화? 안 걸었는데. ······아, 어쩌면 조금 전 기미짱한테 걸려다가 실수로 자기 번호 눌렀는지도 몰라. 바빴거든."

젊은 여자 옆에서 키요이는 눈을 크게 떴다.

이런 방법이 있었구나······!

전화를 잘못 건 척하면 된다. 다시 걸어오지 않으면 그걸로 그만이다. 전화가 오지 않으면 이번에야말로 깔끔하게 끝낼 수 있다. 휴대폰을 꺼내 히라의 번호를 찾았다. 마침 전철이 도착했고, 집중하기 위해 기다리던 줄에서 빠져나와 플랫폼 벤치에 앉았다.

신호가 가는 동시에 끊어야 한다. 질질 끌다 히라가 받기라도 하면 내가 전화한 게 되어버린다. 어디까지나 잘못 건 전화여야 한다. 히라의 번호를 찾는 것만으로도 가슴이 두근거렸다. 기껏해야 히라를 상대하는 건데 왜 이러는지 화가 났다.

주뼛주뼛 번호를 찾아 누르고, 신호음이 들린 순간 끊었다. 히라가 다시 전화를 걸어올까. 오지 않으면 이제 됐다고 생각할 수 있다. 하지만 무척 상처가 될 것 같은 예감이 들었다.

그때, 손안의 휴대폰이 진동했다.

깜짝 놀라 화면을 보니 히라라고 떠 있었다. 삼십 초도 지나지 않아 전화가 걸려온 것이다. 안도와 함께 단순한 기쁨이 피어올랐다. 하지만 바로 받지 않고 조금 재다 받았다.

"여보세요."

좋은 느낌으로 무뚝뚝한 목소리를 낼 수 있었다.

"키, 키, 키요이? 나, 아, 에 그러니까 히라……야. 히라 카즈나리."

알고 있다고.

말을 더듬으면서 성과 이름을 다 말하는 남자가 꼴사나워서, 키요이는 오히려 여유가 생겼다.

달콤하고, 쌉쌀한

"아, 오랜만. 무슨 일이야?"

"방금 휴대폰으로 전화 걸었잖아. 무슨 일인가 해서."

"……전화? 내가? 아, 친구한테 할 거였는데 잘못 눌렀나보다."

"아, 그랬구나."

히라의 목소리에 낙담이 섞였다.

"딱히 볼일 있는 건 아닌데."

"……그렇구나. 응. 그래도 괜찮아. 목소리 들어서 굉장히 기뻐."

직설적인 히라의 말에 조금씩 기쁘고 우쭐한 기분이 들었다. 한동안 납작해졌던 코가 서서히 길고 높게 뻗어가는 듯했다.

"한 달 만인가? 키요이는 잘 지내고 있어?"

"그럭저럭. 너는?"

"잘 지내. 이사하느라 요즘 좀 정신없었지만."

"이사?"

"전에 말했던 그 집으로."

"어?"

"키요이가 언제든 연락해도 되게 그날 바로 숙모한테 말씀드렸어. 가구들도 다 두고 가서 없는 게 없어. 너무 넓어서 조금 외롭지만."

잠깐. 잠깐. 잠깐. 그렇게까지 해놓고서 왜 바로 연락하지 않았어? 이유를 알 수 없어 멍하니 있자, 히라가 말을 이었다.

"언제든 쓸 수 있어, 키요이 맘 내킬 때……"

"어딘데?"

얼떨결에 바로 묻자, 히라가 놀라며 주소를 불렀다. 주소로는 어딘지 잘 모르겠다고 하자, 히라는 가장 가까운 역 이름을 말했고, 키요이는 지금 갈 테니까 데리러 나오라고 기세를 몰아 히라에게 명령했다.

고작 전화 한 통으로 정체됐던 상황이 풀리기 시작했다. 예상하던 전개를 넘어선 상황이라 기쁘면서도 왠지 방심해선 안 된다고 느꼈다. 역시 히라는 종잡을 수 없는 남자다.

"키요이!"

개찰구를 나오자, 히라가 보였다. 체크무늬 셔츠에 면바지라는 촌스러운 대학생 패션, 눈을 반짝거리고 볼을 붉게 물들인 채 미동도 없이 똑바로 서 있었다.

"어."

한 마디뿐인 대답에 히라는 바보처럼 기쁜 얼굴을 했다. 꼬리를 붕붕 흔드는 강아지처럼 기뻐하는 모습을 본 순간, 키요이는 지난 한 달의 초조와 분노를 잊어버렸다.

"십 분 정도 걸어야 하는데 괜찮아?"

"안 괜찮다고 하면 어쩔 건데?"

히라는 눈을 깜박깜박했다.

"그럼 택시 타고 가자. 내가 낼게. 아, 저기 택시 타는 데—"

히라는 그렇게 말하며 택시 승차장 쪽을 돌아보았다. 바로 달려갈 듯한 기세에 당황해서 키요이는 농담이라고 말했다. 히라는 "농담?" 하고 고개를 갸웃했다.

"진심이겠냐."

키요이의 말에 히라의 표정이 스르르 풀렸다.

"응, 농담이구나."

히라가 부끄러운 듯 목덜미를 긁는다. 놀려도 기뻐하는 기분 나쁜 녀석이다.

"그럼, 걸어도 돼?"

"그럴 수밖에 없잖아. 아니면 네가 업고 갈래?"

"키요이가 그러고 싶으면, 그럴게."

진지한 대답에 어떻게 해야 좋을지 알 수 없었다. 이런 녀석이 하는 말을 진지하게 받아들이지 말자. 이 녀석의 일편단심은 겉보기일 뿐이다. 방심할 수 없는 남자. 그런데도…… 기뻐하는 자신에게 소름이 돋는다. 너무 기분이 나빠서 자신도 함께 꾸짖었다.

"너무 기분 나빠."

핀잔을 받으면서도 히라는 여전히 생글생글 웃는다.

역에서 십 분이라고 했지만 칠팔 분쯤 걷자 도착했다. 동백나

무들이 울타리처럼 에워싼 분위기가 분양주택과는 확연히 다른, 넓은 정원이 딸린 단독주택이었다. 현관도 복도도 공간이 여유롭다. 처음 와본 동네지만 역에서 오는 길에서부터 품위 있는 주택가라는 것이 느껴졌다.

"어때? 연습할 수 있겠어?"

"충분해."

넓은 거실을 둘러보며 대답하자, 히라의 얼굴이 안도하며 풀어졌다. 안에 피아노방도 있다며 히라가 앞서 걸어갔다.

"여기야. 피아노는 누나가 시집갈 때 가지고 가서 없지만."

"괜찮아. 더 넓게 쓸 수 있으니까."

방음 패널이 붙은 벽을 쓰다듬으며 키요이는 스읍 하고 크게 숨을 들이켰다. 아─ 하고 발성하자, 히라가 으악 하고 뒷걸음쳤다. 그 모습이 웃겼다.

"쫄기는. 덩치는 커다란 주제에."

키요이가 놀리듯이 웃자, 히라는 멍하니 입을 벌렸다.

"뭐야."

"아니. 만나서 처음으로 웃어줘서."

또다. 노골적으로 기뻐하는 표정. 내가 히라의 둘도 없는 상대라고 이상한 착각을 하게 만드는 저 얼굴. 처음에는 기뻤지만, 점점 화가 났다. 그런 표정을 짓지만 히라의 행동에는 일관성이 없다. 꼴사나운 착각을 해서 창피당하는 건 이제 사절이다.

달콤하고, 쓸쓸한

"너, 이 집을 정말 나 때문에 부탁드린 거야?"

"응. 하지만 신경쓰지 마. 내가 하고 싶어서 한 거니까."

"별로 신경 안 써."

쌀쌀맞게 내뱉자, 히라가 수긍하며 고개를 끄덕였다.

"응, 그렇지, 미안."

사과는 왜 하는 거야. 그럼 내가 괴롭히는 것 같잖아.

"나를 위해서 했다지만 내가 전화 안 했으면 넌 여기서 혼자 살 생각이었던 거잖아. 시부야도 한번에 나갈 수 있고, 엄청 편한 곳이네."

너 자신을 위해서기도 하잖아, 라는 의미를 담아 말했다.

"나는 시부야 같은 덴 안 가는데."

"……"

너무나 설득력 있는 대답이었다. 하지만 내가 그렇게 쉽게 납득해줄 것 같아?

"내 생각 해서 준비해놓고, 그럼 왜 연락을 안 했는데?"

이 물음에 히라는 말문이 막힌 듯했고, 그러자 키요이는 거봐 하고 추궁하고 싶어졌다.

"사실은 나랑 통화하는 게 싫었던 거 아냐?"

"그건 절대 아니야."

히라답지 않게 큰 소리로 말하더니 바로 고개를 숙였다.

"전화…… 하고 싶었어. 하지만 내가 먼저는 못하겠어서."

"왜? 번호 교환했잖아."

"마지막으로 만났을 때 키요이가 굉장히 화를 냈었잖아."

"그, 그건……"

"그리고 코야마의 형에게, 내가 친구도 없는 스토커라고 말했다고 해서."

"뭐라고?"

곧바로 되물었지만, 그러고 보니…… 뒤풀이 때 코야마와 했던 대화가 떠올랐다. 코야마가 동생에게 전하고, 그 동생이 히라에게 전한 건가. 하지만 그건 코야마가 너무 넘겨짚었던 탓도 있는데.

"혹시, 오해였던 거야?"

히라가 물었다.

"……오해라고 할까."

코야마가 넘겨짚은 탓이 크지만, 키요이도 부정하지 않았다. 아니, 마지막에 조금 부정했지만, 대충 흘려버렸다.

"괜찮아. 난 그런 인간이니까. 키요이는 사실을 말했을 뿐이야. 뒷말했다고 생각하지도 않아. 키요이는 고등학교 때부터 '기분 나빠' '짜증나' 내 앞에서도 말했잖아."

키요이는 침묵했다. 과거의 자신이 지금의 자신 목을 조르고 있다.

"안 그래도 키요이는 그렇게 생각하고 있는데 집이 준비됐다고 연락하면 기분 나쁜 걸 넘어서 경찰에 신고라도 하고 싶어지지 않을까 하는 생각이 들었어. 나는 괜찮지만 키요이가 무서운 일을 당하는 건 싫고, 그래도 혹시 키요이가 연락할 걸 대비해 준비만은 해놓으려고……"

히라가 고개를 숙인 채 중얼거렸고, 키요이는 무척이나 겸연쩍어졌다. 이유를 듣고 보니 히라에게서 연락이 없었던 것이 자업자득 같았다.

히라는 주인에게 혼나 꼬리를 축 늘어뜨린 강아지처럼 고개를 숙이고 있다. 자신이 히라를 괴롭히는 것 같아 죄책감이 드는 만큼 억울함도 솟구쳤다.

확실히 히라에게 말할 때나 대하는 태도에서 키요이는 필요 이상으로 심하게 굴 때가 있다. 하지만 그렇다고 이렇게 일방적으로 상처를 받았다는 듯이 나오면, 그건 좀 아니지 않아? 하고 말하고 싶어진다. 자신이 완전한 강자라면, 어째서 이렇게 빙글빙글 도는 것처럼 느껴질까. 어째서 히라의 전화를 기다리고, 매일매일 휴대폰을 보고 낙담했던 걸까.

"나만 나빴다는 식으로 말하지 마."

키요이가 나직이 중얼거렸다. 또 꼴불견 모드로 바뀌려 한다. 안 돼. 그만해. 또하나의 자신이 필사적으로 막는다. 하지만 가슴에 소용돌이치는 억울함을 참을 수 없었다.

"먼저 연락 끊은 건 너잖아."

"뭐?"

"아무 말도 없이 전화번호도 메일주소도 바꾸고, 그런 건 보통 '얘랑 연이 끊겨도 상관없어' 할 때 하는 거잖아."

"잠, 잠깐만, 그건 키요이가―"

그때 현관 벨이 울렸다. 히라가 고개를 돌리더니, 곧 돌아오겠다며 서둘러 방을 나갔다. 혼자 남겨진 키요이는 두 손으로 얼굴을 감싸고 주저앉았다.

또 저질러버렸다.

얼굴이 화끈거린다. 손에 전해지는 열기가 점점 뜨거워진다. 이건 꼭 상대에게 차여서 원망하는 것 같잖아. 부끄럽다. 역시 오는 게 아니었다. 이제 돌아가고 싶다.

"친구가 왔다고?"

여자 목소리가 들려 철렁했다. 혹시 코야마의 동생뿐만 아니라 여자에게도 손을 뻗고 있었던 건가. 복도에서 살짝 고개를 내밀자 현관에 히라의 어머니인 듯한 중년 여성이 있었다.

"지금 중요한 이야기를 하는 중이야."

"네, 네, 알겠습니다. 그래도 자, 인스턴트만 먹을 것 같아서 이것저것 만들어왔어. 이것만 냉장고에 정리해놓고 바로 돌아갈게. 어머, 안녕하세요."

히라의 어머니가 키요이를 보았다. 망했다 싶었지만, 어쩔 수 없었다. 방에서 나와 "실례합니다" 하고 인사하며 고개를 숙이자, 히라의 어머니가 무척 기쁜 표정을 지었다.

"반가워요. 대학 친구?"

"아, 아니요, 고등학교요."

친구라고는 말할 수 없어 애매하게 얼버무리자, 어머니는 놀란 얼굴을 했다.

"어머, 그렇구나. 옛날 친구구나."

조금 전보다 더 크게 웃음을 지었다.

"모처럼 놀러와줬는데 방해해서 미안해요. 아줌마는 바로 돌아갈게요. 아, 음식 여러 가지 만들어왔으니까 괜찮다면 이따가 카즈랑 같이 먹어요. 새우튀김도 있어요. 그리고 채소는 안 먹을 거 같으니까…… 조림이랑 절임도 있어요. 저녁인데 배고프지 않아요?"

"엄마, 이제 됐으니까 빨리 돌아가요."

히라가 조금 매정한 투로 말했다. 키요이는 그런 히라를 처음 봐서 신선했다. 집에서는 히라도 평범하구나. 히라의 어머니는 그래, 그래 하고 종이가방을 들고 주방으로 들어갔다.

"미안, 바로 돌아가실 거야."

"상관없어."

"카즈, 바로 먹을 수 있게 두 사람분 차려둘까?"

목소리가 끼어들었다. 히라가 키요이의 눈치를 살폈다.

"저기, 괜찮으면 먹을래?"

"……응, 먹을게."

히라는 얼굴을 확 반짝이며 주방을 향해 "그렇게 해줘요―" 하고 크게 말했다. 이렇게 큰 목소리도 처음 들었다. 히라의 어머니가 있으니 조금 전 하던 이야기를 계속할 수도 없어 거실 소파에 앉아 무료하게 기다리는데, 얼마 지나지 않아 그녀가 얼굴을 내밀었다.

"카즈, 그럼 엄마는 가볼게."

히라가 대꾸하며 일어서서, 키요이도 자리에서 일어섰다. 히라의 어머니가 키요이를 보고 미소 지었다.

"방해해서 미안해요. 갑자기 혼자 산다고 해서 걱정했는데, 집까지 놀러오는 옛날 친구를 보니 안심이 되네. 앞으로도 잘 부탁해요."

깊게 고개를 숙이며 인사하는 어머니에게 키요이는 제대로 대답할 수 없었다. 고등학교 시절 키요이는 히라를 빵셔틀로 부려 먹었다. 잘 부탁받을 일 따윈 아무것도 하지 않았다. 히라의 가족과 대화를 나누자 과거에 했던 행동에 대한 죄책감이 밀려들었다.

"그럼, 밥 먹을까?"

히라의 어머니가 돌아간 후, 이끌리듯 주방에 들어가서 보니 식탁에 두 사람분의 식사가 준비되어 있었다. 크로켓, 채소가 잔뜩 들어간 감자 샐러드, 버섯 절임. "수프도 있네" 하고 히라가 냄비가 올려진 가스레인지를 켰다.

"그럼, 잘 먹겠습니다."

히라와 마주앉아 두 손을 모았다.

"아, 이거 뭐야?"

크로켓을 한입 먹고 키요이는 자기도 모르게 중얼거렸다. 크로켓은 보통 감자로 만드니까 감자 샐러드와 겹친다고 생각했는데 잘게 다진 새우만 들어간 크로켓이 엄청나게 맛있었다. 시간이 지났는데도 튀김이 바삭바삭하다.

"엄마가 요리를 좋아하는데 이것저것 해보는 게 즐거우신가 봐."

히라의 어머니는 기품 있고 상냥해 보였다. 그런 어머니도 그렇고, 정성어린 요리도 그렇고, 해외로 부임한 숙부도 그렇고, 히라가 좋은 가정의 도련님이라는 사실이 엿보였다.

"이거 햄버거로 해 먹어도 맛있겠다. 새우버거."

"엄마한테 말해둘게."

"절대로 말하지 마."

샐러드도 절임도 수프도 전부 맛있었다. 키요이는 혼자 살기 시작하면서 편의점이나 식당 음식만 먹었고 그게 불편하다고 생각하진 않았지만 몸은 솔직했다.

식사를 마치고 히라가 결심한 듯 말했다.

"조금 전 이야기, 이어서 해도 돼?"

키요이는 컵을 내려놓고 자세를 바로잡고 기다렸다.

"나는 키요이와 연을 끊을 생각 같은 건 없었어."

"전화번호도 메일주소도 바꿨으면서?"

"졸업식 날 한 말, 이제 더이상 따라다니지 말라는 뜻이라고 생각했으니까."

키요이는 멍하니 입을 벌렸다. 저건 또 어떻게 된 발상인가.

"졸업식 날 키요이가 '그럼, 또 보자'고 해서, 이제 전화하면 안 된다고 생각했어."

"왜 그렇게 되는데? 그냥 평범하게 '또 보자'고 말했잖아."

"그래도 나한테는, 화난 것처럼 보였어."

쑥스러웠을 뿐이다. 사실은 제대로 할말을 준비하고 있었다. 하지만 아무래도 말을 꺼낼 수 없었다. 조금은 알아차리고, 분위기를 읽어주길 바라는 건 소통 능력이 현저히 낮은 히라에게 너무 벅찬 일일까.

그럼 역시 내가 잘못한 건가.

그래도 그렇지, 그럼 나도 막다른 곳에 몰려서 더이상 어떻게도 할 수 없을 때는 어떻게 해야 하지?

몰려서 어떻게도 할 수 없고 상대에게 전할 수도 없을 때는?

키요이가 생각에 잠겨 있자, 히라가 머뭇거리며 말했다.

"……저기, 하나 물어봐도 돼?"

"뭔데?"

달콤하고, 쌉쌀한

"'또 보자'고 한 거, 어떤 의미였어?"

키요이는 질문의 의도를 알 수 없어 원래의 의미 그대로 대답했다.

"그러니까 '또 보자'는 '또 보자'지. 내일 보자든가, 다음에 보자 같은."

"……역시 그런 거였구나."

히라는 충격을 받은 듯 어깨를 축 늘어뜨렸다.

"그런 거 말고 또 어떤 의미가 있는데? 게다가 더이상 따라다니지 말라고 말하려는 상대에게 키스 같은 걸 왜 하겠어?"

"그건 동정심에서 해준 작별 선물이라고……"

예상을 훌쩍 넘어선 대답에 키요이는 말을 이을 수 없었다. 대체 얼마나 부정적인 거냐. 숭배를 받는 건 기분좋지만, 너무 지나쳐서 상식이 통하지 않는 남자를 보니 머리를 쥐어뜯고 싶어졌다.

"동정심에 키스를 왜 해!"

"그럼, 왜 해줬어?"

"……어?"

한순간 굳어버린 키요이를 히라가 불안한 눈으로 바라보았다.

"왜, 왜 그래?"

히라가 정말 모르는 듯해서, 키요이 좀전보다 강하게, 너도 조금은 노력해서 나를 읽어보라고, 아니 제발 읽어달라고 부탁하고 싶어졌다. 키스한 이유 같은 건 굳이 물어보지 마. 조금은 스스로 생각해봐. 키스의 이유 같은 건 상식적으로 생각하면 하나밖에 없잖아.

히라는 바보다, 멍청이다, 콱 죽어버려라.

그리고 똑같은 질문을 스스로에게 해보았다.

좋아한다. 히라를 좋아해서, 그래서 키스한 것이다.

키스의 이유라면 그걸로 충분하잖아. 키요이는 히라를 비난하다가 도망칠 곳을 스스로 무너뜨려버렸음을 겨우 알아차렸다. 히라는 곤란한 강아지처럼 키요이를 바라보고 있다.

"……갈래."

키요이의 말에 히라가 놀라서 눈을 크게 떴다. 키요이는 일어나 가방을 들고 성큼성큼 현관으로 갔다. 당황한 히라가 뒤따라온다. 무시하고 신발을 신자 초조한 듯 열쇠를 건네주었다.

"집 열쇠야. 내가 없어도 자유롭게 써줘."

열쇠를 내려다보았다. 받는 게 무섭다. 이걸 받으면, 다시 이 기분 나쁘고 짜증나는 이상한 녀석과 이어진다. 정말 싫다. 그런데도 받지 않는다는 선택지는 없다.

"……다른 사람과 마주치는 건 싫은데."

그것만은 확인해두고 싶었다.

"응, 엄마한테 이제 오지 말라고 말해둘게."

"그게 아니라 코야마씨 동생."

달콤하고, 씁쓸한

"응?"

"사귈지도 모른다고 말했으면서, 다른 사람에게 스페어키 주는 건 이상하잖아."

"사귈지도 모른다고 말하지 않았고, 코야마와 나는 아무 관계도 아니야."

"그래도 좋은 녀석이라고 엄청 칭찬했잖아."

이 말을 하면서도 키요이는 머리를 부여잡고 주저앉고 싶어졌다. 꼭 삐친 것 같다. 내가 이런 사람이었던가. 너무 꼴사나워서 눈썹이 절로 찌푸려진다. 왜 일이 이렇게 꼬여버렸을까. 나가 죽어라, 너.

"코야마는 좋은 녀석이지만, 나와 사귀지 않아."

"······왜?"

히라는 곤란한 얼굴을 했다.

"그런 이야기를 다른 사람에게 할 수는 없는데."

말투가 거슬렸다. 키요이 역시 평소 다른 사람의 연애 따위에는 끼어들지 않는다. 매너 때문이 아니라 그냥 그런 문제는 어떻게 돼도 상관없다고 생각하기 때문인데, 히라의 경우는 어떻게 되든 상관없지 않으니까 묻는 것이다. 조금은 알아채달라고······ 속으로 빌어보지만, 아무래도 이 녀석에게는 무리일 것이다.

"나는, 너에게 뭐야?"

"세상에서 가장 좋아하는 사람."

그것만은 흔들리지 않는 대답에 키요이는 등이 떠밀리듯 말이 튀어나왔다.

　"그럼, 나랑 사귀고 싶다는 생각 해?"

　얼굴이 화끈거리기 시작했다. 그렇다고 대답해. 그럼 나도 솔직해질 수 있어. 키요이는 두근두근하며 대답을 기다렸지만, 되돌아온 건 예상치도 못한 말이었다.

　"그런 생각은 하지 않아."

　키요이는 눈을 깜박거렸다.

　"왜?"

　"……왜라니."

　히라는 '그 정도는 알아줘'라고 말하고 싶은 얼굴을 하고 있다. '그건 내가 하고 싶은 말이야, 바보야!' 하고 소리지르고 싶었지만, 히라가 할말을 찾은 듯 입을 열어서 참았다.

　"왕이니까."

　"하아?"

　방금보다 눈을 깜박이는 속도가 빨라졌다.

　"그러니까…… 키요이는 왕과 같은 존재이고, 나는 왕을 위해 일하는 인간이니까, 억지로 그러는 게 아니라, 이미지로 보면 나는 오리대장인데…… 아, 오리대장은 노란색 오리 장난감, 수영장이나 욕조에서 애들이 가지고 노는 건데, 알고 있어?"

　알고 있다만, 그게 뭐?

달콤하고, 쌉쌀한

그렇게 묻고 싶은 키요이에게 히라는 오리 장난감에 대해 설명을 이어갔다. 오리대장은 옛날에 더러운 물을 흘러가고 있었는데, 지금은 왕의 장난감으로 명예롭게 황금빛 강을 흘러가고 있다. 자신은 그걸로 충분하다. 필사적으로 중얼중얼 이야기를 이었다.

무슨 말이 하고 싶은지 모르겠다. 아니 그보다 기분이 나쁘다. 너무 기분이 나쁘다.

나는 왜, 왜 이런 녀석을 좋아하는 거지.

손잡이 없는 문 앞에 계속 서 있는 동안, 어렴풋이 알게 된 것이 있었다.

80퍼센트가 부정적으로 이루어져 있는 히라 안에는 고집스럽고 의미를 알 수 없는 자기만의 룰이 있다. 키요이는 지금까지 자신의 성격이 자기중심적이라고 생각했다. 가끔은 스스로 반성하기도 했었다.

하지만 어떤 의미에서 보면, 히라는 키요이를 능가하는 '나님'이었다.

그런데다 자신이 '나님'임을 깨닫지 못하기 때문에 반성도 하지 않는다.

알기 쉬운 '나님'보다 몇 배나 더 질이 나쁘다.

"……이제 됐어."

충격을 받은 키요이는 아직도 오리대장 이야기를 하는 나님에게서 등을 돌려 서둘러 집을 나섰다. 당황한 히라가 쫓아왔다.

"역까지 데려다줄게."

"필요 없어. 여자도 아니고."

"그럼, 이것만이라도."

히라가 내민 열쇠를 가만히 내려다보았다. '받지 마. 이런 기분 나쁜 남자는 싹 잊어버려. 이 녀석과 어떻게 되는 건 벌칙이나 마찬가지야. 세상에는 훨씬 더 좋은 남자가 널렸어.' 알고 있다. 그런데도 열쇠를 받아버렸다. 나라는 인간이, 자신의 손바닥에서 맥없이 흘러버렸다. 컨트롤이 되지 않는다. 어떻게도 할 수 없는 것, 사랑이란 게 이런 건가, 키요이는 머리가 지끈거렸다.

"고마워."

히라는 진심으로 기쁜 듯이 웃음 지었다. 눈가가 희미하게 붉었다. 저렇게 녹을 듯한 눈을 한 주제에, 마지막의 마지막에는 생각대로 움직여주지 않는다. 키요이는 그게 지긋지긋하다.

"그럼."

키요이는 재빨리 걸음을 돌렸다가, 문득 생각을 고치고 돌아보았다.

"또 올게."

졸업식 날처럼 바보 같은 오해를 받고 싶지 않아 얼떨결에 말해버렸다. 이성은 전부 싹 잊어버리라고 말하는데, 또다른 자신은 그걸 간단하게 배신한다.

달콤하고, 쏩쓸한

덧붙인 말에 히라가 멍하니 입을 벌렸다.

바보 같은 얼굴을 보자 괜히 화가 나고 창피해져서 키요이는 성큼성큼 역 쪽으로 걷기 시작했다.

"기, 기다릴게. 언제나 기다릴게!"

감격에 겨운 목소리가 등뒤에 날아와 꽂혔다. 하지만 키요이는 고개를 돌리지 않았다.

현관문을 열자, 신발 벗을 새도 없이 거실에서 히라가 튀어나왔다. 어서 오라며 기쁜 듯이 마구 꼬리를 흔드는 히라에게 키요이는 응 하고 짧게 인사했다.

"저녁 먹었어? 조금 전에 엄마가 새우 크로켓을 산처럼 튀겨놓고 가셨어."

"정말? 그럼 맥도날드 사 오지 말 걸."

"그건 내일 아침으로 먹을래?"

이건 자고 갈 거냐는 질문이었고, 키요이는 그러겠다고 대답했다. 히라의 표정이 환해진다. 그 반응에 키요이의 입가도 풀어진다. 싱글거리며 거실로 가는 동안에도 히라가 말을 걸어왔다.

"목욕물 받아놨어. 언제든 들어가도 돼."

"지금 들어갈래. 아, 이건 저쪽에 좀 놔줘."

가방을 히라에게 맡기고 거실을 지나쳐 욕실로 갔다. 밥 먹을래? 목욕할래? 이 무슨 옛날 신혼부부 콩트에서나 나올 대사냐 싶지만, 기분은 꽤 좋았다.

요즘은 거의 매일같이 히라의 집에 와서 지내고, 날이 갈수록 키요이의 물건이 늘어나고 있다. 세면대 위 히라의 녹색 칫솔 옆에 키요이의 노란색 칫솔이 나란히 꽂혀 있고, 텅 비어 있던 욕실 선반에는 키요이의 스타일링 제품들이 여기저기 놓여 있다. 키요이의 원룸 욕조는 좁기만 한데, 이 집의 큰 욕조에 따듯한 물을 가득 받아 몸을 담그면 하루의 피로가 달아난다.

처음 이 집에 왔던 날은 서로 생각이 어긋나기만 하고 부정적인 나님 같은 히라 때문에 전혀 대화가 이어지지 않아 절망했지만, 그후로 몇 번 드나들면서 키요이는 더없이 마음이 편해졌다. 방음 설비가 된 방에서는 늦은 밤에도 연습할 수 있고, 배가 고프면 히라가 서툰 솜씨로나마 뭔가 만들어준다. 물론 다른 남자의 그림자는 없다.

고등학교 시절, 시로타 무리는 히라를 이상적인 노예라고 말했었다. 완전히 그 말 그대로다. 이대로 이상적인 연인이 되어주면 가장 좋고, 아마 이 상태로 간다면 머지않아 그렇게 되리라 생각한다. 뭐, 이상적이라고 하기에는 어딘가 좀 기분이 많이 나쁜 남자지만.

목욕 후 더워서 파자마 하의만 입고 거실로 가자, 히라가 흠칫했다. 눈동자를 좌우로 굴리며 "뭐 마실래?" 하고 묻길래 "탄산수"라고 대답했더니, 절대 눈길을 주지 않으려는 듯 서둘러 주방으로 달려갔다.

100퍼센트 동정이네.

키요이는 목욕수건으로 머리를 닦으며 코웃음을 쳤다.

하지만 키요이도 웃을 처지는 아니다. 요즘도 변함없이 남녀불문하고 많은 대시를 받고 있지만, 키요이가 먼저 끌린 적은 없다. 역시 처음은 좋아하는 남자와 하고 싶다. 그 대상이 기분 나쁘고 짜증나는 히라라는 사실에 복잡한 마음이 스쳤지만, 그건뭐…… 어쩔 수 없는 일이라고 생각한다.

여러 가지를 종합해보면 첫사랑도 히라, 첫 키스도 히라, 첫경험까지 히라일 테니 키요이는 자신이 의외로 순진하고 한결같은 남자라는 생각이 들었다. 왠지 쑥스럽다. 하지만 반하지도 않은 상대가 나를 만지는 건 싫다. 도덕적인 문제가 아니라 생리적으로 안 되는 것이지만, 모든 처음이 히라라니 어쩐지 좀 손해보는 느낌도 든다.

"자, 마셔."

키요이는 고맙다고 말하고 히라가 가져다준 레몬 띄운 탄산수를 받아들었다. 소파에서 느긋하게 차가운 탄산수를 마시는데, 히라가 테이블에 두었던 카메라를 들었다.

"찍어도 돼?"

"응."

무심하게 곁눈으로 바라보자, 찰칵 하고 그리운 소리가 울리고, 히라는 그 상태로 온갖 각도에서 연속으로 셔터를 눌렀다. 특별한 포즈가 아니라 느긋하고 여유로운 일상을 찍는 걸 좋아하는 듯하다.

며칠 전 키요이는 히라에게 고등학교 때 찍었던 것을 포함해 지금까지 찍은 사진을 보여달라고 요구했다. 히라는 내키지 않아했지만, 그럼 이제부터 사진 못 찍게 하겠다고 하자 당황하며 두꺼운 앨범을 몇 권이나 들고 왔다.

사진들은 좋았다. 모델 일을 하면서 찍히는 일에 익숙해졌지만, 히라의 사진은 패션 잡지 사진과는 달리 파인더의 중심에 키요이 한 사람만 있었다.

내가 이런 얼굴을 하나?

히라의 사진에는 프로 사진작가가 찍은 사진에서도 본 적 없는 있는 그대로의 키요이가 담겨 있었다. 기술에 대해서는 잘 모르지만, 역시 시선이 남다르구나 감탄했다.

바라본다는 건 역시 사랑이어서, 키요이는 솔직히 기뻤다. 하지만 편집을 달리한 같은 사진을 몇 장이나 보는 동안, 사랑의 무게에 짓눌리는 느낌도 들었다. 좋아하는 사람의 사진을 갖고 싶은 마음은 이해하지만, 이렇게나 많이 가지고 있어봤자 무슨 소용이 있을까. 넌 참 질리지도 않는구나 하고 히라에게 말했다.

어, 이건 사적인 사진들이잖아.

대체 무슨 말이냐는 비난마저 담긴 히라의 눈을 보고 키요이는 말문이 막혔었다. 히라의 집에 거의 매일 오고, 히라도 기뻐하며 맞아주고 있다. 이 상태로 간다면 빠르든 늦든 연인 사이가 될 거라고 낙관하면서도, 한편으로는 전혀 좁혀지지 않는 거리감에 키요이는 초조해하고 있었다. 히라는 이상적인 노예이고 중증의 팬 체질을 지닌 남자다. 그건 그렇다 쳐도, 언제까지 그 자리에 있을 생각이냐고, 조금은 거리를 좁혀보라고 말하고 싶어진다.

"발톱 많이 길었네."

어느새 히라가 바로 옆에 와 있었다. 소파 앞에 꿇어앉아 키요이의 새끼발가락 부분을 열심히도 찍는다. 왜 이런 데까지 찍느냐고 의아해하면서도 키요이는 히라의 어깨에 다리를 척 올렸다.

"그럼, 깎아줘."

키요이가 놀리는 듯이 웃었다.

"응."

히라는 아무렇지 않은 듯 카메라를 내려두고 일어났다.

"어, 정말 깎아주려고?"

"안 돼?"

굉장히 아쉬워하는 듯한 히라의 물음에, 괜찮긴 한데…… 키요이는 말끝을 흐렸다. 그러자 히라가 서랍에서 손톱깎이를 가져와 키요이 앞에 무릎을 꿇고 앉았다. 그리고 자기 무릎에 키요이의 발을 올리고 뒤꿈치를 손으로 가볍게 쥐었다.

"다른 사람 발톱을 깎아주는 건 처음이라 긴장되네."

키요이 역시 누가 발톱을 깎아주는 건 어릴 때 이후로 처음이다. 하지만 히라의 커다란 손이 발꿈치를 감싸쥐자 가슴이 울렁거렸다. 짤깍하는 소리와 함께 작은 초승달이 어딘가로 툭 튀었다.

"키요이는 새끼발톱까지 예쁘다."

히라가 황홀한 듯이 눈을 가늘게 뜬다. 남의 발톱을 깎으면서 이토록 행복한 표정을 짓는 사람은 온 세상을 뒤져도 이 녀석 하나 정도일 것이다. 변태다. 기분 나쁘다. 그런데 이런 병적일 정도의 집착이 키요이를 꽉 옭아매고 있다. 쾌감을 닮은 어떤 감정이 치밀어오른다. 수요와 공급이 완전히 딱 맞아떨어지고 있다.

"키요이는 손도 예뻐. 손가락이 끝으로 갈수록 가늘어져."

"그러고 보니 너 내 손도 엄청 찍어댔지."

그러면서 히라가 자연스럽게 키요이의 손등에 입을 맞췄었다. 키요이는 머릿속까지 저릿했던 그때의 감각을 떠올렸다.

히라도 같은 장면을 떠올리고 있을까 하며 눈앞의 남자를 가만히 보았다.

가르마에서 머리카락 한 가닥이 안테나처럼 서 있다. 히라는 스타일링을 하지 않는다. 꾸미는 일과는 인연이 없다. 하지만 키가 크다. 어깨도 꽤 넓다. 극단 동료들이 분위기 있는 배우 상이라고 말했을 정도니, 얼굴도 나쁘지 않다. 문제는 헤어스타일과

옷차림이다.

"저기, 나중에 같이 쇼핑 갈래?"

"어, 진짜?"

히라가 얼굴을 빛내며 적극적으로 나오자 기분이 좋아졌다.

"어, 그럼 시부야?"

"가까운 데는 선데이인데, 엄마가 역 건너편에 있는 프레시마트가 좋다고 했어. 프레시마트는 가게 앞에 인근에서 재배한 채소를 파는 코너가 있는데 그게 굉장히 신선하대."

"그 쇼핑 말고."

곧바로 받아쳤다. 대학생 남자 둘이 쇼핑하러 가자는 이야기를 하는데 어떻게 근처 마트를 떠올렸는지 당최 그 사고 회로를 알 수 없다. 키요이가 옷을 사러 가자고 말하자 히라는 겁먹은 표정을 지었다.

"괜찮아, 나는 지금 있는 걸로 충분해. 시부야 같은 덴 무섭기도 하고."

"무서울 거 없어. 내가 같이 가서 더 잘 어울리는 걸로 골라줄게. 가는 김에 살롱에도 가고."

"귀족이야?"

"죽고 싶냐. 헤어살롱 말이잖아."

그러자 히라가 머리를 가로젓기 시작했다.

"못 가, 옷가게보다 더 무서워. 어떻게 말해야 할지도 모르고,

사진 같은 거 보면서 이렇게 해달라고 하면, 미용사가 그런 게 너한테 어울릴 리 없잖아, 주제파악을 해야지, 그렇게 생각할 거야."

히라는 허둥대면서 다시 발톱을 깎았다.

"살롱 정도로 그렇게 겁먹는 이유를 모르겠— 앗 아파."

짤깍 소리가 난 순간, 작은 통증이 일었다.

"미안, 너무 바짝 깎았어!"

히라가 발꿈치를 들어올려 발톱 끝을 확인한다.

"아, 됐어, 괜찮—"

대답하는 순간 갑자기 뭔가가 발가락을 감싸는 느낌에 키요이는 온몸이 굳어버렸다.

"……잠깐, 괘, 괜찮다고, 그런."

히라가 커다란 손으로 키요이의 발을 단단하게 붙잡고 뜨겁고 축축한 혀를 대어 부드럽게 발가락을 감싼다. 키요이는 필사적으로 몸을 비틀어보지만 간지러워서 힘이 들어가지 않는다. 미끄러운 혀의 감촉에 허리 아래가 지릿하기 시작한다. 끓어오르는 불온한 열기를 누그러뜨리려 애쓰고 있는데, 드디어 히라가 입을 뗐다.

"미안, 피는 안 나는데 일단 소독을…… 아."

히라가 도중에 말을 멈췄다. 왜 그러나 싶어 히라의 시선을 따라가다가 으악 하고 소리칠 뻔했다. 몸의 중심이 부자연스럽게 솟아올라 있었다. 키요이는 당황해서 목욕수건으로 황급히 가렸다. 뺨이 뜨겁고 귀까지 뜨거워졌다.

"네, 네가 이상한 짓을 하니까……!"

"미안, 책임질게."

"뭐?"

"키요이가 괜찮다면, 내가 할게."

내가 할게…… 그 말의 의미를 곰곰 헤아리다가 이해한 순간 키요이는 목덜미까지 뜨거워졌다. 히라의 눈에는 놀리려는 기색은 전혀 보이지 않았고, 그 눈을 보자 중심에 더 심하게 반응이 왔다.

"싫어?"

히라의 물음에 키요이는 크게 당황했다. 아무리 그래도 그렇지 너무 갑작스럽다.

"키요이가 싫다면 안 할게."

그렇게 말하면—

"……시, 싫진 않은데."

키요이는 눈을 마주치지 않은 채 대답했고, 히라는 천천히 몸을 가까이 붙여왔다. 긴장 때문에 머릿속이 새하얘졌다. 목욕수건이 걷히고, 파자마 아래로 조금 전보다 더 여실히 반응하는 부분이 눈에 들어온다. 상상만으로 이렇게 되어버린 제 몸이 원망스러웠다.

"정말로 괜찮아?"

히라가 몇 번이나 확인하는 통에 키요이는 죽을 만큼 부끄러워졌다.

"시끄러워, 몇 번이나 묻지 마."

"미안, 이제 안 물어볼게."

파자마 허리춤에 히라의 손이 닿았다. 손끝이 떨리고 있다. 역시 긴장한 것이다.

"허리 조금만 들어줘."

살짝 허리를 들자, 속옷과 함께 파자마가 내려갔다. 불이 켜진 밝은 거실에서, 자신만 부끄러운 부분을 내보이고 있다는 사실에 키요이는 수치심이 들었다.

"……아주 예뻐."

바로 앞에서 바라보는 히라의 눈길에 키요이의 중심은 시들기는커녕 더욱 음란한 반응을 보였다.

"그렇게 뚫어지게 보지 마."

"키요이 건 색도 모양도 아주 예뻐."

그런 감상 따윈 필요 없어. 기분 나빠. 그런데도 히라가 보고 있다는 것만으로도 온몸이 데일 듯이 뜨거워져서, 선단의 움푹한 구멍에서 서서히 투명한 액체가 배어나왔다.

"……굉장해, 아직 안 만졌는데."

키요이는 너무 부끄러워서 울고 싶어졌다.

달콤하고, 쌉쌀한

"이, 이제 됐어. 이제 그만……!"

히라의 커다란 몸이 움찔하고 떨렸다. 키요이의 다리 사이에 히라가 얼굴을 묻고 있다.

"아, 잠깐 기……!"

뜨겁고 축축한 히라의 점막에 팽팽하게 선 키요이의 것이 삼켜진다.

키요이는 몸이 떨리는 쾌감에 신음이 새어나올 것 같아 바로 손을 들어 입을 막았다.

히라가 동그란 선단과 잘록 들어간 부분을 핥으며 간간이 귀두에 혀를 밀어넣으려 한다. 그럴 때마다 발끝까지 전류가 흐르는 것 같다.

"……읏, 흐……읏."

손으로 막아도 호흡이 새어나온다. 어쩌지. 기분이 좋아서 죽을 것 같다. 처음 맛보는 쾌감은 눈물이 번질 정도로 강렬했다. 키요이가 필사적으로 고개를 젓자, 문득 자극이 멈췄다.

"그만할까?"

"왜……"

"울 것 같은 얼굴이라서."

걷어차버리고 싶은 충동이 일었다. 그만해? 이 상황에서? 보지 않으려 해도 눈에 들어오는 성기가 당장이라도 폭발할 것처럼 새빨갛게 섰고 타액으로 음란하게 젖어 있다. 이러는 동안에도 하반신 전체가 달콤하게 욱신거리고, 귀두에서는 조르는 듯이 꿀이 흘러넘쳤다.

"……그만두지 않아도 돼."

"하지만 싫다는 듯이 고개 저었잖아."

이런 순간에는 부정하는 말도 태도도 있는 그대로 받아들이지 마. 이런 상태에서 내팽개쳐지면 괴롭다는 것쯤은 같은 남자로서 당연히 알아두란 말이야. 아, 그렇지만 그걸 모르니까 히라인 건가.

"……싫은 거 아냐."

키요이는 거의 분노에 가까운 심정으로 매달렸다.

"기분 좋으니까 계속해줘……!"

부끄러워서 울먹울먹하자, 귀여워…… 하고 히라가 멍하게 중얼거렸다. 키요이는 자기도 모르게 노려보았지만, 뜨겁게 젖은 성기가 다시 히라의 입안에 삼켜지자, 기가 꺾였다.

"……으응, 훗."

기다리던 쾌감에 눈 깜짝할 새 몸도 마음도 흐물흐물해진다. 히라가 입으로 계속 핥으면서 음경을 천천히 어루만져주자, 지체 없이 쾌감이 찾아들었다.

"……히라, 이제, ……할 것 같아."

키요이가 띄엄띄엄 말하자, 히라가 일단 입을 뗐다.

"괜찮아, 그냥 해."

달콤하고, 씁쓸한

"바…… 웃기지 마."

처음인데 그런 부끄러운 짓을 할 수 있겠냐? 하지만 입안으로 더욱 깊이 삼켜지자, 온몸의 힘이 빠져버렸다. 쾌감이 바짝바짝 수위를 높여가자 키요이는 얼떨결에 히라의 머리카락을 움켜쥐었다.

"히라, 그거, 아니야……! 아, 아웃."

키요이의 목소리가 거칠어지고, 말과는 반대로 움켜쥔 머리카락을 잡아당기고 있다. 어렴풋이 눈을 뜨자, 히라와 눈이 마주쳤다. 히라는 성기에 혀를 댄 채 키요이가 느끼는 모습을 가만히 바라보고 있다. 오싹하고 달콤하게 피부에 소름이 돋는 순간 절정이 찾아들어 꾹 눈을 감았다.

"……웃, 아, 아앗."

꿈틀거리며 성기가 요동쳤다. 히라는 망설이지도 않고 입안의 것을 꿀꺽 삼켰다.

사정이 끝난 후에도 쾌감의 여운이 게으른 뱀처럼 아랫배에 똬리를 틀고 있다. 의지할 곳 없이 벌어진 키요이의 다리 사이에 아직 히라가 있고, 힘이 빠진 성기를 사탕 빨듯 핥고 있다.

"……웃, 싫어, 이제……으웃."

사정 직후라 성기는 애무에 바로 반응하지 못했고, 감각은 몸의 더욱 깊은 곳으로 파고들어 요골 전체를 사르륵사르륵 어루만지는 듯한 애달픔으로 바뀌었다. 간지러운 건지 기분좋은 건지 알 수 없는 상태로 키요이의 성기가 다시 서서히 고개를 들었다.

"계속해도 돼?"

이렇게 만들어놓고 이제 와서 묻지 마. 키요이는 원망스러운 기분이 들었다.

한 번 사정한 후라 두번째는 빨리 오지 않았다. 불꽃을 머금은 숯덩이같이 느긋하고 길게 이어지는 쾌감에 이성까지 흐물흐물 녹았고 끊임없이 신음했다. 겨우 절정에 이르러 축 처진 채 소파에 기댄 키요이의 무릎에 히라가 살짝 입을 맞췄다.

"지쳤어?"

"……응."

키요이는 쿠션을 끌어안고 얼굴을 가렸다. 이성과 함께 수치심도 돌아왔다. 히라와 눈을 마주치지 못하는데 마침 그의 하반신이 눈에 들어왔다. 부자연스럽게 팽팽해진 중심. 늦었지만 키요이도 히라의 사정을 생각하게 되었다. 같은 남자로서, 이건 괴로운 일이다.

"미안."

키요이가 몸을 일으키자, 히라는 고개를 갸웃했다.

"어, 그러니까, 그거, 나도…… 해줄게."

여전히 부끄러워서 시선을 피하며 말했다.

"난 괜찮아."

하지만 가볍게 거절당했고, 키요이는 어리둥절했다.

"키요이는 그런 거 안 해도 돼. 편하게 있어."

히라가 허둥지둥 거실을 나가버리자, 키요이는 멍해졌다. 괜찮다고? 거짓말이겠지? 그 상태로 두면 남자라면 참기 힘들 텐데—

여전히 납득하지 못한 채로 파자마를 입고 기다리는데, 화장실에서 변기 물 내리는 소리가 들렸다. 돌아온 히라의 하반신이 평정을 되찾은 것을 보고 키요이는 깜짝 놀랐다.

설마, 혼자서 한 건가?

머릿속에서 물음표가 난무한다. 해주겠다는데도 왜 자기가 해? 대체 뭐야 저 녀석. 속을 모르겠다. 너무 알 수가 없어서 무섭다.

"화났어?"

평화롭지 않은 눈빛을 알아챘는지 히라가 키요이를 가만히 들여다본다.

"설마, 내가 하고 온 거……"

"들키면 곤란할 짓이라도 했어?"

키요이가 되묻자, 히라는 순식간에 얼굴을 붉혔다.

"미, 미안. 그래도 키요이를 생각하면서 한 건 아니야."

"뭐?"

"다른 생각 하며 했어. 키요이는 절대로 생각 안 했어. 그러니까 걱정 마."

진지한 표정으로 하는 말에, 키요이는 어떤 태도를 취해야 할지 알 수 없었다.

잠깐, 잠깐 기다려. 이상하잖아 그거.

혀로 핥고 정액을 삼키는 진한 행위까지 했으면서 내가 해주겠다는 건 거절하고, 게다가 다른 걸 떠올리며 혼자 했다니. 키요이는 어디서부터 무슨 말을 해야 할지 모를 심정이었다. 좋아하는 사람이 해주겠다고 하면, 주저할 것 없이 '고마워!' 할 수밖에 없지 않나.

"너 말이야―"

참지 못하고 입을 열자, 히라가 흠칫 어깨를 움츠렸다.

불안해하는 그 눈을 보자, 왜 나를 생각하면서 하지 않았어? 라고 물을 수는 없었다.

"……아무것도 아냐."

견디기 힘든 억울함을 억누르고 키요이는 발을 쿵쿵 디디며 욕실로 갔다.

왜 이렇게 됐지?

짜증을 내며 드라이어로 머리를 말리는 사이 서서히 불안감이 밀려들었다.

어쩌면 히라는 연애라는 의미에서는 자신에게 관심이 없을지도 모른다. 나를 세상에서 가장 좋아한다고 하지만, 좋아한다는 것에도 여러 종류가 있다. 히라가 말하는 좋아한다는 감정은 연애 감정이 아닐 수도 있다.

아니, 아니야, 그런 일까지 해놓고 설마 그렇지는 않겠지.

키요이는 거울에 비친 눈을 똑바로 바라보았다.

혹시 내 행동이 너무 심한가?

히라가 부정적인 나님이란 건 잘 알고 있다. 녀석의 생각을 바꾸는 건 지극히 어려운 일이다. 그러니 자신이 바뀔 수밖에 없다. 히라가 부정적인 모드에 들어가지 않도록, 예를 들면 아이돌처럼 확연히 상큼한 웃음을 짓는다거나…… 히라에게 아이돌 미소를 짓는 자신의 모습을 상상하니 소름이 돋았지만, 일이라고 생각하면 열심히 할 수도 있을 것 같았다.

키요이는 거실로 돌아가, 마주보고 앉던 평소와 달리 히라 옆에 앉았다. 히라가 움찔하며 바라본다. 겁먹은 얼굴에 한순간 울컥했지만 참았다.

"왜 그래?"

"가끔은 너랑 나란히 앉아보고 싶어서. 그럼 안 돼?"

히라를 살짝 올려다보며 물어보았다. 기분 나쁘지만 히라를 객관적으로 보려는 마음을 버렸다.

"와, 완전 괜찮아. 키요이가 하고 싶은 대로 해."

"고마워. 아아, 왠지 오늘 좀 지쳤어."

키요이가 어깨에 머리를 기대자 히라는 으악 소리를 지르며 어깨를 비틀어 몸을 뺐다.

"뭐야? 왜 그래? 속 안 좋아?"

"……안 좋은 데 없어."

예상을 빗나간 히라의 반응에 분노가 치밀었다. 하지만 촬영이라고 생각하고 웃는 얼굴을 유지하며 다시 짝 달라붙었다. 히라의 몸이 한순간 굳어버렸다.

"키, 키, 키, 키, 키, 키키키―"

말을 더듬는 소리를 듣는 건 오랜만이었다. 처음 들었을 때는 "기분 나빠" 하며 일 초 만에 외면해버렸었다. 그때의 자신에게 누가 '너는 가까운 미래에 저 남자를 좋아하게 될 것'이라 알려주었다면, 어떤 기분이 들었을까. 아마, 죽어라 바―보 하고 대화는 단절됐을 것이다. 계속 긴장을 풀지 않는 히라에게 느끼는 분노를 흩어버리려는 듯이 키요이는 바보 같은 생각을 하고 있었다.

연습이 끝나고 휴대폰을 확인해보니, 이루마에게서 메시지가 와 있었다.

―시간 괜찮으면 밥 먹을래?

이루마는 그럭저럭 인기 있는 중견 배우로, 일을 통해 알게 된 후 이래저래 키요이에게 마음을 쓰고 있었다. 이루마가 게이라는 사실은 업계에 공공연한 비밀이다. 매번 귀찮아서 적당히 받아넘겼는데, 오늘은 그러자고 대답해주었다.

"이제 완전히 까였다고 생각했는데, 만나줘서 고마워."

만나기로 한 회원제 레스토랑 룸에서 이루마가 잔을 내민다. 벌써 꼬시는 건가 생각하면서, 무슨 말이 그래요 하고 웃으며 잔을 부딪쳤다.

"남자친구라도 생겼나 생각했었거든."

"없어요. 일이 좀 바쁠 뿐이에요. 이래봬도 학업도 겸하고 있으니까."

"정말이려나."

"정말이에요. 아, 괜찮으면 다음에 연극 보러 와주세요."

가방에서 티켓을 꺼냈다. 게스트로 출연하는 연극의 첫 공연이 이제 얼마 남지 않았다. 연습은 후반에 접어들었고, 이 말인즉, 히라의 집에 자주 가고 있단 뜻이었다.

"흐음. 그래도, 그렇게 될 뻔한 사람은 있었던 거 아냐?"

이루마가 턱을 괴고 물어오자, 대답이 곧바로 나오지 않았다.

"아, 역시 있었구나."

"글쎄, 그게."

키요이는 변명하는 것도 귀찮아서 의자에 깊게 등을 기댔다. 애당초 마음이 없는 상대의 유혹을 즐기는 타입도 아니다. 애써 웃는 얼굴을 하기가 귀찮아지고 있었다.

"혹시 짝사랑?"

달콤하고, 쌉쌀한

"그 사람은 나를 세상에서 가장 좋아한다고 말해요."

"열렬하네. 엄청 반한 거잖아."

"그럴까요……"

"싸우기라도 했어?"

"그런 것도 아니에요."

자기도 모르게 새어나오려는 한숨을 직전에 눌러 삼켰다. 애써 웃는 얼굴을 하는 것도 귀찮지만, 풀죽은 모습을 보여주기도 싫다.

풀죽어 있지만— 히라와 싸운 건 아니다. 거의 매일 밤 만나고, 관계도 조금씩 진척되고 있다고 생각한다. 그날을 시작으로 그런 행위를 빈번히 하게 되었다. 소파에 나란히 앉아 있다가 어느새 그런 분위기에 휩싸인다.

해도 돼?

이미 몇 번이나 해놓고도 히라는 반드시 묻는다. 묻지 않아도 된다고 몇 번이나 말해도 듣지 않는다. 허락하지 않으면 만지지도 않는다. 그게 답답하다. 그리고 키요이를 만족시키고 나면 자신은 허둥지둥 사라져 혼자 처리하고 온다.

납득이 되질 않는다.

히라가 부정적인 모드에 빠지지 않도록 키요이는 있는 힘을 다해 다정하게 대하려 노력하고 있다. 서비스하듯 싱거운 아이돌 미소를 짓기도 한다. 하지만 히라는 변하지 않는다. 완고하게 키요이를 숭배할 뿐, 절대 거리를 좁혀오지 않는다.

여기서 더 나아가고 싶다면, 키요이가 한번 더 밀어붙이는 수밖에 없다. 좋아한다고 말하고, 우정에서 연애로 관계를 바꾸는 것. 하지만 좀처럼 단호한 결심이 서질 않는다.

내가 히라에게 고백해야 하는 건가……

믿을 수 없다. 아니 믿고 싶지 않다. 나는 왜 그렇게 이상한 녀석을 좋아하게 됐을까? 고등학교 시절에도 왕이니 일병이니 이상한 소리나 해대고, 대학생인 지금도 오리대장이니 황금빛 강이니 뜻도 모를 말만 하는 녀석을. 이래도 정말 괜찮은 걸까. 키요이가 한숨을 내쉬자, 이루마는 후훗 웃었다.

"좋아하는 사람을 생각할 때는 누구나 표정이 부드러워지지."

망했다. 이루마가 앞에 있다는 걸 잊어버렸다.

"괜찮아, 남자친구가 있어도 이렇게 만나주니까."

이루마가 테이블 위로 팔을 뻗어 손을 잡으려 하자, 키요이는 차가운 미소를 지으며 뿌리쳤다.

"좋네, 네 그런 쌀쌀한 면 때문에 이럴 때마다 짜릿짜릿하단 말이지."

이루마가 참을 수 없다는 듯이 미간을 좁혔다. 이루마도 그렇고 히라도 그렇고 자신에게 호감을 표현하는 사람은 대체로 M의 기질이 있는 듯하다. 뭐, 히라와 같은 취급을 한다면 이루마는 어처구니없겠지만.

달콤하고, 쌉쌀한

이루마는 꽤 얼굴이 알려진 배우이고 두말할 필요도 없이 잘생겼다. 어른이어서 밤놀이에도 익숙하다. 그런데도 히라가 바라보고 있을 때처럼 기분이 달아오르지 않는다. 이루마는 슬쩍 찔러보듯 꼬실 뿐, 히라처럼 온몸 온 마음으로 하는 느낌이 아니다.

마음대로 되지 않는 남자 때문에 언짢아 기분을 풀려고 나왔지만 다른 남자와 있다보니 자신이 히라의 무엇에 끌리고 있는지 다시금 깨달을 뿐이었다. 부모님이 바라봐주지 않아 외로웠던 어린 시절의 내가 지금도 이 안에 있다. 바보 같지만, 나는 사랑받고 싶다. 숨막힐 정도로 나만 바라봐주었으면 한다. 히라만이 그것을 이루어준다.

이제 슬슬 나도 각오를 해야겠지.

고백이란 기세가 중요하다. 딱 알맞게 술도 들어갔다. 좋아, 오늘밤에 말해버리자. 키요이는 남은 와인을 단숨에 들이켰다.

식사를 끝내고 2차 가자는 제의를 거절하고 히라의 집으로 향했다.

전철을 타고 집에 가까워질수록 불안감이 커진다. 좋아해. 단지 세 글자를 입에 담는 건데 굉장히 어려운 일처럼 느껴진다. 막상 말해버리면 아무렇지도 않을 것이다. 걸으며 생각에 잠겼기 때문인지 눈 깜짝할 사이에 집에 도착해버렸다.

일단은 진정하자. 키요이는 몇 번이나 심호흡하고, 어울리지도 않게 긴장한 채로 현관문을 열었다. 그런데 전에 보지 못한 수많은 신발들이 눈앞을 가득 채웠다. 거실에서 여러 사람의 목소리가 흘러나왔다.

"히라."

거실을 들여다보자, 말소리가 뚝 멈췄다.

"키요이, 오늘은 집으로 가겠다고 메시지 보냈잖아?"

히라가 허겁지겁 자리에서 일어나 다가오며 말했다.

"그럴 생각이었는데, 마음이 바뀌었어. 내가 방해한 건가?"

"아니야. 아, 음, 그러니까, 모두 대학 동아리 친구들이야."

히라가 고개를 돌리자, 남자 여덟 명이 일제히 "안녕하세요" "신세 많습니다" 하고 인사했다. 모두 히라와 비슷한 분위기지만 키요이의 시선은 그중 한 사람에게 고정되었다.

코야마의 남동생이었다. 그도 이쪽을 보고 있다. 사귀지 않는다고 했지만, 두 사람은 아직까지도 접점이 있는 것이다. 코야마가 먼저 고개를 까닥했다.

"안녕. 요전에는 고마웠어. 연극 재밌게 봤고."

주위에서 아는 사이냐고 묻자 그는 키요이가 배우이고, 자기 형이 스태프로 돕는 극단의 연극에 출연했고, 히라의 고교 동창이라고 간단하게 소개했다.

"우와— 나 실제로 연예인 보는 거 처음이야."

"그러고 보니 주스 광고에서 본 적 있어."

모두가 "광고?" "대단하다" "사인해줘요" 하며 떠들썩해졌다. 짜증나는 분위기에 키요이가 뚱한 표정을 짓자, "사적인 자리인데 그러지 마" 하고 코야마가 가볍게 충고했다.

"미안해, 다들 술을 꽤 마셨어. 오늘은 우리가 갑자기 쳐들어온 거야. 히라가 동아리 그만둔다고 해서 모두 같이 이야기를 들어보려고."

"그런 이야기는 안 해도 돼."

히라가 말렸지만, 바로 여기저기서 한마디씩 보탰다.

"무슨 말이야? 고민 있는 것 같아서 들어주려는 우리의 다정함도 모르고."

"힘없는 동아리니까 그만둔다든가 하는 쓸쓸한 말은 하지 마."

어쩐지 사정은 이해할 수 있었다. 히라 나름으로는 코야마의 남동생과 거리를 두려 했던 것 같다. 고백 타이밍을 방해받은 건 유감스럽지만, 히라에게 조금은 정상인다운 감정이 있다는 사실에 키요이는 안도했다.

"요즘 코야마도 기운 없잖아. 너, 부인 걱정시키지 마."

"부인?"

그 말에 키요이가 자기도 모르게 반응하자, "아, 히라와 코야마는 사이가 좋거든요" 하고 누군가 가볍게 대꾸했다. 별로 이상한 뜻은 아니다. 그래도 신경쓰는 자신이 싫었다.

키요이가 흘깃 쳐다보자, 코야마는 한 사람 자리를 만들더니 앉으라고 권했다. 어딘지 모르게 부인 같은 태도에 키요이는 뚱한 얼굴이 되어, 그럴까 하며 자리에 앉았다.

"키요이, 맥주로 할래?"

히라가 자리에서 일어나려 하자 코야마가 "아, 아니야. 내가 갈게" 하며 히라의 어깨를 누르고 일어섰다. 친밀해 보이는 모습이 키요이는 더욱 거슬렸다. 그런데 히라 역시 아무렇지도 않은 듯 자연스럽게 고맙다고 말했다. 두 사람 사이에 이 정도 스킨십은 드문 일도 아니란 걸 알 수 있었다.

내가 만지면 맨날 흠칫흠칫하는 주제에……

떨떠름한 기분으로 앉아 있는데 코야마가 맥주와 안주를 가지고 돌아왔다.

"가라아게 내놓는 거 잊고 있었어. 찬장에 있는 접시 하나 꺼내 썼는데, 괜찮지?"

코야마의 물음에 히라가 괜찮다며 고개를 끄덕였다.

"다 비싸 보이는 그릇들이라, 좀 쫄렸어."

"숙모가 그런 거 모으는 걸 좋아하시는 것 같아."

"지노리* 접시에 편의점 가라아게를 올려놓았다고 하면 화내

* 이탈리아 명품 테이블웨어 브랜드.

달콤하고, 쏩쓸한

실까?"

증거 사진 찍어둘까? 코야마가 휴대폰을 들자 히라가 바보 같다며 손으로 렌즈를 가린다. 자신과 있을 때와는 달리 거리낌없이 말을 주고받는 히라의 모습에 키요이는 자기도 모르게 이를 악물었다. 딱히 할일이 없어 맥주만 홀짝거리는데, 히라가 가라앉게 접시를 밀며 물었다.

"편의점 거지만, 먹을래?"

"괜찮아, 저녁 먹었어."

"그럼 배고프면 말해줘. 오차즈케나 주먹밥이라도 만들게."

"응."

키요이는 짧게 대답하고 고개를 끄덕였다. 옆에서 지켜보던 코야마가 고개를 갸우뚱거렸다.

"오래 알고 지냈으면서 히라와 키요이는 서먹서먹하네."

코야마와 키요이의 눈이 똑바로 마주쳤다.

"친구라기보다 주인님과 하인 같아."

"……하아?"

말에서 분명한 가시가 느껴져 키요이는 눈을 가늘게 떴다.

"미안, 잠깐 화장실 다녀올게."

코야마는 재빨리 방을 나가버렸고, 키요이는 어이가 없었다.

"……미안해."

히라가 작은 목소리로 사과했다.

"왜 네가 사과하는데?"

퉁명스레 묻자, 히라는 곤란한 얼굴로 입을 다물었다.

그때 맞은편에 앉아 있던 친구가 히라에게 말을 걸었고, 히라가 뭐라고 대답했다. 아무것도 아닌 광경에 키요이는 이상한 초조감이 들었다. 기분 나쁘고, 짜증나고, 무슨 생각을 하는지 알 수 없는 이상한 녀석. 그게 히라를 아는 사람들이 히라에 대해 가진 공통된 이미지라 생각하고 있었다. 하지만 그렇지 않았다. 대학 친구들이나 코야마와 대화하는 히라는 어디서나 볼 수 있는 평범하고 조금 촌스러운 보통 남자였다.

오래 알고 지냈으면서 히라와 키요이는 서먹서먹하네.

친구라기보다 주인님과 하인 같아.

가장 꺼리던 녀석에게 신경쓰이던 부분을 푹 찔려버렸다. 서먹서먹함. 주인님과 하인. 스스로도 부정할 수 없는 말. 키요이는 테이블 아래서 천천히 손을 뻗어 히라의 손을 만졌다. 움찔하며 히라가 바라보았다.

"왜, 왜 그래?"

"이 정도는 괜찮잖아."

몰래 히라의 손을 잡았다. 이런 작은 일로라도 키요이는 뭔가 증명하고 싶었다.

"사람들 있는데?"

"이 정도 가지고 뭘."

달콤하고, 쌉쓸한

"하지만…… 들키면 키요이가 창피당할 텐데."

"남자끼리여서?"

"그런 것도 있지만."

"있지만, 뭐?"

"하필이면 나 같은 거랑……"

또 부정적인 나님인가. 하지만 거절당할수록 고집부리고 싶어지는 법이다. 히라가 자연스레 손을 빼려고 하자, 키요이는 잡은 손에 더 힘을 주었다.

"내가 괜찮다고 하면 괜찮은 거야."

"아니, 그래도……"

둘이 옥신각신하는데 문득 시선이 느껴졌다. 어느새 코야마가 돌아와 앉아 있었고, 주의를 돌린 사이 히라의 손이 슬쩍 빠져나가버려 키요이는 자기도 모르게 앗 소리를 냈다.

"……히라는 부끄러움을 많이 타니까."

코야마가 혼잣말처럼 중얼거렸다. 키요이가 쳐다봤지만, 코야마는 키요이와 눈을 마주치지 않고 옆에 앉은 친구와 이야기하기 시작했다. 방금 중얼거린 말은 나한테 한 말일 텐데, 그러면 내가 억지로 잡은 것 같잖아. 사실이긴 하지만.

키요이는 서서히 볼이 뜨거워지는 것을 느끼면서 자리에서 일어섰다.

"연습하러 갈게."

"어, 아, 키요이."

키요이는 고개를 돌리지 않고 거실을 나왔다. 꼴사나운 장면을 하필 코야마에게 보이다니 최악이다. 키요이는 방음 설비가 된 방의 문을 잠그고 가방에서 대본을 꺼내 펼쳤다. 일단은 대사로 머릿속을 가득 채워 꼴사나운 자신을 구제하고 싶었다.

연습에 얼마나 몰두하고 있었을까. 목이 말라서 방을 나와 보니 집안이 조용했다. 주방에서 수돗물 흐르는 소리가 들렸다. 히라가 설거지를 하고 있었다.

"친구들은?"

키요이가 말을 걸자, 히라가 놀란 듯이 고개를 돌렸다.

"갔어. 막차 시간이 돼서."

"그렇군."

키요이는 주방 벽에 기대어 중얼거리듯 말했다.

"키요이, 오늘밤 미안했어. 동아리 녀석들 시끄러웠지? 키요이가 오는 줄 알았다면 거절했을 텐데."

"여긴 네 집이잖아. 왜 나한테 미안해해?"

'앞으로는 오지 말라고 해.' 사실은 이 말이 목구멍에 걸려 있었다. 동아리 친구들은 괜찮지만 코야마는 싫다. 하지만 질투하는 것 같아 그만두었다. 질투가 맞지만, 그걸 인정하기는 싫었다. 그런 생각에 빠져 있는데 히라가 입을 다문 채 삐친 아이처럼 뚱한 얼굴이 되었다.

"여긴 키요이를 위한 집이야. 나는 키요이를 최우선으로 여기고 싶어."

히라가 설거지를 멈추고 다가왔다. 히라는 다정하다. 너무 다정하다. 키요이를 숭배하고 받든다. 그게 짜증난다는 걸 어떻게 설명해야 히라에게 전할 수 있을까.

"왜 나한테만 그러는데?"

"어?"

"동아리 친구들이나 코야마씨 동생과 이야기할 때는 평범하면서, 왜 나한테만 그렇게 정중해? 나한테도 더 평범하게 말할 수 있잖아. 농담도 하고, 거친 말투도 쓰면서."

"키요이를 다른 사람들처럼 대할 순 없어."

"나는 그런 게 짜증나는 거야. 우리는 대체 무슨 관계인데? 넌 바보처럼 맨날 나를 신경쓰고, 그런 건 친구가 아니잖아."

"……응, 친구 아니지."

히라의 눈썹 끝이 축 늘어졌다.

"그렇다고 연인도 아니고."

"있을 수 없는 일이지."

너무 빠른 부정에 키요이의 분노 수치가 순식간에 치솟았다.

"뭐야, 그 칼 같은 부정은."

"음, 하지만."

히라가 눈을 깜박였다. 또다. '너, 무슨 말을 하고 있는 거야?' 하는 듯이, 말도 안 되는 소릴 한다는 듯한 그 태도에 화가 나 키요이는 한 발짝 앞으로 다가섰다. 그대로 히라의 목에 팔을 두르고 억지로 키스했다.

"으아……!"

히라가 반사적으로 손으로 밀쳤다. 하지만 떨어지지 않았다. 힘껏 달라붙어 막무가내로 혀를 밀어넣었다. 처음에는 망설이던 히라의 손이 머뭇머뭇 허리에 닿더니 천천히 키요이를 끌어안았다. 그것 봐 하고 분노와 뒤엉킨 안도가 밀려왔다.

"……너는 연인도 아닌 사람과 이런 걸 해?"

키스 후 히라에게 안겨 서로 몸을 붙인 채 노려보자, 히라가 정신을 차린 듯 몸을 떨어뜨렸다. 떨어뜨렸다기보다 밀쳐냈다는 쪽이 맞을 것이다.

"미, 미안, 앞으론 안 할게."

"그런 말이 아니잖아. 내가 널—"

좋아하니까, 라고 다 말하기도 전에 히라가 허둥대며 고개를 저었다.

"미안, 아니야, 좀전엔 정말 내가 잘못했어. 키요이는 특별해. 키요이를 상대로 방금 같은 일을 하는 건 잘못이야. 아는데 나도 모르게 홀려서……"

키요이는 솟아오르는 분노를 애써 눌렀다.

"무슨 말인지 모르겠어. 항상 그 이상도 하면서 왜 이런 일로 당황하는 거야? 입으로 해주는 건 괜찮은데 키스는 안 된다니 모순이잖아."

히라는 아픈 부분을 찔린 듯 입을 다물었다.

"……맞아. 키요이가 말한 그대로야. 나는 최악이야. 콱 죽어버리는 게 나을지도 몰라."

"그런 말까진 안 했어."

"하지만 나는 옛날부터 똑같은 짓만 반복하고 있으니까."

"똑같은 짓?"

"고등학교 때도, 대학에 들어가서도, 키요이를 생각하면서 했어."

"뭘?"

"……"

히라는 말하기 어려운 듯 고개를 숙였고, 그제야 키요이는 아아…… 하고 예전 일을 떠올렸다. 고등학생 때 자신을 생각하며 자위했다는 말을 들었을 때는 사실 께름칙했지만, 지금은 싫지 않다. 오히려, 더 많이 하라고 말하고 싶을 정도다.

"남자라면 이상한 일도 아니잖아. 난 괜찮아."

"내가 싫어."

히라가 자르듯 단호하게 대꾸했다.

"하아?"

키요이는 눈을 크게 떴다.

"하고 나니 나 자신이 엄청나게 싫어져서 정말 죽고 싶었어. 이제 두 번 다시 하지 않겠다고 맹세했는데, 결국 이렇게 흘러가 버리고 말아. 그러지 말아야지, 하지 말아야지 생각하는데도 나도 모르게…… 하지만 이젠 정말 안 할게. 키요이는 그런 짓을 해도 괜찮은 상대가 아니야. 정말로 미안해."

그러고는 고개를 숙이는데 뭐라고도 할 수 없는 기분이었다. 좋아하는 남자가 앞으로 너를 두고는 자위하지 않겠다며 사과하고 있다. 그 이유가 너무 좋아해서라고 해도, 거절이라는 사실은 변하지 않는다.

"……뭐야 그게."

키요이는 얼굴을 찌푸리고는 자기 머리를 엉망진창으로 헝클어뜨렸다.

"말을 잘 못해서 미안해."

그런 의미가 아니다. 히라는 또 왕이라느니 오리대장이라느니, 비구니는 신에게 일생을 바친다느니 하는 알 수 없는 이야기를 늘어놓기 시작했다. 끝까지 무슨 의미인지 모르겠지만, 자신과는 결코 연인이 될 수 없다는 말이라는 것만은 알 수 있었다. 키스도, 그 이상의 일도 해놓고 이제 와서 그럴 수는 없다고 울어버리고 싶은 심정이었다.

"……너 말이야, 내가 너를 좋아한다든가, 그런 생각은 해본 적 없어?"

"어?"

이상한 것을 보는 듯한 눈으로 되물어와, 키요이는 분노를 넘어 힘이 빠졌다.

"나도 제멋대로지만, 너도 상당하네."

키요이는 자신이 히라의 특별한 사람이라고 생각하고 있었다. 그건 틀리지 않았다. 하지만 히라에게 소중한 것은 히라가 만들어낸 이상적인 키요이이고, 현실의 키요이가 아니라는 사실을 이제 겨우 깨달았다.

"난 백년이 걸려도 널 이해할 수 없을 것 같아."

키요이는 방음 설비가 된 방으로 돌아갔다. 바닥에 떨어져 있던 대본을 집어 가방에 챙겨넣고 방을 나왔다. 곧장 현관으로 향하자, 히라가 초조한 기색으로 따라왔다.

"가려고?"

키요이는 신발을 신고 고개를 돌렸다.

"이제 안 올 거야. 갈게."

"……앗."

"안녕."

멍하게 서 있는 히라에게 등을 돌렸다.

한밤중의 주택가를 성큼성큼 걸었다. 이제 이 풍경도 마지막이구나 생각했지만, 조금도 아쉽지 않았다. 그저, 그저 분할 뿐이었다. 지금 바로 저기 돌부리에라도 걸려 넘어져 머리를 다쳐서 지난 한 달의 기억이 사라져버리면 좋을 텐데. 그렇게 되면 편할 텐데.

키요이는 자신이 고백만 한다면 바로 히라와 연인 사이가 될 거라 믿었다. 어울리지도 않는 웃음을 지어 보이고, 히라를 위축시키지 않으려고 말도 신경써서 했다. 그랬던 자신이 창피했다.

역에 도착해서야 전철이 끊겼다는 사실을 깨달았다. 젠장, 혀를 차고 택시를 기다렸지만 좀처럼 오지 않았다. 인기척 없는 역에서 몸이 차가워지는 사이, 코 안쪽이 시큰거렸지만 입술을 깨물고 참았다. 그런 기분 나쁘고 짜증나는 녀석 때문에 우는 건 죽기보다 싫었다.

히라에게서는 몇 번이나 메시지가 왔다. 전부 사과의 말이었고, 전부 핵심에서 빗나가 있었다.

자신이 키요이를 찼다고는 상상조차 못할 것이다. 이제 됐다고 생각했다. 현실의 키요이를 조금도 보지 않고 자기가 멋대로 만든 이상적인 키요이만 언제까지고 쫓아다닐 거면 그걸로 된 거다.

그렇게 생각하는 한편으로, 속에서 터지듯 밀려올라오는 것이 있었다.

괴롭힘에 가까운 놀림을 당해도, 빵셔틀 취급을 당해도 히라는 언제나 바보처럼 키요이만 바라보았다. 외모만 보고 꺄아꺄아 난리를 피우다가 상황이 변하자마자 손바닥 뒤집듯 달라졌던 아이들과 달리, 키요이가 굴욕적인 상황에 처했을 때도 히라만은 변하지 않았다.

조금 더 시간을 들였다면 어떻게든 되지 않았을까.

내가 너무 조급했던 건 아닐까.

키요이는 틈만 나면 자기도 모르게 그런 나약한 생각을 했고, 그럴 때마다 고개를 저으며 그런 기분 나쁜 남자는 빨리 잊어버리려고, 여유를 부릴 시간이 나지 않도록 더 바삐 움직였다. 학교도 착실히 다녔고, 일도 했다. 연극의 첫 공연이 코앞이라 매일 연습해야 하는 상황인 것도 다행이었다.

그래도 혼자 사는 원룸으로 돌아가면 소용없었다. 목욕할 때, 밥 먹을 때, 문득 히라가 떠오르면 정말 어쩌지 못할 정도로 막막한 기분이 되었다. 그러다가 집에 전화 따윌 걸어 엄마를 놀래기까지 했다.

"무슨 일이야? 먼저 전화를 다 하고."

"별일 없어. 그냥 해봤어."

전화기 저편에서 "밥 더 줘ー" 하는 굵고 거친 목소리가 들렸다. 누구냐고 묻자 중학생이 된 남동생이라고 해서 깜짝 놀랐다. 최근 변성기가 왔다고 즐거운 듯 이야기하는 엄마에게 짜증이 일었다. 서둘러 인사하고 전화를 끊어버렸고, 기분은 더욱 가라

앉았다.

키요이는 세상에서 가장 좋아하는 사람이야.

여긴 키요이를 위한 집이야. 나는 키요이를 최우선으로 여기고 싶어.

히라의 말을 떠올리며, 지금쯤 히라는 뭘 하고 있을까 생각했다. 어쩌면 코야마의 남동생이 와 있을지도 모른다. 두 사람의 친밀한 모습을 떠올리자 어느새 또 짜증이 올라와서, 키요이는 머리끝까지 이불을 덮어쓰고 토라진 채 누워버렸다.

연극은 호평이었다. 나흘간의 공연 마지막 날에는 기립박수까지 터졌는데, 백 명 정도 수용되는 작은 공간이었지만 모두가 일어나 손뼉을 쳐주었다. 키요이도 처음보다 늘어난 대사를 어찌어찌 잘해내서, 시간이 비어서 보러 왔던 소속사 사장까지 놀란 듯했다.

"동작도 좋고, 발성도 괜찮고, 연습 많이 했단 걸 알겠더라. 이야, 이렇게까지 잘할 줄 몰랐는데. 이 정도면 이쪽 일도 늘려야 하나."

"정말이요?"

사장은 팔짱을 끼고서, 한껏 고무되어 있는 키요이를 흘깃 보았다.

"그래도 힘들 거야. 출연료도 쏟아야 하는 시간도 모델 일과는 비교도 할 수 없는 정도인데 상하관계까지 더 엄격하니까, 지금보다 더 예의바르게 행동하지 않으면 곤란해."

"아— 그건 제가 엄청 서툰 분야네요."

"그렇지. 키요이는 날것 그대로인데다 건방져 보이니까."

키요이는 부정할 수 없어 웃으며 얼버무렸다. 하지만 내숭을 떨 수는 있다. 잘 부탁드린다며 고개를 숙이자, "그럼 한번 해볼까" 하며 사장이 고개를 끄덕여주었다.

공연 후의 흥분과 함께 오랜만에 후련한 기분을 누렸다. 평생할 일이기 때문에 성급히 결정할 필요는 없다. 하지만 한 걸음 나아간 느낌이 들었다. 최근 계속 히라의 일로 우울해했지만, 일에서는 순조롭게 앞으로 나아가고 있었다. 괜찮았다.

다 끝나고 인사와 정리도 마무리되어 뒤풀이에 가려고 뒷문으로 나왔다가 멈칫했다. 출구 바로 옆에 히라가 서 있었다. 키요이는 히라를 보자마자 눈을 돌려버렸다. 완전히 무시하기로 마음먹고, 사람들과 이야기하면서 지나치려 했다.

"키, 키요, 이, 키, 키, 키, 키—"

모두가 놀라 고개를 돌렸다.

"아는 사람이에요?"

속으로 혀를 찼다. 이렇게 되면 어쩔 수 없다. 모두에게 먼저 가달라고 하고 둘만 남자, 히라가 머뭇머뭇 종이가방을 내밀었다.

"……짐 가져왔어."

종이가방에는 키요이의 셔츠니 칫솔 같은 것이 들어 있었다. 이딴 건 일부러 안 가져와도 된다고. 대체 얼마나 무신경한 거야. 상처받은 마음을 들키지 않으려고 키요이는 낚아채듯 받아들었다.

"고마워. 그럼."

재빨리 걸음을 돌렸다.

"잠깐만……!"

"또 뭐야?"

쓰레기를 보는 듯한 눈으로 고개를 돌렸다.

"내가 잘못한 게 있으면 사과할 테니까―"

"사과할 필요 없으니까 이제 그만 쫓아다녀. 엄청 성가셔. 기분 나빠."

히라가 울듯이 얼굴을 일그러뜨리며 고개를 숙였다. 키요이는 이걸로 끝이구나 생각했다.

"……나도 그러려고 생각했어. 생각했는데."

히라가 말하며 고개를 들었다.

"고등학교 졸업 때도 할 수 있었으니까 다시 한번 그때처럼 포기하자, 잊자 생각했어. 그런데 그럴 수가 없어. 같이 밥을 먹고, 이야기를 하고, 그렇게 가까워질 수 있었는데 이렇게 갑자기 안녕이라고 하면, 잊을 수가 없어."

달콤하고, 쌉쌀한

그건 내가 하고 싶은 말이야. 그 소리가 목구멍까지 올라왔다.

"나는 이제 너랑 얽히고 싶지 않아. 문자도 전화도 하지 마. 이렇게 기다리지도 마. 연극 보러 오지도 마. 네가 내 눈앞에 보이는 게 싫어."

잊고 싶은데 계속 쫓아다니면서 주변에서 서성대면 견딜 수 없다.

"갈래. 두 번 다시 내 주위에서 서성대지 마."

돌아서려 하자, 히라가 팔을 붙잡았다.

"잠깐만, 키요이. 그럼 왜 그렇게 화가 났는지만이라도 가르쳐줘. 고칠게, 키요이가 싫어하는 건 전부 키요이가 좋아하는 모습으로 고칠게, 부탁이야."

"이제 안 만날 건데 알아도 다를 게 없잖아."

"못 만나도 키요이가 싫어하는 건 하고 싶지 않아."

히라는 필사적인 얼굴로 키요이만 바라본다. 주인에게 버려진 강아지 같은 눈이다. 이 눈에 당해버린 것이다. 그리고 이런 상황이 되었다. 이제 싫다.

"놔!"

키요이는 온 힘을 다해 뿌리쳤다.

"그렇게 필사적인 척해도 넌 어차피 현실의 나 같은 건 보지도 않잖아. 너만의 이상적인 아이돌 놀이에 어울려주는 건 이제 안 할 거야."

"아이돌 놀이?"

"그렇잖아!"

키요이는 히라를 향해 종이가방을 힘껏 내던졌다. 헤어젤과 칫솔과 셔츠 등이 길바닥에 흩어졌다. 뒷문 앞은 좁은 골목이라 그나마 사람들이 거의 다니지 않아서 다행이었다.

"네가 좋아하는 건 네 멋대로 만들어낸 이상적인 나잖아. 뭐가 왕이야. 웃기지 마. 난 그런 거 아니야. 평범하다고. 좋아하는 사람과 사귀고 싶고, 만지고 싶고, 만져줬으면 좋겠고, 데이트 같은 것도 하고 싶은 평범한 남자라고."

"……키요이, 좋아하는 사람이 있는 거야?"

충격을 받은 듯한 히라의 표정에, 키요이는 울고 싶어졌다.

"너라고! 이제 와서 묻지 마!"

그 순간 히라가 지은 표정은 평생 잊을 수 없을 것이다.

멍하니 입을 벌린 바보 같은 얼굴, 이쯤 되면 코미디다.

"……거짓말이지?"

"내가 왜 그런 거짓말을 해야 하는데?"

"노, 놀리려 한다거나?"

순간, 한 대 쳐주고 싶어졌다.

"너같이 성가신 녀석을 놀릴 정도로 나는 한가하지 않아."

"하지만……"

"졸업식 날도 내가 먼저 키스했잖아. 자각하지 못했지만 난 계속 너를 좋아하고 있었어. 그래서 네 연락을 기다렸고, 전화번호 바꿨다는 걸 알았을 때 내 기분이 어땠는지 알기나 해? 그렇게나 날 좋아한다고 좋아한다고 말했던 녀석이, 난 너무 혼란스러웠어. 그러다가 코야마씨를 통해서 네가 코야마씨 남동생과 사귄다는 걸 알게 됐고, 패주고 싶을 정도로 화가 났어. 내가 나오는 연극에 널 오게 만든 것도 나야."

말로 뱉고 보니 고약했다. 하지만 멈출 수도 없었다.

"……왜 키요이가 나 같은 걸."

"그딴 건 내가 묻고 싶다고!"

정말로 묻고 싶다. 어째서 이렇게 기분 나쁜 녀석을 좋아하는지. 지금 바로 고등학교 시절로 돌아가서 이 녀석하고는 절대 얽히지 말라고 그때의 자신에게 말해주고 싶다.

"정말, 모르겠어. 처음에 좋아한다고 말했던 건 너인데, 왜 이렇게 됐지? 너랑 코야마씨 동생이 사이좋은 걸 보면 짜증나고, 내가 너무 심하게 굴었나 싶어 다정하게 대하려고 내키지도 않는 웃음을 꾸며내고, 네게 달라붙어도 보고."

고개를 숙이자 발밑이 뿌옇게 번져 보였다.

"키스도 하고 그 이상도 하면서 너와는 연인이 될 수 없다는 말을 들은 사람 마음을 네가 알기나 해? 히라 주제에 웃기지 마. 너 같은 건 죽어버려!"

"……키요이."

머뭇머뭇 히라가 손을 뻗어오자 뿌리쳤다.

"이제 나랑 얽히려고 하지 마. 네가 이상적인 나를 쫓아다니는 건 네 마음이니까 좋을 대로 해. 하지만 현실의 나는 내버려둬. 정말, 이제 좀 봐줘. 잊으려고 하는데, 이렇게 무턱대고 무신경하게 눈앞에 나타나면 잊을 수가 없다고."

기어이 눈물이 뚝뚝 발밑으로 떨어졌다. 설마 히라에게 울면서 부탁하는 날이 올 거라곤 생각지도 못했다. 하지만 이제 항복이다. 내가 졌다고 해도 좋으니까, 이제 만지지 말아달라고.

"……그래, 나 같은 건 키요이의 기분을 알 수 없어."

나직한 중얼거림. 왜 그런 말투냐고 묻듯이 무신경한 남자를 노려보다가, 놀랐다. 히라는 화를 내고 있었다.

"하지만 키요이 역시 내 기분은 모르잖아."

말하는 히라의 눈이 살짝 치켜올라가 있었다. 이런 히라를 보는 건 처음이었다.

"입을 열면 흙음이라 비웃음당하고, 피라미드 밑바닥에서 짓밟히고, 가족끼리 저녁을 먹다가도 괴롭힘을 당해 자살한 아이 뉴스 같은 게 나오면 완전히 공감하고는 그게 또 당황스러워서 속으로 안 된다고 되뇌며 돌아오는 내 기분 같은 거, 키요이는 몰라."

키요이는 말문이 막혔다. 과거에 히라에게 했던 일을 떠올리자 가슴이 쿡쿡 저렸다. 히라도 그곳이 아픈 듯 셔츠 가슴 부분을 꽉 움켜쥐었다.

"나한테 키요이는 동경 그 자체야. 다정하지도 않고, 착하지도 않고, 제멋대로고, 그래도 그런 거 전부 다 포함해서 키요이는 나를 구원해줬어."

"……구원?"

"내가 시로타 때렸던 일 기억나? 난 계속 아래쪽 외톨이였는데, 그래도 그런 스스로를 비웃고 마치 다른 사람 일처럼 여기며 나 자신을 속여왔어. 어떤 더러운 곳에 던져져도 동요하지 않고 흐름에 몸을 맡기는 오리대장처럼 살아야 한다고…… 시로타를 때린 건 첫번째 저항이었고, 나는 그때 나를 구원한 기분이 들었어. 그런 게, 전부, 키요이 덕분이야."

무슨 말인지 잘 알 수 없었다. 늘 하고 싶은 대로 행동했고, 누군가가 '구원해줬다'고 할 만큼 대단한 일을 한 기억이 없다. 그런 건 선의나 정의감 같은 것에서만 생겨나는 거라 생각했다. 하지만 히라의 세상은, 늘 그랬듯, 알기 쉽지 않은 부분에서 돌아가는 듯하다.

"나는 키요이의 모든 게 좋아서, 견딜 수 없을 만큼 좋아서, 키요이는 내게 이미 신과 같은 존재여서, 그런 식으로 생각하는 사람에게 내 손이 닿을 거란 생각은 해본 적도 없었어."

아, 그렇게 말하니까 알 것도 같다. 누구도 예수나 석가모니와 친구가 될 수 있을 거라고 생각하지 않는다. 아마, 이 녀석이 하려는 말도 그런 거겠지.

"……하지만, 나는 신이 아니야."

키요이가 말하자, 히라는 천천히 고개를 끄덕였다. 응. 응. 몇 번이고 고개를 끄덕이면서 뭔가를 곱씹는 듯, 뭔가를 참는 듯 복잡한 얼굴을 한다. 그러고서 키요이를 바라보았다.

"……만져도 될까?"

히라가 여전히 불안한 듯 물었다.

"지금까지와 똑같다면, 싫어."

키요이의 대답에 히라의 표정이 사르르 풀렸다.

"키요이가 괜찮다고 하면, 연인처럼 만지고 싶어."

코 안쪽이 시큰거리기 시작했다. 잠깐 괜찮았는데, 다시 위험하다.

"그럼, 괜찮……"

흐응 하고 콧소리를 내는 게 고작이었다. 우는 얼굴을 보이고 싶지 않아 고개 숙이자, 머뭇머뭇 히라가 손을 뻗어왔다. 떨리는 손끝이 셔츠에 닿고, 천천히 키요이를 끌어안는다. 히라가 먼저 안아준 건 처음이어서, 그것만으로 키요이는 머릿속이 마비될 정도로 행복했고, 그 사실에 울컥했다.

"뒤풀이 안 가도 정말 괜찮아?"

이미 집에 돌아왔는데도 히라가 묻는다.

달콤하고, 쌉쌀한

"신경쓰이면 돌아갈까?"

그러자 히라는 "싫어" 한마디만 하고 키요이를 세게 끌어안았다. 현관에서 신발을 벗던 중이라 키요이는 비틀거리다 바닥에 손을 짚고 무너지듯 떠밀려 눕혀졌다.

"어, 아, 잠깐만—"

체중을 실은 키스로 키요이의 저항을 막던 히라가 커다란 손으로 성급하게 몸을 어루만진다. 거절할 생각은 없지만 갑자기, 그것도 현관에서 할 생각인가 하고 키요이는 허둥거렸다.

"아, 저, 저기, 방에서."

"미안, 못 참겠어. ······어쩌지, 나, 이상해. 계속 참고 있었지만, 사실은 이러고 싶어서 견딜 수 없었어. 그러니까 더이상은 안 돼. 기다릴 수 없어."

히라가 거친 호흡을 하며 귓가에 대고 속삭이자, 오싹하고 달콤한 욱신거림이 키요이의 등줄기를 달렸다. 격렬하게 혀를 빨더니 다리 사이를 더듬던 히라의 손이 멋대로 속옷 속으로 들어온다. 분명하게 반응하는 그것이 히라의 손에 잡히자, 키요이는 몸이 움찔했다.

"······웃."

히라가 키요이의 좁은 속옷 속으로 손을 넣더니 팽팽하게 부푼 성기를 몹시 거칠게 만졌다. 처음부터 내달린다. 가끔 세게 쥐어 아프다. 그런데도 시들지 않는다. 항상 조심스러움 그 자체였던 히라의 난폭한 움직임이 신선해서 오히려 흥분이 고조된다. 거친 숨소리에 질척이는 소리가 섞이기 시작한다.

평소에는 빠르게 오지 않는 절정이 굉장한 속도로 찾아왔다.

"……잠깐만, 놔줘……!"

이대로라면 속옷을 더럽힐 것 같다.

"싫어."

히라가 끌려들어가듯 키요이의 목덜미에 입을 맞춘다. 강하게 빨아들인 부분에서 참기 어려울 정도로 열이 퍼지고 그 열기가 아랫배에 떨어졌다.

아.

키요이가 눈을 꾹 감은 순간, 히라의 손안에서 쾌감이 터졌다. 두근두근 맥박이 뛸 때마다 갈라진 목소리가 새어나왔다. 절정이 지나자, 키요이의 굳었던 몸이 서서히 풀리며 축 늘어졌다. 히라가 깊게 입을 맞춰주었다. 키요이는 여전히 가쁜 숨을 내쉬며 히라의 목에 팔을 감았다.

"……속옷, 젖어서 기분 나빠."

밀착된 다리 사이로 젖은 속옷이 달라붙어 기분 나빴다.

"씻을래?"

"……응."

"그럼, 물 받을게."

"샤워로 괜찮아. 같이 들어가자."

달콤하고, 쌉쌀한

"괘, 괜찮아?"

"……같이 있고 싶어."

꼭 달라붙자, 히라가 몹시 감동한 듯이 "……응" 하고 떨리는 목소리로 대답했다.

욕실 앞에서 옷을 벗는 동안에도 히라는 키스를 멈추지 않았다. 키요이는 이러면 옷을 어떻게 벗느냐고 불평하면서도 키스에 기쁘게 응했다.

"이러면 아무리 시간이 지나도 샤워 못하겠는데."

"나는 하루종일이라도 이러고 싶어."

황홀한 듯한 중얼거림. 히라의 눈은 꿈을 꾸는 듯 멍한 빛을 띠고 있다. 멍청한 얼굴이다. 그런데도 그 얼굴이 자신 때문이라 생각하니 키요이는 절로 웃음이 지어진다. 키요이가 먼저 한 번 키스하고 겨우 욕실에 들어갔다. 그러고도 두 사람은 세차게 쏟아지는 물줄기 아래서 질리지도 않고 끌어안았다.

아주 살짝 몸을 비틀기만 해도 서로의 기둥이 비벼지고 그 은근한 자극에 몸도 마음도 점점 달아올랐다. 비처럼 쏟아지는 물줄기를 맞으면서 히라의 손이 키요이의 허리에서 등뒤로 옮겨갔다.

"……읏."

애널에 닿자, 키요이는 움찔하며 허리를 뒤로 뺐다.

"여긴 싫어?"

"그런 건 아니지만……"

남자끼리는 그곳으로 한다는 걸 알고 있다. 하지만 아무래도 부끄러움부터 앞선다.

"싫으면, 안 할게."

신경써주면 더욱 부끄러워진다. 이럴 때는 조금 더 강하게 밀어붙이는 게 도와주는 건데. 싫지 않아. 작은 목소리로 대답하자, 히라가 귓가에 키스했다.

"최대한 부드럽게 할게."

히라가 말하고는 갑자기 키요이의 몸을 뒤로 돌렸다. 타일에 손을 짚고 선 키요이 뒤에서 히라가 무릎을 구부렸다.

"뭐, 뭐하는…… 앗."

히라가 엉덩이를 잡고 좌우로 벌리자, 키요이의 입에서 짧은 비명이 터졌다. 드러난 애널에 부드럽고 뜨거운 것이 달라붙었다. 히라의 혀임을 안 순간 키요이는 온몸이 굳어버렸다.

"그, 그만, 그거……!"

"넣을 때 많이 아프다니까."

"그, 그래도, 이런…… 으읏."

살아 움직이는 혀가, 스스로도 만진 적 없는 곳에서 꿈틀꿈틀한다. 키요이는 너무 부끄러워서 말도 나오지 않았다. 이런 일을 할 거라곤 꿈에도 생각지 못했다.

서서히 풀려가는 감각이 이상하다. 필사적으로 타일에 손톱

끝을 세워보지만 바로 미끄러져버린다. 때때로 뾰족하게 세운 히라의 혀끝이 안쪽으로 들어가려 한다.

"……싫어, 그런 거, 하지 마……"

"아파?"

"아니…… 창피하니까……"

"괜찮아. 키요이의 여기는 분홍색이고 굉장히 예뻐."

죽어버리라고 소리칠 뻔했다. 칭찬도 전혀 기쁘지 않다. 하지만 화를 낼 여유도 없었다. 히라의 혀가 꾹 압력을 높여온다. 아, 아, 어쩌지도 못하는 목소리가 나와버렸다.

"……시, 싫어, 아, 아아."

결국은 히라의 혀가 안으로 밀고 들어왔다. 키요이가 반쯤 울고 있다는 것도 알아채지 못한 채 히라의 혀가 집요하게 안으로 파고들었다. 도중에 몇 번이나 타액을 밀어넣는 듯했고, 이어 눅진해진 그곳에 단단한 질감의 뭔가가 들어왔다. 손가락이었다.

"……크읏, 읏."

그곳이 움찔하고 숨을 쉬듯, 기다렸다는 듯 히라의 손가락을 빨아들였다.

"아프면 말해."

조금씩 손가락이 움직이기 시작했다. 아프지 않았다. 그 정도로 흐물해져 있었다. 아프지는 않았지만 지금 무슨 일을 하고 있는지 또렷하게 인식돼서 힘들었다.

손가락을 구부려 좁은 안쪽을 넓히려는 움직임에 몸 안쪽에서부터 서서히 열의 파문이 인다. 쾌감이라기보다는 그저 뜨겁고 뜨거웠다.

손가락 수가 늘면서 이물감이 더해지고 기분도 더 이상해진다. 내장에 닿는 듯한 느낌. 손가락도 이런데, 남자의 것을 넣는다면 어떨까.

"하앗, 웃."

갑작스럽게 어떤 감각이 덮쳤다.

"미안, 아팠어?"

히라가 당황해서 손가락을 뺐다. 그 순간, 키요이의 몸에 전류가 흐른 듯 머리끝에서 발끝까지 저릿했다.

"아, 아픈 건 아닌…… 것 같아."

"혹시, 기분좋았어?"

대답하지 않자, 다시 손가락이 천천히 들어왔다. 방금 그 부분을 찾고 있다. 어쩐지 무서웠다. 가만히 불안을 견디고 있자, 또다시 그 감각이 찾아왔다.

"……웃, 앗, 시, 싫어, 거기."

그곳을 스칠 때마다 찌르르 강렬한 저릿함이 덮친다. '기분좋음'과는 분명 다른 종류의 느낌이어서 키요이는 뭐가 뭔지 알 수 없었다. 아픈 게 아니라는 게 전해졌는지, 히라가 그 부분을 더욱 강하게 문질렀다.

달콤하고, 쌉쓸한

"시, 싫어, 거기, 그만……"

"그래도, 이렇게 됐어."

히라가 앞으로 손을 뻗어 키요이의 성기를 감싸쥔다. 조금 전까지 처져 있던 성기가 다시 부풀어 있다. 히라가 잡고 천천히 문지르자, 부드럽게 훑어지는 감각에 애달플 만큼 쾌감이 차오른다.

"아, 아, 아웃……"

앞뒤에서 이루어지는 애무에 쿠퍼액이 줄줄 흘렀다. 살며시 쥐어짜는 듯한 움직임에 질척거리는 음란한 소리가 났다. 앞도 뒤도 기분이 좋아서 멍해졌다.

"시, 싫어……이거, 이제, 이상해지는 거 같아……"

"그만할까?"

괜히 괴롭히려는 게 아니라, 키요이가 그만하라면 정말 그만 둬버릴 것 같은 말투였다. 너무 느껴서 괴로운 건데. 사실은 그만하길 바라지 않는다. 그러니까 조금 강제로라도 해주었으면 하는데.

"……계속해."

"힘든 거 아냐?"

그런 걸 몇 번이나 묻지 마. 키요이는 아니야 하고 모깃소리만 한 목소리로 중얼거렸다.

히라가 얕은 곳에서 손가락을 굽히자, 요골에서 울리는 듯한 쾌감에 등이 절로 휘었다.

"기분좋아?"

"……그런 거 묻지 마……"

"그래도, 아프면 안쓰러우니까."

'이 자식이' 하고 속으로 욕을 퍼부었다. 혹시 일부러 괴롭히려는 건가.

"기, 기분좋아, 좋으니까…… 더……"

우는 듯한 목소리로 말하자, 히라는 얕은 곳에서 손가락을 넣었다 빼기를 반복했다. 더없이 민감해진 곳이 자극되자, 키요이의 입에서 멈추지 않고 소리가 흘러나왔다. 앞쪽의 애무도 이어지면서 선단의 작은 구멍에서 흘러나온 쿠퍼액이 실을 그리며 타일에 방울방울 떨어진다. 서서히 한계가 다가오고 있다.

"아, 아……읏, 가, 갈 거…… 읏."

두번째 절정이 가까워졌다. 키요이는 타일에 손을 짚고 엉덩이만 뒤로 뺀 모습으로 조르듯 먼저 허리를 흔들었다. 참을 수 없었다. 마지막 커다란 쾌감을 얻으려는 듯 온몸이 굳었다. 그때 갑자기 히라가 키요이의 성기 끝을 꾹 잡아줬었다.

"……읏?"

예감한 쾌감이 막히자 등줄기가 떨리며 휘었다.

"조금만 참아. 이번엔 키요이와 함께 가고 싶어."

사정이 막힌 상태로 꿀을 흘리는 귀두를 만지는 손길에 키요이는 꼭 죽을 것만 같았다.

다리에 힘이 들어가지 않는 몸을 히라가 닦아주었다. 히라는 하반신을 닦아주면서 음란하게 발기한 키요이의 성기를 제 입에 물었다. 가게 해주려나 기대했지만, 사탕을 굴리는 것처럼 애만 태우는 애무가 이어져서, 너무도 애달파진 키요이는 어느새 뚝 뚝 눈물을 흘렸다.

"이제 싫어…… 못 참겠어."

꼴사납게 위축된 말투로 말하자, 히라가 놀라서 일어났다.

"미안, 울지 마, 그럴 생각은 아니었어."

그럴 생각이란 게 어떤 생각인 거냐. 히라 주제에 나를 울리다니. 때려주고 싶었지만 그럴 힘조차 없어서 키요이는 축 처진 채 히라에게 매달렸다.

흐느적거리는 키요이를 짊어지듯 안고, 히라는 이층 자기 방으로 올라갔다. 엉키듯이 침대에 쓰러졌고, 히라가 침대 옆 스탠드를 켰다.

"……켜지 마."

눈도 부시고 부끄러워서 키요이는 눈을 가늘게 떴다.

"미안. 그래도 전부 보고 싶어."

히라가 몸을 겹쳐왔다. 달콤한 목소리에 서서히 애가 타서, 허락 대신 입술을 가볍게 내밀고 키스를 졸랐다. 히라의 앞머리에서 뚝뚝 물방울이 떨어졌다.

"차가워."

"닦고 올까?"

"괜찮아. 더 기다리게 하지 마."

애교 부리는 듯한 말투가 되어버렸고, 히라가 기쁜 듯이 미소 지었다. 한번 더 키스를 나눴고, 히라가 몸을 일으키더니 세면대에서 가지고 온 베이비오일을 열었다. 연극 공연 후 분장을 지울 때 쓰는 것이다. 설마 이런 용도로 쓰게 되리라고는 생각지도 못했다.

"다리 벌려봐."

이제 와서 다시 부끄러워졌다. 히라를 보지 않으려고 고개를 돌리고는 천천히 다리를 벌렸다. 높이 선 채 쿠퍼액을 흘리는 성기를 내보이기가 부끄러웠다.

미끄러운 오일이 묻은 손으로 만지자, 키요이의 허리가 움찔 움찔 흔들렸다. 뿌리부터 선단까지 음경을 잔뜩 적시더니 그대로 아래로 미끄러져 음낭을 서로 비비듯 문질렀다.

"……거기, 이제, 됐으니까…… 읏."

그 말에 히라의 손이 더욱 부끄러운 곳으로 들어간다. 다리가 더 활짝 벌려지고, 뒤로 천천히 손가락이 들어오는 감각에 숨을 참았다. 몇 번이나 오일이 덧발라지고, 때때로 어느 부분이 스치면 막혀 있던 쾌감이 되살아났다.

달콤하고, 쌉쌀한

"……응, 흐읏."

갈 것 같은데, 갈 수 없다. 조금 더 강하게 만져주면 좋겠다고 생각할 때마다 히라의 손가락이 빗나가는 듯하다. 무의식적으로 허리를 비틀자, 아플 정도로 빳빳하게 선 성기 끝에서 방울방울 쿠퍼액이 흘렀다.

"히라…… 이제…… 빨리……"

말하는 목소리가 사르르 무너진다. 따뜻한 물에 오래 있다가 취한 것처럼 멍하니 있던 키요이의 뒤에서 드디어 손가락이 나 갔고, 아주 단단한 뭔가가 닿았다.

꾹 눌리는 느낌에 아아 하고 떠밀리는 듯한 목소리가 새어나 왔다. 천천히 압력이 더해지면서 애널이 열리기 시작한다. 아프 지 않았다. 하지만 압박감에 짧은 호흡을 계속 내쉬었다.

"……괜찮아?"

희미하게 눈을 뜨자, 무척이나 괴로운 듯한 히라와 눈이 마주 쳤다.

"너는?"

"나는…… 기뻐서 죽을 것 같아."

히라가 한숨을 섞으며 미간을 찌푸렸다. 괴로운 듯해도 기뻐 보였고, 자신도 비슷한 얼굴을 하고 있으리라 생각하자 키요이 는 쑥스러웠다. 이마, 눈꺼풀, 코를 따라 키스가 점점 아래쪽으 로 이어진다. 히라의 작은 움직임에도, 키요이의 몸이 이끌려가

비틀거린다. 이어져 있다는 감각이 또렷하게 느껴진다.

"……꿈이면 어쩌지."

입술을 붙인 채 히라가 중얼거렸다. 불안한 듯한 표정을 보니 키요이는 기가 찼다. 이렇게 분명하게 이어져 있는데, 꿈이라면 나야말로 곤란하지.

"바보 같은 소리 말고…… 얼른."

어깨를 살짝 깨물자, 히라가 키요이의 머리를 강하게 끌어안았다.

가볍게 흔들리면서 일단 진정되었던 욱신거림이 되살아난다. 스르륵 허리를 뺐다가 천천히 들어온다. 싫을 정도로 녹아 있었기 때문에 아픔은 없었고, 압박감마저 서서히 쾌감으로 바뀌었다. 넣었다 빼는 길목에 견딜 수 없을 만큼 느끼는 부분이 있어서 그곳이 비벼지면 정수리까지 뜨거워졌다. 서서히 체온이 올라가 숨을 쉬기도 어려웠다. 그런데도 더, 더 원하게 된다.

"……미안, 잠깐 빼도 돼?"

쾌감에 잠긴 키요이의 귓가에 대고 히라가 괴로운 듯 신음했다.

"……바보, 이럴 때 농담이……"

"하지만 안에 하면 안 좋으니까."

키요이는 놀라서 눈을 크게 떴다. 벌써?

"……키요이 안, 너무 기분좋아."

띄엄띄엄 이어지는 히라의 말에, 막다른 곳에 다다랐음을 알 수 있었다. 하지만 몹시 애를 태워놓고 이런 상태로 물러선다니 말려 죽이려는 건가 싶어 히라의 허리에 다리를 둘러 감았다.

"……잠깐, 정말, 이제 나올 거 같아."

"괜찮아."

"그래도."

"괜찮으니까 안에 해."

꼭 달라붙어 매달린 채 말하자, 히라가 갑자기 움직임을 멈췄다. 사정의 쾌감에 있는 힘껏 눈썹을 찌푸린 히라를 올려다보며 키요이는 축축하고 뜨거운 액체가 자기 안에서 퍼지는 것을 느꼈다.

히라가 크게 숨을 내쉬더니 실이 끊긴 듯 키요이의 몸을 덮치며 쓰러졌다.

"……미안, 그 말을 들으니까 참을 수 없었어."

히라가 한여름의 강아지처럼 숨을 헐떡거리며 키스를 조른다. 커다란 손으로 키요이의 뺨과 목덜미를 끈적끈적하게 어루만진다. 키요이는 억수처럼 쏟아지는 키스를 오래오래 받아주었다.

"키요이, 좋아해. 좋아해. 정말, 이상해질 것 같아."

서로 이어진 채 히라는 흘려보낸 자신의 것으로 키요이 안을 칠하려는 듯 문질렀고, 키요이의 몸은 계속 꿈틀거렸다. 사정 후에도 히라의 것은 조금도 줄어들지 않았다. 키요이는 기분이 너무 좋아서 머리가 멍했다.

달콤하고, 쌉쌀한

"웃, 아, 히라…… 웃, 나도, 이제 갈 거 같아."

키요이가 히라의 목에 매달리자 응답하듯 히라가 더욱 깊이 들어왔다. 몸이 격렬하게 흔들리고, 아까부터 참아온 쾌감의 바늘이 아주 크게 요동쳤다.

"……웃, 잠깐 기다려, 잠…… 아, 아앗."

절정에 다다르고 있는데 히라의 허리 짓이 더 격렬해졌다. 두 몸을 잇는 안쪽에서 질척질척 난잡한 소리가 난다. 어떻게 돼버리는 게 아닌가 싶을 정도로 흥분되어서, 그만하라고 필사적으로 밀어보지만 팔에 힘이 들어가지 않는다.

"히, 히라, 안 돼, 아아, 이제, 그만."

"싫어? 정말 싫으면 그만할게."

그러면서도 히라는 저항하는 키요이의 손목을 잡아 시트에 누른 채 더 거칠게 허리를 움직였다. 이 자식, 웃기지 마. 소리질러 주고 싶을 정도로 흥분되었다. 너무 기분이 좋아서 힘이 들었다. 더 해주면 좋겠다고 생각했다. 머리도 몸도 흐물흐물해져 뭐가 뭔지 하나도 모를 지경이었다.

"……키요이, 좋아해. 죽을 만큼 좋아해. 키요이는?"

좋아하는 게 당연하잖아. 좋아하지도 않는데 이런 일을 하게 둘 것 같아? 말하고 싶지만 말이 나오지 않는다. 그저 신음하며 키스만 계속했다.

잠에서 깨어보니 누군가 자신을 푹 감싸안고 있었다. 히라의 팔이란 생각이 드는 동시에 어젯밤 기억이 되살아났다. 머릿속에서 소용돌이치는 음란한 영상. 부끄러워서 온몸이 굳을 지경이었는데, 슬쩍 히라가 움직였다.

"……키요이, 일어났어?"

히라도 잠에서 깼고, 키요이는 위쪽으로 기어가 히라의 품에서 살짝 고개를 내밀었다.

"어, 안녕."

히라가 어색한 웃음을 지었다.

"……어어."

키요이도 어색한 미소로 답했다. 너무 쑥스러워서 표정을 지을 수도 없었다.

그후로는 둘 다 아무 말 하지 않았고, 아침의 밝은 실내에 침묵만 떠돌았다.

"……혹시 화났어?"

히라가 물었다.

"화날 이유가 뭐 있는데?"

"그냥."

"그냥?"

"어제 너무 끈질기게 굴어서 화났나 싶어서."

그 말에 키요이는 어제의 자신을 속속들이 떠올리게 되어 귀밑이 달아올랐다.

"미안. 키요이가 너무 귀여워서 나도 모르게."

"더 말하면, 정말 화낼 거야."

너무 부끄러워서 노려보니, 히라의 눈가가 서서히 붉게 물들었다.

"……어쩌지. 나, 죽고 싶어졌어."

"하아?"

"키요이가 너무 귀여워서, 이제 죽고 싶어."

"귀엽다고 하지 마."

키요이는 귀까지 뜨거워진 채 이불 속에서 발로 걷어찼지만, 히라는 기죽지 않았다.

"키스해도 돼?"

히라가 얼굴을 붙이고 비벼와서 싫다며 등을 돌렸다. 그러자 뒤에서 끌어안는다. 히라가 목덜미에 키스하자, 몸이 떨렸다. 그래도 얼굴이 보이지 않으니까 아직 참을 만하다.

"……꿈이었으면 어쩌지."

"너, 어제도 똑같은 말 했었어."

"하지만 정말 믿을 수 없어. 이제 죽을 것 같아."

"그렇게 쉽게 죽게 둘 것 같아?"

"그 정도로 행복하다는 거야. 그래도 그렇네. 역시 죽는 건 싫어. 키요이와 이렇게 됐는데 죽고 싶지 않아."

"어느 쪽인 거야?"

"……굉장히 좋아한다는 거야."

행복을 다 삼키지 못하는 것처럼 히라가 숨을 내뱉었다. 목덜미에 입술을 붙인 채라 간지러웠다. 몸을 비틀어도 놓아주지 않아서, 키요이는 달콤하게 구속된 상태로 시야에 들어온 히라의 방을 둘러보았다.

몇 번이나 이 집에 왔지만 히라의 방에 들어온 건 처음이었다. 키요이가 있을 때 히라는 계속 아래층 거실에 있었고, 키요이는 일층 손님방만 사용했다.

방 분위기는 주인처럼 촌스럽다. 침대 맞은편에는 멋도 없고 세련되지도 않은 책장과 상자들이 놓여 있다. 책장은 나뭇결이 살아 있지만, 상자는 흰색이다. 게다가 침대는 검은색 철제라 통일감 따윈 느낄 수 없다. 하지만 책상에 올려놓은 유리 저금통은 꽤 센스 있어 보였다.

"저거, 과학실에 있었던 거야?"

무심코 물어보았다. 바닥이 둥근 플라스크 형태로, 어떻게 서 있는지 신기해 보였다. 수업시간에 사용하던 플라스크는 쓰러지지 않게 지탱하는 받침대가 있었다.

"할아버지 유품이야. 예뻐서 쓰고 있어."

"유품을 저금통으로 써?"

"저금통이 아니라 보물상자야."

"네 보물은 동전이냐?"

역시 이상한 녀석이라고 생각했다.

"응, 키요이한테 받은 거니까."

"하아?"

"고등학교 때 키요이가 매점에서 이것저것 사 오라고 시켰었 잖아. 그때 키요이가 준 동전을 계속 모았어. 키요이 손을 거친 거라 다른 동전들이랑 섞을 수 없어서."

"……"

어쩌면 좋은가. 키요이는 순간 가슴이 서늘해졌다.

"왜 나는 너처럼 기분 나쁜 녀석을 좋아하게 된 걸까?"

"엇, 싫어졌어?"

히라가 당황하며 물었다. 아, 짜증나.

하지만 곤란하게도, 이렇게 싸해져도 조금도 히라가 싫지 않 다. 나로 인해 그런 기분 나쁜 짓을 계속하는 이 남자가 귀엽다. 귀엽지만, 기분 나쁘다. 이 루프는 앞으로도 계속해서 나를 질리 게 할 것 같다. 뒤에서 히라가 "이제 안 모을게" 한다.

키요이는 기분 나쁘고 시시한 소리를 복잡하고 달콤한 기분으 로 들었다.

+

시부야의 오모테산도는 공포스러운 구역이다. 옷을 살 때도 가능한 한 눈에 띄지 않는, 최소한 단정해 보이는 것을 고르는 히라와는 근본적으로 완전히 대척되는 인종들이 산더미처럼 걸어다니고 있다.

"고개 숙이지 말랬잖아. 왜 바로 움츠려? 가슴 펴."

옆에서 걷는 키요이에게 혼이 나고서야 히라는 주뼛주뼛 고개를 들었다.

"……뭐, 뭔가 나만 여기에 안 어울리는 느낌이라서."

"아니라니까. 오늘 넌 평소보다 열 배는 더 괜찮아. 앞에서 걸어오는 여자도 널 보고 있잖아."

여자애 둘이 머리를 찰랑거리며 스쳐지나가다 흘긋 키요이를 보더니 마주보고 웃었다. 기분 나빠. 히라는 자신을 비웃는 소리가 들린 것 같아서(실제로 그런 목소리는 들리지 않았지만) 바로 고개를 숙였다.

"고개 숙이지 말라니까."

그러다 키요이에게 또 혼났다.

역시 거절할 걸…… 후회해도 이미 너무 늦었다.

술자리에 같이 가자고 키요이가 제안한 건 지난주였다. 멤버는 키요이의 친구인 모델들과 여배우들인데, 히라는 삼 초 만에 거절했다. 화려한 사람들 틈에 껴서 나 같은 게 무슨 말을 할 수 있을까 싶었다. 말은커녕 존재하는 것만으로도 모임의 급이 떨어질 것 같았다.

"그래도 연극 뒤풀이 같은 덴 잘 왔었잖아."

"그때는 필사적이었으니까."

고등학교를 졸업한 후 접점이 없어지자, 키요이를 실제로 볼 수 있는 건 연극 정도였다. 그러다 생각지도 않게 뒤풀이에 오라는 제안을 받고 흥분해서 제 주제를 잊어버렸는데, 한마디로 무의식중의 베르세르크狂戰士 상태였던 것이다. 아는 사람이 아무도 없는 술자리에 혼자 참석하다니, 머릿속에 버그가 생겼다고밖에 달리 생각할 수 없다.

"……흐음, 그럼 지금은 필사적이지 않구나."

"앗."

"잡은 물고기에게는 먹이를 주지 않는다는 건가?"

너 같은 건 언제든지 차버릴 수 있는데, 뭐가 어째?

키요이가 이렇게 의역할 수 있을 정도로 차가운 눈으로 쳐다보자, 히라는 고개를 획획 가로저었다.

"가, 갈게. 죽어도 갈게."

그러자 키요이는 겨우 웃어주었다. 그리고 터무니없는 말을 했다.

"그럼, 그전에 옷 사러 가자."

머리끝에서부터 핏기가 싸악 가시는 것 같았다. 그리고 술 약속이 있는 오늘, 낮부터 '쇼핑'을 하러 키요이가 좋아하는 옷가게에 오게 되었다. 그야말로 멋이 폭발하는 듯한 가게에 들어서자 당연히도 한껏 멋부린 손님들과 점원들이 보였고, 촌스러운 대학생의 대명사 같은 체크무늬 셔츠에 면바지 차림의 자신에게 여지없이 업신여기는 눈길이 쏟아지는 것 같아, 히라는 멋이라는 이름의 라이플을 든 멋쟁이 스나이퍼들에게 총을 맞고 벌집이 되는 기분이 들었다.

머리부터 발끝까지 완벽하게 스타일링을 받고 입고 온 체크무늬 셔츠와 면바지와 가방이 가게 쇼핑백에 흑역사로 엄중하게 봉인되면서 드디어 끝났구나 하고 한숨을 돌리는데, 키요이의 단골 미용실로 끌려갔다. 옷가게보다 더한 지옥이었다.

히라는 지금껏 집 근처 이발소에만 다녔다. 초등학생 때부터 다녀서 "평소처럼요" 한마디로 충분한 곳이다. 하지만 끌려간 미용실에서, 멋이 커다랗게 분화하는 듯한 미용사가 다가와 상담부터 할게요, 하자 여기가 심리치료실이었나 하고 깜짝 놀랐다.

고개를 숙이고 돌처럼 굳어버린 히라를 대신해 평소 어떤 옷을 입는지, 어떤 헤어스타일을 할지, 펌을 할지 안 할지, 머리색을 뭐로 할지 키요이가 전부 대답해주었지만, 다 끝나기까지 세 시간이나 걸렸다. 동네 이발소에 가면 삼십 분이면 충분한데. 그러다가 음료는 뭐로 하겠냐며 메뉴판까지 주자, 대체 뭐하는 곳인가 싶어 히라는 여러 번 깜짝 놀랐다.

고행 같던 반나절을 떠올리며 히라가 한숨을 내쉴 때였다.

"……뭐야."

키요이가 낮게 중얼거렸다.

"아까부터 한숨만 쉬잖아. 나름대로 이것저것 생각해줬는데."

키요이의 얇고 아름다운 입술이 오리처럼 뾰족 튀어나왔다. 이건 아닌데.

"아니, 키요이의 마음은 정말 고마워. 프로 모델한테 가르침을 받았고, 나 같은 것도 조금은 괜찮아진…… 것 같은 기분이 안 드는 건 아니지만."

끝부분은 어물어물 얼버무렸다. 솔직히, 나 따위가 멋을 부려봐야 기분 나쁘고 못생겼으니 착각하지 말라며 더욱 비웃음당할 게 뻔해서 히라는 견딜 수 없이 착잡했다. 오늘 하루 만에 십 년

쯤 수명이 줄어든 느낌이었고, 아직 술자리도 남아 있다고 생각하니 정신이 아득했다. 그래도 키요이를 위해서라면 열심히 할 수 있다. 멋쟁이 스나이퍼들이 쏘아 죽인다 해도 좋다.

"괜찮아진 정도가 아니야. 다른 사람 같아."

히라의 비장한 결의도 모르고 키요이는 기쁜 듯이 말했다.

"넌 키도 크고 다리도 길어서, 잘 어울리게 입고 헤어스타일도 바꾸니까 진짜 괜찮단 말이야. 아무리 얼굴이 잘생겨도 몸이 안 따라주면 별로니까."

"위로해줘서 고마워."

"위로 아니야. 그리고 얼굴도 나쁘지 않아. 전에 코야마씨, 아, 형 쪽 말인데, 그 사람도 네 얼굴이 분위기 있다고 했었어. 극단 여자 배우도 눈에 박력이 있다고 했었고."

"연극하는 사람들 중엔 특이한 사람들이 많으니까."

히라가 쓴웃음을 짓자, 키요이가 갑자기 정강이를 걷어찼다.

"얼마나 부정적인 거냐? 평소에 어쨌든 간에, 오늘 너는 멋있다고."

"……그럴 리가."

"내가 아부한다고 생각해?"

"아니."

"그럼 믿어. 지금 너는 내가 조금 다시 반할 정도로 멋있어."

"다, 다시 반한다고?"

흥분해서 우훗 하고 기분 나쁜 웃음소리를 내버리고 말았다. 키요이가 놀란 듯 눈을 크게 떴다.

"방금 한 말은 거짓말이야. 역시 기분 나빠. 히라 주제에 우쭐대지 마."

키요이가 불퉁거리더니 성큼성큼 먼저 걸어가버렸다.

히라는 말 잘 듣는 강아지처럼 뒤따라 걸었다.

키요이와 연인이 되고 한 달이 지났지만, 히라는 아직 전혀 익숙해지지 않았다. 아침에 일어났을 때 키요이가 옆에서 자고 있으면, 한순간 움찔하게 된다. 키요이와 사귀고 있다는 사실을 바로 기억해내지만, 그래도 뭔가 꿈을 꾸고 있는 것 같은, 아니 대규모 몰래카메라를 당하고 있는 듯한 느낌을 떨치지 못했고, 지금이야말로…… 하고 숨을 죽이고 키요이의 아름다운 얼굴을 훔쳐보게 된다.

지금도 앞서 걸어가는 키요이의 뒷모습을, 히라는 공인된 스토커처럼 황홀하게 바라보고 있다. 호리호리하지만 빈약하지 않은 어깨부터 등의 라인. 긴 팔다리가 걸을 때마다 우아하게 움직인다. 고등학교 때부터 동경했고, 연모했고, 신에게 평생을 바치는 비구니 같은 마음가짐으로 대했다. 그 상대와 연인이 되다니, 히라는 두렵기까지 하다.

행복은 총량이 정해져 있다는 말이 있다. 그렇다면, 자신의 인생에는 앞으로 불행밖에 없을지도 모른다. 키요이에게 차이든가, 미움을 받든가, 키요이가 먼저 죽든가. 그러면 어떻게 하지. 살아가지 못할지도 모른다. 나도 죽는 걸까.

"야."

키요이가 갑자기 불러서 고개를 들자, 기분 나쁜 듯 쳐다보는 눈이 보였다.

"고개 숙이고 뭐라고 꿍얼대는 거야. 살아가지 못한다느니 죽는다느니."

"아, 키요이가 먼저 죽으면 어떻게 하지 생각하다가."

"⋯⋯⋯⋯⋯⋯기분 나빠."

키요이는 정말 싫은 듯이 중얼거렸다.

굉장히 화려한 술자리였다. 모델들과 배우들이 열 명 정도 모였고 TV에서 자주 보던 개그맨도 와서, 떠들썩한 가게 안에서도 가장 눈에 띄는 그룹이었다.

"오오, 키요이 친구구나."

"평범한 대학생? 모델인 줄 알았어."

아니요, 전혀, 그럴 리가요, 엇, 멋져요. 히라는 사방팔방에서 쏟아지는 질문을 다섯 마디 말과 어색한 미소만으로 극복했다. 모두 일반인들과는 아우라가 다르다. 방심하면 납작 눌려버릴 것 같은 압박감에, 히라는 분함과 그리움이 함께 솟구쳤다.

이 사람들은 고등학교 시절 피라미드 정점에 군림했을 인종들이고, 가장 아래에 납작 엎드려 있던 자신 같은 외톨이를 아마도 적잖이 비웃었을 것이다. 그런 유의 잔혹함을 지닌 인간이 아니고서는 이렇게 꺼림칙할 정도로 빛이 날 수 없다.

맞은편에 앉은 마코라는 이름의 모델은 그럭저럭 다정해서 "이거 맛있어, 먹어봐" 하거나 "잔 비었네, 뭐 마실래?" 하고 신경써주었다. 그러는 게 오히려 피곤해서 그냥 내버려두길 바랐지만, 키요이의 친구니까 죽을 만큼 쥐어짜 상대의 기분을 맞춰주었다.

"히라는 대학에서 뭐해?"

"공부해요."

미묘한 침묵이 흘렀지만 마코는 "으음—" 하고 턱을 괴고 웃었다.

"동아리 같은 건?"

"아, 카메라요."

동아리 활동은 아직 계속하고 있다. 그만두려고 생각했지만, 처음 친구가 생긴 소중한 곳이라며 키요이가 그만두지 말라고 말해주었다. 그래도 동아리에는 코야마가 있었다. 키요이가 의심할 만한 일은 하고 싶지 않다고 말했더니, 바람피우는 게 걱정돼서 동아리를 그만두라는 꼴사나운 말을 누가 하겠냐며 오히려 화를 냈다.

아…… 그래도 코야마씨 동생에게는 일단 우리 관계에 대해 똑바로 이야기해줘.

마지막에 작고 빠르게 덧붙인 말에 키요이의 진심이 투명하게 보여서, 그 신뢰를 배신한다면 오리대장에게 목이 잘려 버려져도 괜찮다고 넙죽 엎드리고 싶은 기분이 되었다. 너무 숭배하고 조심하면 키요이가 기분 나빠하니까 가능한 한 그러지 않으려고 신경쓰고 있다. 아니, 숭배하는 마음을 태도로 드러내지 않으려고 노력한다.

코야마는 끈질기게 굴어서 미안하다고 오히려 히라에게 사과했다. 차이는 것도 괴롭지만 몇 번이고 거절해야 하는 쪽도 힘들 거라고 말했다. 그후 둘 다 동아리 활동을 계속하고 있다.

"─생각이야?"

멍하니 생각에 빠져 있다가 못 듣고 말았다.

"사진작가가 될 생각이야?"

"아뇨, 전혀."

"흐음, 그래도 잘 찍을 것 같아. 다음에 나도 찍어주면 좋겠다."

"인물 사진은 좋아하는 사람만 찍어요."

엄밀하게 말하면 키요이뿐이다. 히라가 일 초 만에 거절하자, 다시 미묘한 침묵이 흘렀다. 마코는 턱을 괸 자세 그대로 히라를 노려보고, 후후후 하고 입만으로 웃었다. 뭐야 이애는. 무서워.

"……잠깐 화장실 좀."

어쨌든 이 자리를 탈출하기로 했다. 히라는 쓸데없이 어둑어둑한 복도를 지나 더 어두운 화장실에서 볼일을 보며 한숨을 쉬었다. 최근에는 완전히 잊어버리고 지냈지만 피라미드 밑바닥 외톨이였던 고등학교 시절이 떠올랐고, 자신이 이 자리에 전혀 어울리지 않는다는 느낌에 짓눌렸다. 빨리 돌아가고 싶다고 생각하며 복도로 나왔다.

"히—라."

갑자기 목소리가 들려 깜짝 놀랐다. 짧은 머리의 여자가 서 있었다. 처음 자기소개를 할 때 모델이라고 했는데, 이름은 잊어버렸다.

"마코가 화내고 있어. 히라 예의 없다고."

"네?"

흠칫했다. 딱딱하게 굳긴 했지만 웃으려고 노력했고, 제대로 호흡하고 짧은 문장만 쓰며 더듬지 않기 위해 안간힘을 다했다. 더이상은 무리다.

"신경쓰지 마. 히라가 상대해주지 않아서 화내는 것뿐이니까."

"상대요?"

"그래도 마코의 기분을 알 것 같아. 모델도 개그맨도 가벼운 사람이 많으니까, 히라처럼 차갑고 조금 그늘이 있는 남자가 나도 좋거든."

이름도 모르는 여자가 서서히 다가온다. 이 여자가 무슨 말을 하는 걸까. 무슨 의미인지 모르겠다. 혹시 내기라도 한 건가. 인기 없는 남자에게 마음 있는 척하다가 남자가 진심이 되면 폭로하고 비웃어대는 잔혹한 게임? 그런 것에는 당하지 않는다. 애당초 나에게는 키요이라는 지상 최고의 연인이 있으니까.

"있지, 히라."

다시 한 걸음 다가와서 그만큼 뒤로 물러서자 히라의 등이 복도 벽에 닿았다.

"여기 지루하니까, 좀 나가자."

여자가 몸을 바짝 붙이는 바람에 아무 소리도 내지 못하고 굳어 있는데, 쾅하고 벽을 차는 소리가 들렸다.

"거기 있으면 화장실 못 들어가잖아."

무척 화가 난 듯한 키요이에게 이름도 모르는 여자가 "싫다— 분위기 좀 읽어" 하고 볼을 부풀렸다. 그리고 굳어 있는 히라의 허리를 슬쩍 쓰다듬더니 여자 화장실로 사라졌다.

"키, 키요이, 고마워!"

히라는 키요이에게 다가갔다. 어두운 복도에서 요괴에게 잡힌 듯한 공포를 느끼고 있었다. 도와줘서 고맙다는 인사였는데, 키요이는 굉장히 무서운 표정을 지었다. 요괴보다도, 무엇보다도 히라의 심장을 얼어붙게 하는, 쓰레기를 보는 듯한 차가운 눈.

"집에 갈 거야."

키요이는 재빨리 몸을 돌렸다. 당황해서 쫓아갔지만, 짐을 놓고 왔다는 게 떠올랐다. 테이블로 가서 집에 가겠다고 말하자 여자들이 붙잡았지만 무시하고 가게를 뛰쳐나왔다. 키요이의 모습은 어디에도 없었다.

여기저기 찾아봤지만, 사람이 너무 많아 키요이를 찾을 수 없었다. 전화도 받지 않고 문자에도 답이 없어 히라는 더없이 침울해진 채 돌아가는 전철에 탔다.

역시 그런 화려한 모임에 나간 게 잘못이다. 혼자서 붕 떠 있는 나를 보고, 키요이는 정신을 차렸는지도 모른다. 이제 싫어졌을까, 혹시 차이게 될까. ……죽고 싶다. 절망해서 집으로 돌아오자, 창문에 불이 켜져 있었다.

"키요이!"

히라는 굴러들어가듯 거실로 갔다. 키요이는 소파에서 기다란 다리를 꼬고 나른한 자세로 앉아 있었다. 그 자세 그대로 찌릿 노려보았다. 히라는 화들짝 놀랐다.

"……키, 키, 키키키, 키요, 키요!"

조금 전까지 참고 참았던 흐음이 시작됐다. 아무리 겉모습을 꾸며도 키요이 앞에서는 간단하게 엉망이 되어버리고 마는 자신이 원망스럽다. 일단 미안하다고 사과부터 하자, 키요이는 "뭐가?" 하고 되물었다.

"……내, 내가 혼자 붕 떠서 술자리 수준을 떨어뜨렸으니까."

"아니거든. 너 별로 그렇지 않았어."

"……내 태도가 별로라서 여자애들을 화나게 했으니까."

"하아?"

"화장실 앞에서 들었어. 마코라는 여자가 내가 예의 없다고 화냈다는 거."

"멋대로 화내라 그래. 그 정도밖에 안 되는 애가 잘난 척은. 누구 남자한테 감히—"

그러다 갑자기 말을 멈췄다.

"그것 말고 짚이는 건 없어?"

"……혹시, 아까 그 여자가 달라붙어서?"

머뭇머뭇하며 물어보자, 키요이의 눈이 더 날카로워졌다. 아, 이거다.

"미, 미안. 그런데 내기 같은 걸 한 것 같아."

"내기?"

"인기 없는 남자를 함정에 빠뜨리는 내기 말이야. 상대가 넘어오면 이기는 내기."

키요이가 이마에 손을 짚은 채 크게 한숨을 내쉬었다.

"너 여기 와서 만세 좀 해봐."

"만세?"

"빨리 해."

엄한 목소리가 날아와서, 히라는 서둘러 키요이 앞으로 가 팔을 들었다. 만세라기보다 항복에 가까운 자세다. 팔을 들어올리자 몸수색하는 것처럼 위에서부터 손으로 탁탁 치며 내려간다. 그러다가 바지 뒷주머니에 손을 집어넣었다.

"이거 뭐야?"

키요이가 꺼낸 것은 분홍색 명함이었다. 눈앞에 가져다대고 봤지만 기억에 없다.

"간나 거야."

"누구?"

"화장실 앞에서 치근댄 여자애."

"어, 언제?"

마술사인가. 아니, 그러고 보니 마지막에 허리를 만지는 것 같았는데. 히라가 생각하는 동안에도 재킷 주머니를 뒤지던 키요이의 손에 또다른 명함이 있었다. 누구 건지 전혀 알 수 없어 또 아연해졌다. 모두 모델이고 배우라고 했지만, 사실은 프로 소매치기들인가. 넣을 수 있다면 뺄 수도 있을 것이다.

"……그것도 그렇고, 뭐야, 너."

찌릿 노려보는 굉장한 눈빛에 히라의 등에 식은땀이 흘렀다.

"왜 그렇게 빈틈이 많아? 자각도 없이 유혹하고 다녔어?"

"그, 그럴 리가 없잖아."

무서워서 목소리가 떨렸다. 이대로라면 억울한 죄를 뒤집어쓰고 오리대장에게 목이 잘려 버려지게 될 것 같다.

"그럼 왜 바로 거절하지 않았어? 그렇게 찰싹 달라붙는데. 내가 보러 나가지 않았으면 너 그대로 키스 당했을걸."

"너, 너무 놀라서, 움직일 수가 없었어."

어떻게든 변명을 주워섬기자, 키요이의 아름다운 눈썹이 바짝 치켜올라갔다.

"바보……! 히라 주제에! 이제 이런 거 전부 벗어!"

키요이가 자리에서 일어나더니 히라의 재킷을 벗었다. 셔츠도 거칠게 잡아당겨 머리부터 휙 벗겨버리고, 마지막에는 바지만 입은 히라의 머리를 마구잡이로 헝클어뜨렸다.

"너 같은 건 계속 촌스럽게 다녀!"

힘껏 소리치더니 키요이는 등을 돌려 소파에 누워버렸다.

어떻게 해야 좋을지 알 수 없었다. 하지만 나빴던 건 자신이다. 키요이가 말한 대로, 그대로 키스라도 당했다면 정말 키요이에게 버림받았을지도 모른다. 아니, 지금 그야말로 버려지기 일보 직전이다.

"키요이, 미안해, 정말 미안해, 여기 봐봐."

소파 앞에서 무릎을 꿇고 부탁했다. 하지만 대답이 없다.

"앞으로는 절대 그런 일 없을 거라고 생각하지만, 다음에 그런 일이 있더라도 반드시 거절할게."

"됐어. 억지로 그러지 마. 사실 내심으로는 조금 기뻤을 거면서."

"그럴 리 없잖아. 나는 키요이 아닌 다른 사람에게 그런 생각한 적 없어."

그것만은 의심받고 싶지 않았다. 하지만 키요이는 바라봐주지 않는다.

"……마코하고 즐겁게 떠들었던 주제에."

키요이가 나직이 중얼거렸다.

"키요이 친구니까 죽을 각오로 열심히 한 거야."

"……그런 거야?"

"당연하잖아. 원래 나는 그런 사람들에게는 가까이 가고 싶지 않아. 마코라는 여자도 사람을 노려보며 후후 웃어대서 엄청 무서웠어. 키요이 친구가 아니었다면 바로 돌아갔을 거야. 그러니까 키요이, 부탁이니까, 나 좀 봐."

필사적으로 매달리자, 키요이가 어깨를 조금 틀어주었다.

머뭇거리며 키요이의 얼굴을 들여다보자, 보기 좋은 입술이 삐친 듯 튀어나와 있었다. 히라는 가슴이 꾹 죄어오는 듯했다. 귀엽고, 야하고, 참을 수 없을 정도로 사랑스러워서.

"나한테는 키요이뿐이야. 키요이만 죽을 만큼 좋아해."

위에서부터 몸을 겹쳐 키요이의 귓가에 키스했다.

"……히라 주제에 인기라니."

"미안해."

살며시 키요이의 턱을 잡고 얼굴을 돌려 입술에 키스했다.

히라 주제에, 라고 할 때마다 키요이는 뭔가 착각하고 있는 게 틀림없다. 게다가 나 때문에 키요이가 화를 내거나 울다니 믿을 수가 없다. 내가 무슨 일을 하든 키요이는 아프지도 흔들리지도 않는다 생각했고, 그런 초연한 키요이를 보며 늘 슬프면서도 자랑스럽게 생각했는데—

"……미안, 나도 말이 심했어."

키요이가 긴 팔로 히라의 목을 감는다.

"……나는 네 일이라면 좀 이상해져."

키요이는 얼굴을 보여주고 싶지 않은 듯 히라를 끌어당겨 먼저 키스해주었다. 보기 좋은 입술이 꽃이 피듯 열리며 히라의 혀를 받아들인다. 히라는 이런 순간마다 빙그르르 세상이 거꾸로 뒤집어진 듯한 감각에 빠진다.

나 같은 게 키요이의 연인이어서 미안하다. 마음속 깊은 곳에서 그렇게 생각한다. 하지만 그 마음속에는 더욱 깊은 곳이 있고, 거기서 분수를 모르는 기쁨이 솟구친다. 나 때문에 화를 내거나 울먹이는 키요이를 더욱 보고 싶다. 더욱 울리고 싶다고 생각하는 못된 자아가 있다.

키요이의 셔츠 목깃 속으로 손을 집어넣어 맨살을 만졌다. 움찔하고 떨림이 전해진다. 키요이는 무척 잘 느낀다. 매끄러운 감촉을 맛보면서 가슴의 돌기에 다다랐다. 손끝으로 비틀자 달콤한 한숨이 흘러나온다. 셔츠를 밀어올리고 츠읍 하고 빨아들였다.

"……웃, 응, 거긴……"

키요이가 싫은 듯이 몸을 비튼다. 며칠 전, 잔뜩 끌어안았던 주말을 보낸 후 키요이는 촬영장에서 상반신 노출을 요구받고 당황했다. 전날의 여운으로 붉은 기를 띠고 살짝 스치는 자극만으로도 튀어나와버려 숨기느라 힘들었던 것이다.

너, 거기 만지기 시작하면 끈질기니까……

그 말을 듣자 히라도 무척 부끄러웠다. 그후로는 키요이의 일에 지장이 없도록 주의하고 있지만, 오늘밤은 아무래도 참을 수 없다. 작은 돌기에 혀를 대자, 말랑하던 그곳이 바로 단단하게 뾰족해져서 혀를 즐겁게 해주었다.

"거기, 안 된다고…… 했잖아……"

그렇게 말하지만 밀어내는 키요이의 손에는 거의 힘이 들어가 있지 않다.

혀로 밀어 누르고, 굴리고, 가끔은 강하게 빨아들인다. 그럴 때마다 촉촉하게 젖은 목소리가 새어나오고 피부는 촉촉하게 땀을 머금어간다. 그 감각에 히라는 황홀해진다.

키요이는 피부가 좋다. 부드럽고 매끄러워서 땀에 젖으면 찰싹 히라의 몸에 달라붙는다. 떨어질 때는 접착 시트를 뗄 때처럼 희미한 저항감이 생긴다. 떨어지고 싶지 않다고 말하는 듯해 언제까지고 붙어 있고 싶어진다.

"……히라, 이제, 거기, 그만해."

잔뜩 애무하자 작고 색도 연했던 유두가 짙은 복숭아색으로
부풀었다. 잔뜩 젖은 유두를 손가락으로 만지자, 키요이의 목소
리가 흐물흐물 녹는다.

울 것 같은 얼굴로 몸을 비트는 모습을 보고 있으면 더 하고
싶어진다. 혀로 핥으며 반대쪽을 어루만지자, 갑자기 키요이의
입에서 궁지에 몰린 듯한 목소리가 흘러나왔다.

"……읏, 앗 아앗."

키요이가 눈을 꼭 감은 채 부들부들 크게 몸을 떤다. 히라의
몸 아래서 키요이의 온몸이 굳어지다가 이윽고 서서히 풀려가는
느낌이 전해진다.

"그런데, 가슴만으로 간 거야?"

"네가 집요하게 구니까…… 읏."

키요이는 목덜미까지 붉어진 채 고개를 돌렸다.

"미안, 옷 입고 있어서 기분 나쁘지? 벗어."

"괜찮아, 내가 할—"

키요이가 질색했다. 하지만 사정 후라 몸에 힘이 없다. 억지로
바지를 벗기자 회색 사각팬티 앞부분이 젖어 얼룩져 있다.

"……읏, 보지 마, 변태."

새빨개진 얼굴로 필사적으로 가리려 한다. 몸부림치는 몸을

끌어안고 미안, 미안 하고 사과하면서 속옷을 벗기자, 키요이가 말과 행동이 다르다며 혼냈다.

"……읏."

키요이의 정액을 손에 묻혀 뒤를 더듬는다. 오늘은 처음 만지는 것인데도 이미 따뜻하게 풀린 그곳이 손가락을 받아들인다. 사귀기로 하고 한 달, 거의 매일 밤 하고 있다. 자신이 원숭이라도 된 것 같아 부끄럽지만, 매일 해도 부족하다. 더 더 하고 싶다.

축 처져 있던 키요이의 몸을 일으켜 소파에 앉혔다. 양 무릎에 손을 올리고 다리를 활짝 벌리자, 손가락으로 느슨하게 풀어둔 그곳까지 또렷하게 보인다.

"……그렇게, 빤히 보지 말라……고."

소리치는 말투. 하지만 표정은 울먹이는 듯해서, 그 간극에 히라의 것도 점점 단단해진다. 급하게 벨트를 풀고 꺼내, 젖어서 움찔거리는 그곳에 가져다댔다. 허리를 밀며 밀어넣자, 그곳이 조금씩 열리며 히라의 것을 빨아들인다.

"……으읏."

키요이가 눈썹을 찌푸린다. 원래 이 행위를 위한 곳이 아니기에 가능한 한 부담을 주지 않기 위해 천천히 한다. 전부 들어가도, 한동안 움직이지 않고 익숙해질 때까지 기다린다. 그동안은 남자로서 굉장히 애가 타서, 참지 못하고 키요이의 가슴에 혀를 가져다댔다.

"하아…… 그거, 이제……"

혀끝으로 간지럽히자, 이어진 부분이 꾸욱 조인다. 비틀거리
는 몸을 움직이지 못하게 누르고 작은 과실을 핥고 입안에 넣고
굴렸다. 히라의 것을 받아들인 키요이의 안쪽이 점점 뜨거워지
며 조이기 시작한다. 몸 전체를 빨아들일 것 같아 정수리까지 끓
어오를 듯 뜨거워진다.

"……히라, 이제, 빨리, 움직여."

키요이가 허리를 흔들면서 말하자, 더이상 참을 수 없어졌다.
몸을 일으켜 빠질 듯 아슬아슬한 지점까지 허리를 뺀다. 그리고
다시 천천히 밀어넣는다.

"……키요이, 엄청, 야해."

거실의 밝은 불빛 아래서 자신의 것이 들어갔다 나왔다 하는
모습을 또렷하게 보자 히라는 말할 수 없이 흥분해버렸다. 키요
이는 부끄러운 듯 고개를 저었다. 다리를 오므리려는 걸 저지하
며 안쪽으로 더 밀어넣자, 키요이의 등이 뒤로 휘었다.

완전히 안쪽 끝까지 들어간 상태에서 허리를 돌리자, 키요이
가 참을 수 없다는 듯 머리를 흔들었다. 성기 선단에서 끊임없이
쿠퍼액이 흘러나와 진하지 않게 우거진 곳을 적신다.

히라는 키요이를 안아 바닥의 러그에 눕혔다. 위에서 몸을 포
개 혀를 얽는 키스를 했다. 한여름의 러너처럼 호흡이 거칠었다.
산소가 부족해서 괴롭다. 그래도 떨어지고 싶지 않다.

"미안, 이제…… 못 버티겠어."

어렵사리 그 말을 하자, 키요이가 강하게 매달려온다.

"안에 해도 돼?"

"알면서, 묻지 마……!"

키요이가 살짝 눈물이 맺힌 눈으로 노려보자 쾌감의 정점으로 단번에 치닫는다. 얕은 곳에서 허리를 반복적으로 움직이자, 키요이가 달콤한 비명을 내지른다.

"아, 앗, 히라, 히라……"

쾌감에 눌린 낮은 목소리로 히라를 부른다.

어차피 히라는 버틸 수 없었고, 히라보다 조금 늦게 키요이도 다시 절정을 맞이했다.

행위가 끝나고도 떨어지기 싫어서 여전히 끌어안은 채 머리카락과 어깨에 키스를 반복하는 사이 키요이는 잠이 들었다. 품에 안긴 키요이의 몸이 평온한 숨소리에 맞춰 미약하게 움직인다.

말캉한 젤리 같은 노곤함과 행복함에 젖어 있는데, 키요이가 어깨를 움츠렸다. 추운가 싶어 눈으로 에어컨 리모컨을 찾았다. 러그 끝에 떨어져 있는 것을 발견하고 손을 뻗자, 키요이가 매달려왔다. 깨웠나 하고 들여다보았다.

"……아무데도 가지 마……"

키요이가 눈을 감은 채 웅얼거렸다.

아주 서서히, 말로는 표현할 수 없는 감정이 파도처럼 밀려온다. 작은 머리를 끌어안자 포옹에 맞춰주듯 키요이가 몸을 동그랗게 만다. 히라는 견딜 수 없을 정도로 가슴이 저릿저릿했다.

달콤하고, 따뜻하다.

그런데 아주 조금, 살짝 아프다.

설명할 수 없는 감정이 뒤에서 자꾸 솟아올라 흘러내린다. 한 방울도 흘러넘치게 하고 싶지 않다. 서둘러 두 손으로 받아보려 하지만, 어차피 불가능하다. 흘러내리는 것들을 곤란한 얼굴로 그저 바라보고 있다. 곤란한데, 굉장히 행복하다는 것이 신기하다.

처음 느끼는 이 감정을 어떻게 해야 할지, 평온한 숨소리를 들으면서, 자신은 아무것도 할 수 없다고 느낀다.

나 같은 게 키요이의 연인이라 미안하다. 하지만 점점 욕심쟁이가 되어가는 나를 멈출 수 없다. 키요이를 누구에게도 넘겨주고 싶지 않다. 만지는 것도 싫다. 보여주는 것조차 싫다. 동경해서 올려다보기만 했을 때는 없었던 독점욕에 휘둘리고 있다.

좋아서, 좋아서, 너무 좋아서 만족할 수 없는,

열네번째 달*과도 같은 이 기분은, 앞으로도 영원히 나를 안타깝게 할 것이다.

• 만월이 되기 하루 전의 달.

품안에서 키요이가 또 한번 말이 채 되지 않은 무슨 소리를 웅얼거렸다.

작가 후기

갑작스러운 말이지만, 기분 나쁜 공이 좋습니다.

수는 기가 세거나, 의지가 굳건하거나, 미인에다 성격이 나쁜 쪽이 좋습니다만, 공이라면 정말로 기분 나쁜 사람이 좋습니다. 그렇다고 기분 나쁘기만 하면 뭐든 괜찮은 게 아니라, 일단 선호하는 타입이 있습니다. 슈퍼 네거티브이지만 아주 순수하고, 수를 너무 좋아해서, 미안해 미안해 하고 무릎을 꿇기도 하고, 나는 안 돼, 부족해 하고 스스로를 탓하면서도 멈추지 못하고 내일로, 모레로 폭주하는 공이 좋습니다.

수를 만지고 싶어 어쩔 줄 모르면서도, 자신 따위가 만져도 되는 사람이 아니라며 완전한 M의 영역까지 참는 인내력까지 지녔다면 더욱 좋습니다. 오기로 참는 건 남자의 섹시함과도 연결

되어 있다고 생각합니다. 뭐, 히라에게 남자의 섹시함이 있냐고 물으시면 곤란합니다만······

그런 기분 나쁜 공이 쫓아다니는 수가, 다정하고 얌전한 타입이라면 불쌍한 느낌이 되어버리기에, 있는 힘껏 '점프'해서 니킥으로 단호히 거절하는 인정사정없는 수가 좋겠다고 생각한 결과, 이번 『아름다운 그』에 이르렀습니다.

취향이 이끄는 그대로 욕심을 부렸기 때문에, 집필하면서는 즐겁기도 했지만 고생도 많았습니다. 제가 너무 좋아하는 기분 나쁜 공을 중심으로 둔 것까지는 좋았지만, 어두침침한 것은 싫어서(기분 나쁨+어두침침은 구제할 길이 없기에), 기분 나쁘지만 산뜻하고 반짝반짝한(부분이 조금은 있는 듯 없는 듯한, 물론 있겠지만) 청춘물을 쓰고 싶다고 막연하게나마 바라고 있었습니다. 이미지대로 그려졌는지 모르겠지만, 어쨌든 공이 우후훗하고 웃게 할 수 있었기 때문에 저로서는 만족합니다. 웃음마저 빠짐없이 기분 나쁜 공!

일러스트는 가사이 리카코씨에게 부탁드렸습니다. 이전에도 같이 일한 적 있습니다만, 그때도 긴장감 가득하고 섬세함이 흘러넘치는 아주 멋진 일러스트를 그려주셨습니다. 이번에도 물론입니다. 키요이는 제목대로 아름답고, 기분 나쁘고 짜증나는 히라까지 이렇게 멋져지다니······! 가사이씨, 정말 고맙습니다.

그리고 독자 여러분. 후기까지 읽어주셔서 고맙습니다. 이번에는 굉장히 저의 개인적인 취향이 반영된 이야기가 되었습니다만, 즐겨주시는 부분이 있기를 바라고 있습니다. 감상 등이 있다면, 꼭 들려주십시오.

그럼, 다음 책에서도 만날 수 있길 바랍니다.

2014년 11월

나기라 유

옮긴이 **메이**

일본 수립외어전문학교 일한통번역학과를 졸업하고 히토쓰바시대학교 대학원 언어
사회연구학과를 수료했다. 일본 문화 전반에 관심을 가지고, 흥미로운 소설들을 탐독,
번역하고 있다.

아름다운 그
아름다운 그 1

초판 인쇄 2023년 9월 5일
초판 발행 2023년 9월 15일

지은이 나기라 유
옮긴이 메이
펴낸이 김소영
펴낸곳 포레
출판등록 1993년 10월 22일 제2003-000045호
주소 10881 경기도 파주시 회동길 210
전자우편 foret@munhak.com
전화 031) 955-1927(마케팅) 031) 955-1904(편집)

ISBN 978-89-546-9481-0 04830
978-89-546-9480-3 (세트)

잘못된 책은 구입하신 서점에서 교환해드립니다.
기타 교환 문의 031) 955-2661, 3580